KB253281

절대검해

1

한성수 신무협 장편소설

ORIENTAL FANTASY STORY & ADVENTURE

dream
books
드림북스

절대검해 1
도(道)를 구하라 했으나 나는 패(覇)의 길을 걸을 것이다

초판 1쇄 인쇄 / 2010년 11월 29일
초판 1쇄 발행 / 2010년 12월 9일

지은이 / 한성수

발행인 / 오영배
편집장 / 허경란
편집 / 신동철, 문보람, 오미정
본문 디자인 / 신경선
펴낸 곳 / (주)삼양출판사 · 드림북스

주소 / 서울특별시 강북구 송천동 322-10호
대표 전화 / 02-980-2112 팩스 / 02-983-0660
편집부 전화 / 02-980-2116 팩스 / 02-983-8201
블로그 / blog.naver.com/dreambookss

등록번호 / 제9-00046호
등록일자 / 1999년 3월 11일

ⓒ 한성수, 2010

값 8,000원

ISBN 978-89-542-4131-1   04810
ISBN 978-89-542-4130-4   (세트)

* 지은이와 협의하에 인지는 생략합니다.
* 잘못된 책은 구입한 곳에서 바꾸어 드립니다.

한성수 신무협 장편소설
ORIENTAL FANTASY STORY & ADVENTURE

1

도(道)를 구하라 했으나 나는 패(覇)의 길을 걸을 것이다

절대검해

dream
books
드림북스

목차

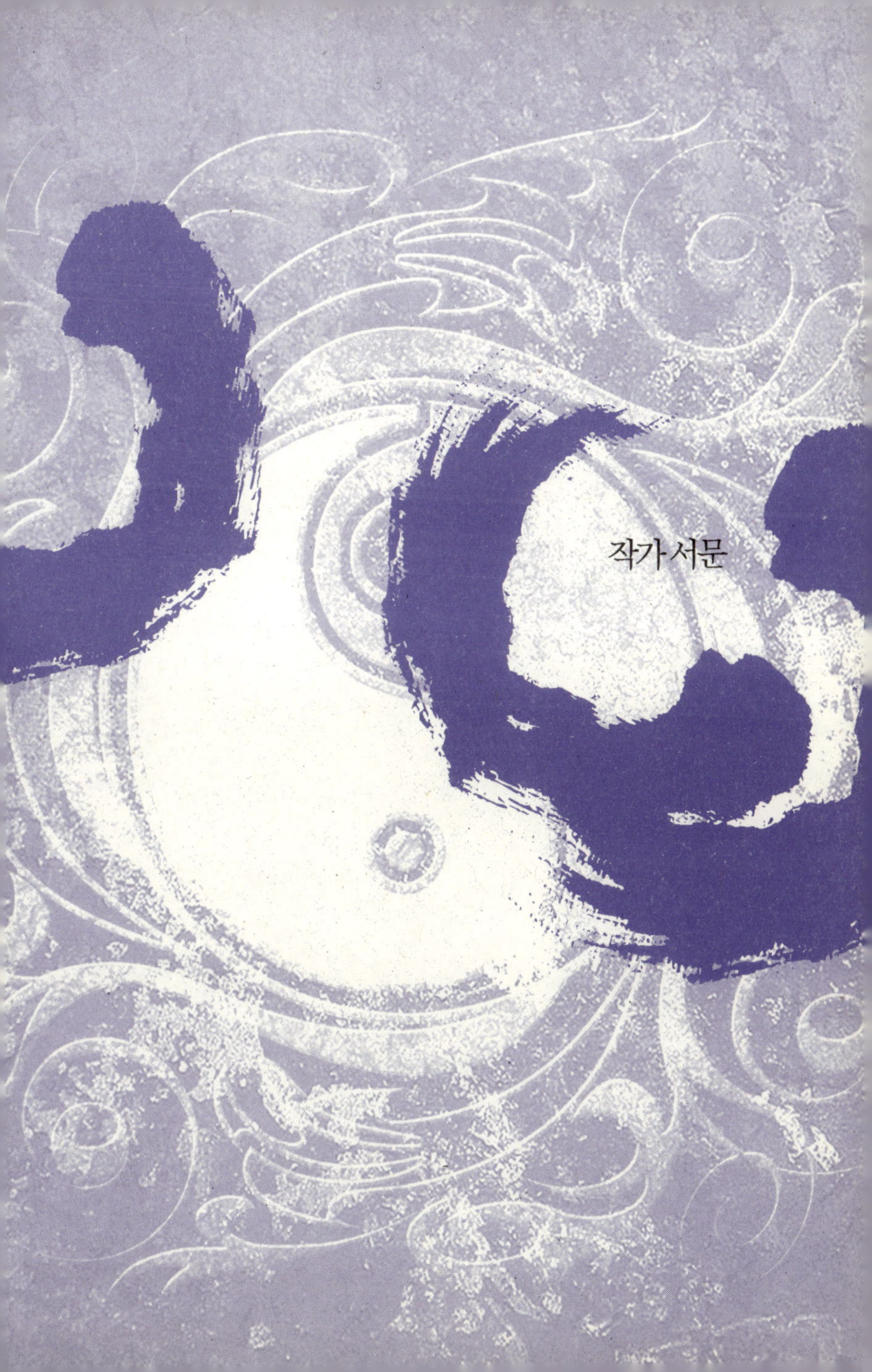

작가 서문

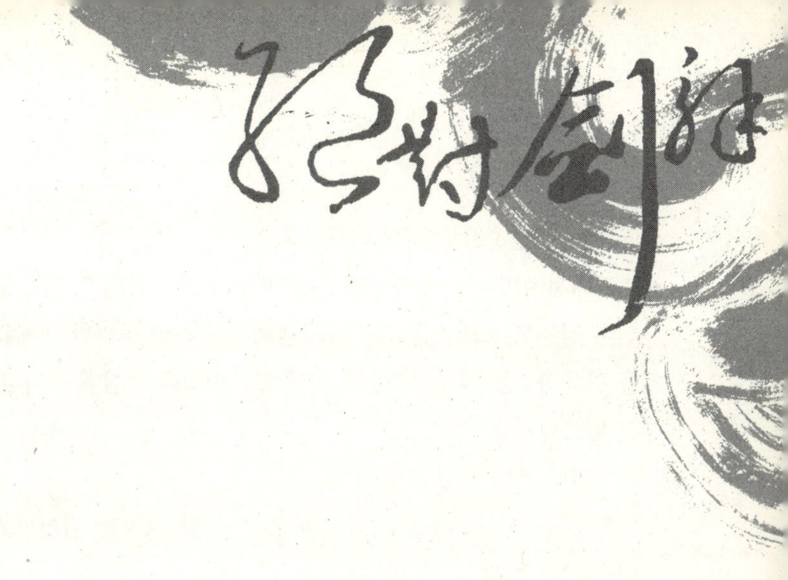

열 번째 작품입니다.

작가 생활도 어느새 십 년이 훌쩍 넘기게 된 이 시점에서 아주 많은 생각을 할 수밖에 없었습니다. 십 년간 쭉 무협을 써왔는데, 앞으로의 십 년도 그리할 수 있을지에 대해서요.

아직 딱 부러지게 내려진 결론은 없습니다.

십 년이 넘도록 하나의 장르만을 써왔는데도 아직 부족함을 느낍니다. 그것도 아주 많이요.

그래서 고민 고민 끝에 기간이나 작품의 종수에 의미를 담지 말고, 항상 현재 집필하는 글에 최선을 다하자는 마음이 되었습니다.

초심.

그게 정말 중요한 것일 테니까요.

그래서 이번 글 '절대검해'는 어쩌면 한성수에게 일종의 도전이 될지도 모르겠습니다. 태극검해 시리즈와 동일한 세계관을 공유하고는 있지만, 몇 가지 새로운 설정을 실험해 보려 하고 있으니까요.

그러니 부디 재밌게 읽어 주십시오.

항상 독자 여러분을 생각하며 있는 힘껏 머리를 쥐어짜고 있습니다. 머리 다 세 버렸어요.

끝으로 항상 제 마음의 지주가 되어주고 있는 우리 예쁜 마눌님 남수아 양 고맙고, 사랑합니다. 그리고 이번 글을 잘 편집하고 책으로 내주신 삼양 드림북스 편집부 여러분께도 고마움을 전합니다.

2010년 11월의 어떤 날, 광협 한성수 배상

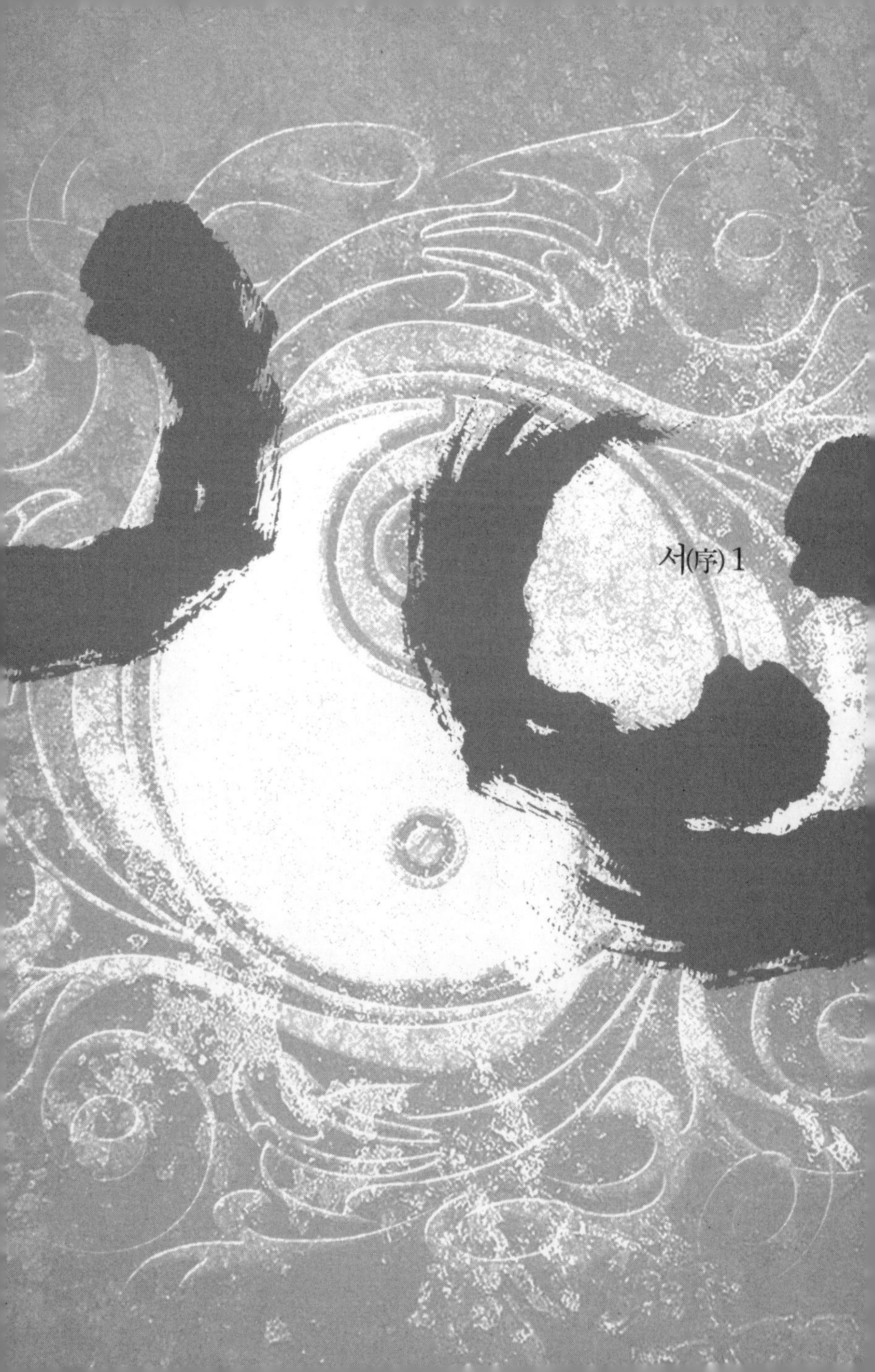
서(序) 1

“너무 늦은 것 아니오?”

“미안하게 됐구나.”

“목소리는 또 왜 그런 거요? 그 커다란 몸집에 흉포해 뵈는 인상과 어울리지 않게 말이야.”

“내 얼굴이 그리 흉포하더냐?”

“모르셨소? 세상에서는 나더러 천하제일의 악당이라 수군대지만 얼굴만 보면 당신이 훨씬 무섭소. 밤에 꿈에 볼까 무서운 얼굴이란 말이오.”

“그렇구나.”

“그래서 말인데, 누구한테 맞고 왔소? 옷도 여기저기 해어진 걸 보니 아주 되게 당했구만. 다 늙어서 그렇게 맞고 다니면 쪽팔리지 않소?”

“괜찮다. 네가 생각하는 것만큼 그리 많이 맞은 건 아니니 말이다.”

“내가 안 괜찮소.”

퉁명스러운 한마디와 함께 하늘로 비상하는 묵룡이 정교하게 수놓인 묵색 전포 차림의 미장부가 신형을 돌려세웠다. 지난 일 년간 천하 무림을 온통 공포에 젖어들게 만들었던 피투성이 행보를 갑작스레 멈춰 버린 것이다.

“한 가지 부탁해도 되겠느냐?”

“하쇼.”

“다시 중원에 돌아올 때는 부디 마음속에서 칼을 내려놓거라.”

“지랄!”

짤막한 욕설과 함께 미장부가 역시 검은 피풍의를 바람에 휘날리며 신형을 공중으로 띄워 올렸다. 오늘 숭산에서 그와 최후의 대결을 벌이기로 약속했던 정파 제일고수의 곁을 그렇게 떠나가 버렸다.

“허허, 바람 같은 성정은 여전하지 않은가…….”

칠 척에 이르는 장대한 몸집.

수십 개가 넘는 칼질로 완전히 망가진 얼굴을 한 노승이 피곤한 표정으로 천천히 고개를 가로저었다. 이로써 중원에 몰

아닥쳤던 혈풍을 잠시 막아냈다는 생각이었다. 그것이 비록
미봉책에 불과했을지라도.

　마천대전(魔天大戰)!

　몇십 년의 세월이 지난 후 그렇게 기록된 시산혈해의 무림
대전이 조용히 일단락지어지는 순간이었다. 단 한 사람의 어
이없는 변덕으로 인해 말이다.

서(序) 2

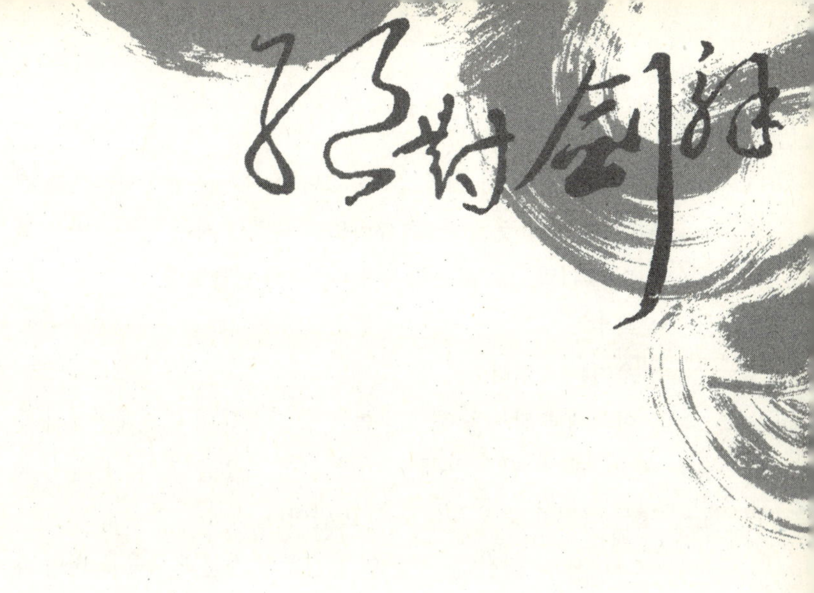

아비가 죽었다.

평소처럼 노름판을 기웃거리며 얻은 몇 푼의 개평을 가지고 만두 두어 개를 사가지고 오다가 피를 토하고 쓰러졌다.

예전에 칼에 찔린 후유증이었다.

주워들은 말대로라면, 아비는 삼십 년 정도 전에 마도의 삼류 무사였다고 한다.

그러다 보니 그 유명하다는 마천대전에도 참가했고, 정파 검협을 자칭하는 개자식들과 싸우다가 심한 부상을 당했다. 바보 멍청이처럼 칼에 몇 번이나 찔린 것이다.

그 뒤 아비는 항상 술을 입에 달고 살았다.

자신이 칼을 더 이상 쓸 수 없다는 사실을 맨정신으로는 견딜 수 없었던 것 같다. 삼류라도 무사였던 자의 자존심이 그를 끝없는 나락으로 떨구어 버렸다. 죽게 만들었다.

복수?

웃기는 소리다.

아비에게 칼질을 해댔던 놈들 중 대부분이 마천대전에서 죽었고, 몇 명 남은 놈들도 아마 늙어 죽었을 거다. 사실 그중 몇은 아비가 죽였을 수도 있고 말이다.

그래서 나 소진엽, 지금 이 순간부터 가문과 혈육을 버린 채 길을 떠난다. 사흘 동안 곡하고 장의사를 불러 관을 짜서 아비를 땅에 파묻은 지 얼마 되지도 않았는데, 밤의 어둠을 틈타 몰래 떠난다.

나는 결코 그리 살진 않을 거다. 그렇게 비참하게 죽진 않을 거야.

이런 등신 같은 말만 중얼거리면서 말이야.

하지만 내 한 가지 약속하겠다.

지금은 이렇게 야반도주하는 등신처럼 이곳을 떠난다만 반드시 다시 돌아올 것이다.

그리고 돌아오게 되면…….

그날이 오면…….

내 아비와 달리 천하무적의 고수가 되어 어느 누구도 감히 내게 칼질하지 못하게 할 거다. 절대 후회와 원망으로 술병이나 붙잡고 살진 않을 거라고.
그러니 기다리라구.
내가 다시 돌아올 날을 말이야.

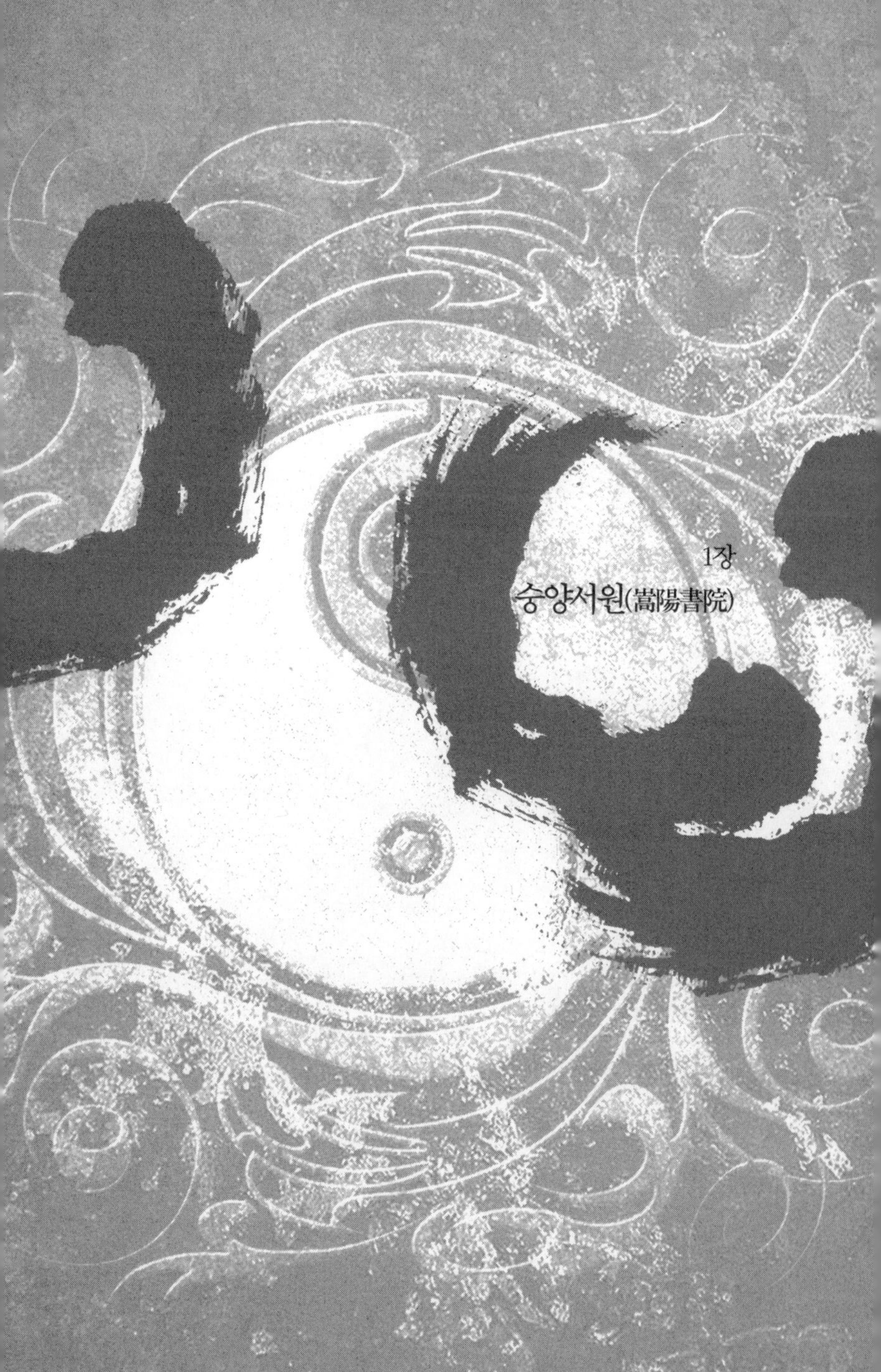

1장
숭양서원(嵩陽書院)

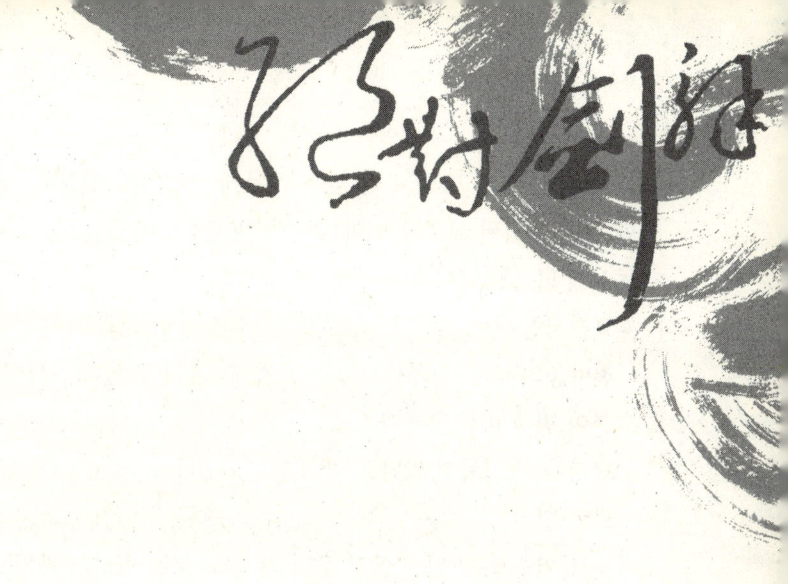

대산맥 곤륜(崑崙).

　그중에서도 가장 심처에 위치한 십만대산(十萬大山)에 천하인으로부터 마교(魔敎)라 일컬어지는 천마신교는 자리 잡고 있었다.

　본래 곤륜의 주인이던 곤륜파조차 범접지 못하는 이 강대한 세력의 중심에는 신마대제라 불리는 교주와 좌우마령, 칠마, 십팔마군이 존재하고 있었다.

천마총(天魔冢).

역대 천마신교 조사들의 위패가 모셔져 있는 천마신교 제일의 심처는 십수 년 전부터 검은 운무에 가리워져 있었다. 백년 만에 옹립된 교주가 면벽 수련을 핑계로 모습을 감춘 것과 동시에 벌어진 일이었다.

그래서인가?

천마총의 내부는 흡사 어둠, 그 자체나 다름없었다. 시간의 흐름이 멈춰 버린 듯하다.

그러나 곧 그렇지 않다는 것이 판명되었다.

드르렁!

문득 어둠 속의 한 켠에서 울려 퍼진 코 고는 소리는 큼지막한 암적색 돌침상 쪽에서 들려오고 있었다.

아니다.

돌침상이라 생각했던 암적색 물체는 사실 커다란 석관이었다. 전대 천마신교 조사 중 한 명인 마선 담천위의 시신이 모셔진 석관 위에 지금 한 명의 묵색 전포 차림의 장년인이 누워서 뒹굴거리고 있는 것이다.

물론 그냥은 아니다.

묵포 장년인은 코를 고는 것도 모자라 한 손을 사타구니 사이에 집어넣고 북북 긁어댔다. 잠결에 가려웠나 보다.

그때 갑자기 또 다른 종류의 소음이 천마총의 어둠 속에 울려 퍼졌다.

쩔그렁!

묵포 장년인의 전신을 휘감고 있던 쇠사슬이 바닥을 끌며 일으킨 소음이다.

더불어 어둠을 밝힌 시퍼런 귀화!

같은 무게의 황금만큼이나 비싸다고 알려진 만년한철로 된 쇠사슬이 만들어낸 한 점의 불꽃이 절대적인 어둠을 밀어냈다. 단잠에 빠져 있던 묵포 장년인의 눈앞을 어지럽혔다.

'태상마군 늙은이! 정말 지치지도 않는가 보군. 지난 수년간 꾸준히 온갖 종류의 살수와 마병을 보내더니, 이번엔 독을 푼 건가?'

묵포 장년인의 길고 멋들어진 검미가 슬쩍 치켜 올라갔다.

그의 잠을 깨운 독.

신성불가침이라 할 수 있는 천마총에 풀어놓은 것답게 제법 만만치가 않다. 이미 만독불침지체나 다름없는 그로 하여금 잠시 호흡 곤란의 증세를 느끼게 만들었다.

잠시뿐이었다.

지고의 경지에 오른 신마기를 일으켜 몸속에 침투한 독을 모조리 태워 없앤 묵포 장년인이 몸을 한 차례 뒤척였다. 다시 잠을 청하기 위함이었다.

그러자 어둠 속을 가득 메우기 시작한 또 다른 종류의 소음들.

'강시? 그것도 숫자가 수백 구는 넘을 듯한데……'

묵포 장년인의 검미가 더욱 위로 치솟아 올랐다.

이쯤 되면 막 나가자는 거다. 아예 자신을 시해라도 하려는 것 같다.

하지만 곧 묵포 장년인은 귀찮은 표정이 되었다.

이 모든 게 자신을 천마총에서 몰아내려는 태상마군의 계략임은 불문가지의 일이다. 그걸 가지고 화를 내는 것도 우습다는 생각이 든다.

'그래도 그 늙은이 이젠 참을성이 한계에 도달한 모양이로군. 하긴 십수 년이나 이곳에 처박혀 있었으니까. 흐음, 이참에 그냥 딴 곳으로 확 떠나 버릴까?'

꽤나 마음에 드는 생각이다.

더불어 문득 뇌리 속에 떠오른 수구초심(首邱初心)이라는 한 마디!

그리 짧지 않은 인생 동안 항상 그래 왔듯이 갑자기 마음을 결정한 묵포 장년인이 석관에서 신형을 일으켜 세웠다. 이젠 거의 코앞까지 이른 강시떼들의 시독(屍毒)을 더 이상 참고 있을 이유가 없다는 판단을 내린 거다.

슥!

순간적으로 자신을 구속하고 있던 쇠사슬로부터 벗어난 묵포 장년인이 고개를 들어 올렸다. 여태까지 무한에 가까운 암흑의 지존성마기로 가려놨던 과거의 유산을 드러나게 하기 위함이었다.

그에 따라 모습을 드러낸 밤하늘!

문득 성하(星河)를 이룬 채 떨어져 내리는 별빛에 몸을 맡기고 있던 묵포 장년인의 입가에 흐릿한 미소가 번져 나왔다.

"역시 일단은 그분을 만나 보러 가야겠지? 태상마군 늙은이가 이리 나왔다는 건 그분의 명운이 얼마 남지 않았다는 뜻일 테니까 말이야……."

자신만 아는 한마디와 함께 천하인으로부터 마교라 일컬어지는 천마신교 당대 교주, 혼돈의 지배자이자 마도제일인 신마대제 담대광이 초마절기인 지존성마기를 응축시켰다가 사방으로 뿌려냈다.

번쩍!

천마총의 내부 전체로 퍼져나간 빛의 폭발. 삽시간에 수백 구가 넘던 강시들을 멸절시켜 버린다. 탈마나 극마지경과는 비교조차 할 수 없는 절대적인 무(武)의 완성 지점인 탈각을 앞둔 자의 맹위였다.

                    *   *   *

북각(北閣).

천마신교의 신마성궁 중 정북향에 위치해 있는 이 삼층탑의 다른 이름은 마뇌각이다. 근래 천마신교를 실질적으로 지배하고 있다고 알려진 태상마군 마뇌 소리산의 거처인 까닭이었다.

쪼르륵!

다구 위로 맑은 찻물이 떨어져 내리자 은은한 향기가 그리 작지 않은 방 안을 가득히 메웠다. 적당히 우러난 찻물 속에서 활짝 내활개를 편 일엽차의 찻잎이 만들어낸 변화이다.

이미 세수 백오십을 헤아리는 소리산의 앞에 부복해 있던 차가운 인상의 검마 만인혈 주진모가 한빙 같은 눈을 빛냈다.

"전날 밤 천마총을 에워싸고 있던 암운이 걷혔다고 들었습니다."

"그랬지."

"태상마군께서는 그걸 아시면서도 이렇게 시간을 보내시고 계시는 겁니까?"

"허허, 그리하지 않으면 또 어쩌고?"

반문하는 소리산을 향해 주진모가 눈살을 가볍게 찌푸려 보였다. 장로의 신분인 칠마 중 지모로 첫손가락에 꼽히는 그로서도 눈앞 노마의 심사를 파악하기라는 쉽지 않은 일이다.

'설마 태상마군 역시 좌마령 북리사경의 뜻에 동조하고 계신 것인가?'

좌마령 북리사경.

반드시 기억해둬야만 할 이름이다.

칠마의 수장인 패마 흑천광풍 종리곽과 더불어 현재 천마신교와 마도십가의 수장 자리를 다투는 거마인 까닭이다.

하지만 주진모는 북리사경이나 종리곽 중 어느 누구의 편도 아니었다. 굳이 따지자면 지금 눈앞에서 세월의 무게를 거슬러 존재하고 있는 태상마군 소리산을 따르고 있다고 할 수 있을 터였다.

소리산이 미소를 멈추고 말을 이었다.

"자네, 삼십여 년 전 정파와 벌인 마천대전을 기억하는가?"

"어찌 잊을 수 있겠습니까? 신교 천 년의 숙원이었던 천하 제패를 이룰 수 있었던 절호의 기회였거늘……."

"그래, 분명 그랬었지. 하지만 자네가 알다시피 숭산에서 신교는 걸음을 멈춰야만 했네. 교주가 고작 작은 인정 따위에 마음을 돌렸기에 말일세. 나는 지금이야말로 그때의 잘못을 바로잡을 기회라 생각하네. 자네의 생각은 어떠한가?"

"교주님께서는 무적이십니다. 신교의 역사를 통틀어도 분명 그러할 겁니다."

"알고 있네. 그래서 좌마령이 이번에 어떤 식으로 교주를 상대할지 흥미진진해하고 있다네."

"하지만 그러다 자칫 교주님의 신상에 문제라도 생기면 신교는 이번 일로 붕괴될지도 모릅니다. 패마가 결코 가만히 있지 않을 테니까요."

"그도 어쩔 수 없는 일일 테지."

"태상마군!"

언성을 높인 주진모를 소리산이 끝이 보이지 않는 암흑의 기운을 담아 바라봤다.

"자네는 천하를 정복할 생각이 없는 교주가 신교에 필요하다고 보는가?"

"그건……."

"어려운 질문일세. 어려운 대답이고 말이야. 그러니 그냥 지금은 잠시 지켜보도록 하세나. 내가 천하제일인으로부터 훔쳐와 옹립한 교주일세. 좌마령 따위에게 꺾일 것이라고는 생각되지 않는다네. 뭐, 그리된다면 또한 어쩔 수 없는 일일 테고."

"……."

무어라 더 말하려던 주진모가 결국 한숨과 함께 입술을 굳게 다물었다. 태연히 자신 몫의 차를 마시고 있는 소리산의 모습에 기가 질려 버린 까닭이었다.

서각(西閣).

역시 천마신교 신마성궁의 정서향에 위치한 삼 층 건물로 칠마를 비롯한 노마들이 모여 있는 탓에 군마각 혹은 군마원이라 불린다.

이곳의 주인은 칠마의 으뜸인 패마 종리곽.

휘하에 백여 명이 넘는 개세마두들을 거느린 그의 눈에 지금 푸른색 광망이 번뜩이고 있었다. 종리가(家)에 대대로 전해 내려오는 겁멸광폭류(劫滅狂暴流)가 이미 십성 완성을 눈앞에 뒀음을 짐작하게 하는 모습이다.

"천장이 구멍 난 천마총을 뒤덮고 있던 암운이 걷혔다고? 그럼 교주님께서는 드디어 대공을 이루신 것인가?"

특유의 현음상인(眩陰傷人)이 깃든 종리곽의 말에 무영귀서

(無影鬼鼠) 장소량이 왜소한 몸을 가볍게 떨어 보였다. 내심 자부심을 가진 채 곱게 기른 염소수염 역시 바람도 없는데 크게 흔들리는 게 일시 제법 큰 내상을 입었음이 분명하다.

"패, 패마 천좌께서는 음공을 거둬 주시오. 노부, 기혈이 끓어올라 혀를 깨물 것 같소이다."

"약해빠졌기는!"

'망할 놈! 노부가 약한 게 아니라 네놈이 지나칠 정도로 강한 것이다!'

장소량은 내심 버럭버럭 소리를 지르면서도 흙빛이던 안색이 크게 나아졌다. 은연중 종리곽이 현음상인을 거둬서 숨통이 트인 까닭이다.

"숨통 트였으면 얼른 말해 봐! 교주님께서는 대공을 이루신 것인가?"

"그, 그게 아무래도 교주님께서는 이미 총단을 떠나신 것 같소이다."

"총단을 떠나?"

"그렇소이다. 천마총에서 암운이 걷힌 지 벌써 하루가 지났으나 교주님께서는 밖으로 나서지 않으셨소이다. 또한 교주님 직속의 패왕혈검단(覇王血劍團) 역시 바삐 움직임을 보이기 시작한 걸 감안한다면……."

"교주님께서는 이미 천마총을 몰래 출관해 신마성궁을 떠나셨다고 생각할 수 있겠군. 그럼 어디로 가셨을 거라 생각하지?"

"······거기까진 아직 아는 바가 없소이다."

"무능한 놈! 마뇌각에서 축출된 걸 힘들게 구명해 줬더니, 이리 쓸모가 없다니 어처구니가 없구나!"

종리곽이 벌떡 자리를 박차고 일어서자 장소량의 얼굴에 다급한 기운이 어렸다. 그가 당장 마뇌각으로 달려가 자신의 전 상관인 소리산을 찾을 것임을 눈치챈 까닭이다.

"자, 잠시만 기다려 주십시오!"

"기다리면?"

"노부가 지금 당장 교주님의 추격에 나서겠소이다. 충분히 그럴 수 있소이다. 천마총에서 암운이 걷히고 얼마 지나지 않아 신마성궁의 외곽을 지키던 제자 중 몇이 기이한 광경을 목도했다는 얘기를 들었으니까 말이외다."

"기이한 광경?"

"신마성궁의 중심에서 한 줄기 빛이 치솟아 오르더니, 번쩍하고 밖으로 튀어 나갔다고 하더이다."

"지존성마기!"

종리곽이 저도 모르게 목청을 높이고는 두 눈에 담긴 광망을 더욱 짙게 만들었다.

전날 그는 무수히 많은 마두들의 지지 속에 교주에게 도전한 바 있었다. 과거 광마 종리신광에 의해 완성된 겁멸광폭류를 믿고 승부를 건 것이었다.

그러나 결과는 참혹했다.

평생 단 한 차례의 패배도 용납지 않았던 종리곽의 겁멸광
폭류는 단 십 초식도 지나기 전에 박살 났다. 분쇄 당해 버렸
다. 철저하게 파훼되었다.

지존성마기!

마도일세라 불리는 희세의 신마기에 단숨에 압도당한 까닭
이었다.

종리곽으로선 절대 잊어버릴 수 없는 경험이었다. 덕분에
그 후 수십 년간 군마원을 맡아서 무수히 많은 군마들을 관리
하게 되었으니까.

잠시의 침묵 끝에 종리곽이 말했다.

"근래 좌마령 녀석이 마도십가와 꽤 회동이 잦다. 그러니
교주님의 행방을 한시라도 빨리 알아내야 할 거야."

"성심을 다하겠소이다."

"당연하지. 태상마군 늙은이한테 얼마 남지 않은 잔명을 끊
기기 싫으면 반드시 그래야만 할 거야."

"……"

장소량이 인상을 한 차례 긁어 보이더니, 종리곽 앞에서 곧
신형을 감춰 버렸다. 특기인 유령귀신보(幽靈鬼神步)를 펼쳐서
교주 추격에 나선 것이다.

그러거나 말거나 종리곽이 광망 어린 눈에 뜨거운 기운을
담았다.

"교주님도 너무하시군. 천마총을 출관하면 가장 먼저 나와

비무를 해주시겠다고 약속해놓으시곤 말이야.”

아쉬움이 느껴지는 목소리.

세상에 알려진 것보다 훨씬 더 많이 종리곽은 교주 담대광을 좋아하고 있었다.

*   *   *

숭양서원.

응천(應天), 악려(岳麗), 백녹동(白鹿洞)과 함께 북송(北宋) 이후의 사대서원 중 한 곳이다. 본래 불교사원인 숭양사였다가 수(隋)나라 때 도교 암자인 숭양관으로 변모했고, 송조에 이르러선 서원이 된 괴이한 역사를 자랑한다.

새벽닭이 우는 것과 함께 자리에서 일어난 소진엽은 양팔을 뻗어 크게 내활개를 친 후 눈꼬리에 맺힌 물기를 털어냈다. 살짝 베개 역시 조금 젖어 있는 듯하다.

“쳇! 어젯밤 괜히 전병을 훔쳐 먹었어. 꽤 오랫동안 그런 꿈은 꾸지 않았었는데…….”

전병 탓일 리 없다.

본래 낙양(洛陽) 태생인 소진엽은 수개월 전 고향을 떠나와 숭산(嵩山) 인근의 숭양서원에 기거하고 있었다.

서생이 아니다.

잔심부름을 하는 일종의 하인이었다. 마도의 삼류 무사 출신인 부친이 죽은 후 뜻한 바가 있어 숭산에 왔다가 돈이 떨어진 까닭이었다.

낙양을 떠나기 전 조사한 바로는 웬만한 무관이나 문파에 입문하기 위해선 반드시 소정의 사례금이 필요했다.

어쩔 수 없는 일이다.

무림인이라 해도 흙만 퍼먹고 살 수는 없는 노릇일 테니까.

그건 정파의 태두인 소림사(少林寺) 역시 마찬가지라는 생각에 하인 노릇을 해서라도 일단 돈을 모을 수밖에 없었다. 천하무쌍의 무공을 연마하기 전에 먼저 일부터 해야만 하는 처지에 봉착한 것이다.

어찌 됐든 다시 하루의 시작이었다.

재빨리 이불을 개고 자신의 처소인 마구간 옆에 딸린 방을 벗어난 소진엽이 얼른 우물가로 달려갔다.

세안을 하기 위함이다.

이곳 숭양서원의 규율은 대단히 엄격해서 공부하기 위해 모인 서생뿐 아니라 허드렛일을 하는 하인까지 항상 몸가짐을 단정히 해야만 했다.

어푸우! 우푸우!

재빨리 고양이 세수를 끝낸 소진엽이 손으로 밤새 뻗친 머리를 대충 정리하고는 히죽 웃어 보였다. 물에 비친 자신의 환해진 얼굴이 제법 마음에 들었기 때문이다.

과연 눈매가 살짝 위로 치켜 올라간 데다 콧날이 적당히 솟아 있는 소진엽의 얼굴은 꽤 그럴듯하다. 올해로 딱 십오 세가 된 설익은 나이답지 않게 제법 사내 냄새를 자아내고 있었다.

'쳇! 역시 책 냄새 풀풀 풍기는 서원의 하인으로 썩고 있을 만한 인물은 아니잖아?'

문득 낙양의 뒷골목이 떠오른다.

분 냄새 풀풀 풍겨대던 기녀들과 함께했던 행복한 나날들이.

절레절레!

소진엽이 얼른 고개를 흔들어 머릿속 한 켠에 아련히 떠올라 자리 잡으려던 잡념을 날려 버렸다. 이런 건 좋지 않다. 마음을 약하게 만들기 때문이다.

그렇게 생각을 정리한 소진엽은 곧 발걸음을 재게 놀려 마구간으로 걸어갔다.

지난 수개월간 계속된 하루의 시작은 마사의 말똥을 치우는 것이었다. 부모 잘 만나 호강하는 이곳 숭양서원의 서생들이 건강을 위해 배우는 승마 수업이 시작되기 전까지 말이다.

철푸덕!

마지막 말똥을 삽으로 퍼서 수레에 담고 있던 소진엽의 눈에 이채가 어렸다.

저 멀리 걸어오고 있는 이십 세가량의 서생은 이곳 숭양서원에서 가장 귀한 대접을 받는 존재인 금도경이었다.

이유는 뻔하다.

그는 천하 삼대 거상으로 유명한 북경(北京) 금가장의 차남이었다. 상인 집안의 자제답지 않게 대과에 뜻을 두고 이곳 숭양서원에 삼 년째 머물러 있었는데, 돈을 물 쓰듯 했다. 누구나 좋아하고 대우가 좋을 수밖에 없었다.

하지만 공부란 게 본래 돈만 많다고 잘 되는 게 아니다.

지난 수개월간 소진엽이 전해 들은 금도경은 머리가 다른 서생들에 비해 떨어지고 성질이 나쁜 전형적인 부잣집 도련님이었다. 어려서부터 하도 부귀하게 자라서 유림의 거두인 유수원 원주조차 아예 밖으로 내놨다는 말 또한 들린다.

하지만 소진엽은 금도경의 그런 점이 오히려 마음에 들었다.

머리 나쁘고 돈 잘 쓰는 부잣집 귀둥이.

한마디로 호구다.

낙양의 뒷골목에서부터 그런 자를 여럿 등쳐먹은 전력이 있었다. 어떻게든 건수 하나만 제대로 걸리면 된다. 당장 숭양서원의 하인 노릇을 때려치우고 소림사에 입문할 돈을 마련할 수도 있을 것 같았다.

물론 이런 경우 절대 먼저 다가서는 안 된다.

상대가 상대이니만치 괜스레 타초경사의 우를 범하면 뒷감당이 힘들어지기 때문이다.

'쩝! 오늘도 허리춤에 매달린 전낭이 큼지막하기도 하구나. 하필이면 말똥을 치울 때 만나게 되다니……'

운이 없다 여겼다.

말똥 냄새를 풀풀 날리며 다가갈 수는 없는 노릇이었다. 그런데 놀라운 일이 벌어졌다. 금도경이 먼저 손을 흔들어 소진엽을 부른 것이다.

"거기 말똥구리, 이리 와 봐라!"

'말똥구리라…….'

내심 쓰게 웃어 보인 소진엽이 얼른 말똥을 푸던 삽을 바닥에 내동댕이치고 금도경에게 달려갔다. 그의 호칭이 살짝 기분 나빴지만 호구가 될 자가 불러준 것만도 고마웠다.

"공자님, 부르셨습니까."

금도경이 소진엽에게서 나는 말똥 냄새에 놀라 소매로 얼굴을 가린 후 말했다.

"네가 제법 재주가 있다지?"

"재주라 하시면……."

"내 양무종 형한테 듣자니 곡차나 몇 가지 좋은 책을 제법 잘 구해 온다고 하더군."

"아! 몇 모금 마시면 알딸딸하니 기분이 무척이나 좋아지는 '곡차'와 살짝 살색 삽화가 들어가 있는 건전 도서를 말씀하시는 거로군요?"

"목소리가 높다!"

금도경의 질책에 소진엽이 얼른 입을 다물었다. 그러나 눈은 이미 반달 모양을 하고 있다. 아주 제대로 호구가 걸려들었다는 생각이었다.

"그렇지 않아도 오늘이나 내일 중으로 산을 내려갈 참이었습니다. 어떻게 몇 가지 구해올까요?"

"최고급 여아홍 세 병에 최고로 잘 나가는 책을 열 권 정도 가져오도록 해라."

'여아홍? 새끼, 술 마실 줄 모르는구만. 그런 여자들이나 홀짝거리는 술을 찾다니. 그리고 최고로 잘 나가는 책을 열 권이나 가져오라고? 하긴 삼 년이나 이 책 냄새밖엔 나지 않는 서원에 틀어박혀 있었다니 뭐…….'

내심 피식거리며 웃은 소진엽이 얼른 손을 비벼 보였다. 낙양에서 기루의 호객꾼 노릇을 할 때 몸에 밴 버릇이다.

"그럼 착수금은 어떻게……?"

"착수금?"

"제가 여윗돈을 가진 게 없어서 착수금을 받아야만 물건을 구매할 수 있습니다. 게다가 그 '곡차'와 '건전 도서'란 게 아무래도 외상 거래란 게 이뤄질 수 없는 종류의 것들인지라……."

"이 정도면 되겠느냐?"

소진엽의 고저의 변화가 없던 목소리가 '곡차'와 '건전 도서' 부분에서 슬쩍 올라가자 금도경이 얼른 전낭에서 돈을 꺼냈다. 그것도 작은 원보 크기의 은덩이다.

'이건…… 족히 은 열 냥 정도는 되겠는데?'

　소진엽의 눈꼬리가 살짝 치켜 올라갔다.

　은 한 냥은 시중에서 철전 백 개의 값어치다. 사 인 가족 기준으로 한 달치 생활비였다.

　당연히 지금 소진엽의 손에 들어온 은덩이의 가치는 지난 수개월간 그가 하인 노릇을 하며 모은 돈을 훨씬 상회했다. 족히 두 배가량은 될 듯하다.

　"충분합니다."

　얼른 은덩이를 받아 품에 갈무리한 소진엽이 은근슬쩍 뒷말을 보탰다.

　"그런데 조금 돈이 남을 듯해서 말인데, 검패나 마작 같은 거라도 가져올까요?"

　"검패나 마작?"

　"예, 제가 최고급 상아로 만든 검패와 마작를 제작하는 자와 조금 친분이 있거든요."

　"네가 알아서 해라."

　'걸려들었다!'

　공짜 싫어하는 사람 없다.

　소진엽이 자신을 향해 손을 휘휘 저어 보이는 금도경을 바라보며 회심의 미소를 지었다. 이미 그의 충실한 호구가 되어 있는 양무종을 비롯한 몇몇 서생들에게 그동안 들였던 공이 드디어 대어가 되어 돌아왔다는 판단이었다.

　　　　　　＊　　　＊　　　＊

　하루 뒤.

　하인들의 우두머리인 상노 구범 노인에게 철전 닷 푼을 쥐여준 대가로 하루 휴가를 얻은 소진엽은 숭양서원을 나섰다. 하루 일삯을 받지 못하게 되었으나 표정이 굉장히 상쾌하다.

　은자 열 냥짜리 일이다.

　때는 이른 봄날, 완만한 산길을 걸어서 주변의 가장 큰 성시인 등봉현으로 향하는 발걸음은 거짓말처럼 가벼웠다.

　터벅! 터벅!

　그렇게 등봉현의 어귀를 얼마 남겨두지 않았을 때였다. 문득 소진엽의 눈에 이채가 어렸다.

　'헤에? 이런 곳에 비둘기가 다 떨어져 죽어 있네? 그것도 하얀 비둘기인데?'

　숭산의 지류에 속하는 산자락에 속해 있는 숭양서원에서 지낸 지가 벌써 수개월째였다. 겨울을 나는 동안 완전히 산속 생활에 익숙해진 소진엽은 눈 속에 갇혀 얼어 죽은, 재수 없는 산짐승으로 배를 채운 게 제법 되었다.

　하지만 눈앞에 떨어진 하얀 비둘기는 그로서도 처음 보는 희귀한 종류였다. 일반적인 산비둘기스럽지 않았다.

　'어? 게다가 다리에 뭐가 달려 있는걸?'

　비둘기의 가느다란 다리.

작은 연통이 매달려 있다. 필시 무늬뿐이라도 무림인이었던 부친에게 들어 본 적이 있던 전서구임이 분명하다.

당시 부친은 또 다른 경고도 잊지 않았다. 무림인에 관련된 일에는 절대 끼어들지 말 것!

하지만 소진엽은 아직 호기심이 많은 나이였다. 성장기에 접어든 터라 식욕 역시 슬슬 왕성해지고 있었다.

휘! 휘!

재빨리 주변을 둘러보고는 비둘기를 집어든 소진엽이 연통을 떼어 바닥에 내팽개치고 얼른 걸음을 옮겼다. 한 끼 밥값이 굳었다는 판단이었다.

타닥! 탁!

삽시간에 피워낸 모닥불에 털을 몽땅 뽑은 비둘기를 올려놓은 소진엽의 입가에는 미소가 끊이지 않았다. 품속에 묵직하게 자리 잡은 열 냥짜리 은덩이의 무게감이 주는 행복이었다.

'흠, 내가 이런 작은 이득으로 만족해선 안 되지! 이번에 낚은 건 족히 은자 백 냥 정도는 뽑아낼 만한 대어 중의 대어니까. 그런데 슬슬 고소한 냄새가 풍기는 걸 보니, 대충 고기가 다 익은 모양인걸?'

소진엽은 급조한 나무 꼬챙이로 기름을 줄줄 떨구기 시작한 비둘기 고기를 꾹꾹 찔러댔다. 속까지 확실하게 익었는지 확인하기 위함이었다.

한데, 바로 그때였다.

털썩!

갑작스레 소진엽 옆에서 흙먼지가 풀풀 날리더니, 범상치 않은 묵포 차림의 장년인이 모습을 드러냈다. 갑작스레 하늘에서 뚝 떨어진 것 같은 등장이었다.

이어 그는 슬그머니 손을 뻗어 잘 익혀진 비둘기 고기를 낚아챘다. 소진엽의 눈앞에서 먹을거리를 강탈해 가 버린 것이다.

'뭐, 뭐야! 뭐야, 이거…….'

뜨악한 표정이 된 소진엽이 뭐라 항의하려 할 때였다. 단숨에 비둘기 고기를 절반으로 뜯어낸 묵포 장년인이 이를 슬쩍 드러내 보였다.

붓으로 그린 듯한 검미.

준령같이 곧고 선이 살아 있는 콧날.

오만한 표정이 더할 나위 없이 어울릴 듯한 입가의 주름.

사십 대 정도로 보이는 나이를 떠나 상당한 미남자다. 미장부였다. 어떤 여인이든 얼굴을 보면 쉽사리 시선을 떼지 못할 만큼의 매력을 자연스럽게 흘리고 있었다.

'풍채는 제법 그럴듯하네. 아니 지금 중요한 건 그런 게 아니잖아!'

내심 고개를 흔들어 보인 소진엽이 묵포 장년인에게 버럭 소리쳤다.

"이건 내 고깁니다!"

“네가 사냥한 거냐? 이건 일반인이 손을 써서 잡을 만한 물건이 아닌데?”

‘무림인!’

소진엽의 눈에 가벼운 이채가 스쳐 지나갔다. 비로소 묵포 장년인의 허리춤에 줄줄이 매달려 있는 대여섯 마리의 비둘기를 발견한 까닭이다.

피식!

그 사이 비둘기 한 마리를 게눈 감추듯 한 묵포 장년인이 소진엽에게 다시 웃어 보였다. 허리춤에 매달아 놨던 비둘기를 떼어내 불쑥 내민 것과 함께였다.

“이거 더 구워라.”

“이거 구워 드리면 절 놔주실 겁니까?”

“굽는 거 봐서 결정하도록 하지.”

“굽습니다!”

소진엽은 내심 똥 밟았다는 생각과 함께 정중하게 묵포 장년인에게 고개를 숙여 보였다. 역시 부친의 말대로 무림의 일에는 끼어드는 게 아니었다.

그렇게 다시 비둘기가 구워졌을 때였다.

자동적으로 손을 뻗어서 가장 잘 익혀진 놈을 낚아챈 묵포 장년인이 당연하다는 듯 말했다.

“술은 없나?”

“예, 그런 건 없습니다.”

"사와."

"예?"

"본래 고기를 먹을 때는 반드시 반주가 수반되어야 하잖아? 그러니 얼른 달려가서 술을 가져와라."

'의외의 손님?'

내심 눈을 빛낸 소진엽이 언제 죽상을 쓰고 있었냐는 듯 사교적인 표정이 되었다. 양손을 살짝 모으고서 허리까지 숙인 채 목소리를 은근하게 깔았다.

"확실히 좋은 고기에는 미주가 필요합니다. 어떤 종류의 술을 원하시는지요?"

"네가 적당히 골라와. 하지만 내 입맛은 꽤 고급이란 점은 잊지 말고."

"그럼 대금 지급은 어떻게……?"

"이걸로 해."

묵포 장년인이 소매에서 작은 은덩이 하나를 꺼내 소진엽에게 내줬다. 한눈에 보기에도 딱 은자 열 냥짜리다.

'헉!'

돈에 관해선 감이 꽤 좋은 소진엽이다.

그는 은덩이를 보자마자 황급히 자신의 전낭을 살피고는 안색이 시커멓게 변했다. 감쪽같이 전낭 안의 은덩이가 자취를 감췄기 때문이다.

'도대체 어떻게? 이 새끼 도수였나?'

도수란 소매치기를 말한다. 낙양의 뒷골목에서 귀신같이 남의 전낭을 날치기하는 자들에 대한 신화적인 애기를 제법 들어 본 적이 있었다.

그러나 도대체 어떻게 이런 일이 가능한 걸까?

울컥거리는 내심을 억지로 누른 소진엽이 입을 굳게 다문 채 은덩이를 전낭 안에 집어넣었다.

지금은 이게 최선이라는 판단이었다. 어차피 묵포 장년인과 다시 만나지 않으면 그뿐이니까.

'미치겠네!'

묵포 장년인과 헤어져 등봉현의 뒷골목에 위치한 도색소설로 유명한 고서점가를 들쑤시고 다니던 소진엽의 인상이 굳었다. 저 멀리서 익숙한 얼굴을 발견한 까닭이다.

잠시뿐이었다.

그는 언제 인상을 굳혔냐는 듯 곧 환한 표정이 되어 묵포 장년인에게 달려갔다.

"하하, 성격이 급하시기도 하시지. 조금만 기다리셨으면 제가……."

"술 내놔라."

"아직 구입하지 못했습니다. 최고급 명주는 쉽게 구할 수 있는 게 아니거든요. 하지만 염려 놓으십시오. 마침 이렇게 오셨으니, 제가 곧 등봉현 제일의 명주가 있는 객점으로 안내하도록 하겠습니다."

"바가지를 잘 씌우는 금향객점을 말하는 건 아닐 테지?"

"……."

소진엽의 안색이 살짝 굳었다.

묵포 장년인의 말대로 그가 안내하려던 금향객점은 근동에서 가장 바가지를 잘 씌우는 곳이었다. 주인장이 소림사의 속가제자 출신인 데다 휘하의 점소이 몇 명은 제법 괜찮은 주먹들이었기 때문이다.

당연히 소진엽은 다분히 의도적으로 묵포 장년인을 금향객점으로 인도하려 했다. 그곳의 점소이 중 가장 주먹질을 잘하는 왕소팔과 흑방의 도박판에서 안면을 튼 터라 거머리 같은 묵포 장년인을 적당히 떠넘길 수 있다 여긴 거다.

'그런데 금향객점을 안다? 그렇다는 건 숭산이 초행이 아니란 건데…….'

내심 빠르게 염두를 굴린 소진엽이 단호하게 말했다.

"금향객점은 진짜로 바가지를 심하게 씌우는 곳입니다! 어찌 제가 대협을 그런 곳에 모시고 갈 수 있겠습니까?"

"나 대협 아니다."

"그럼 대인……."

"대인도 아니거든."

"……."

소진엽이 입을 다시 다물었다.

묵포 장년인의 장난기 어린 말에 슬쩍 기분이 상했다. 뒷골목을 전전하며 키워진 반골 기질이 어느새 슬그머니 고개를 치켜 올리려 하고 있었다.

그러나 그는 다시 입가에 미소를 만들어냈다.

"어르신, 저만 믿으십시오. 절대로 바가지가 없고 품질 확실한 가게로 모실 테니까요."

"그전에 이곳에서 볼 일이 있었던 거 아니냐?"

"그건 나중에……."

"어이, 진엽이, 자네 왔는가!"

그때 고서점가 중에서도 조금 으슥한 곳에 위치해 있던 극락경(極樂境)이라는 가게에서 한 명의 중늙은이가 걸어 나왔다. 이곳 고서점가의 역사라 불리는 염백 노인이었다.

"허허, 그렇지 않아도 근자에 발길이 뜸하다 했었는데, 오늘은 손님까지 물고 왔구만?"

"아니, 그게 아니라……."

"일 봐라."

묵포 장년인이 말과 함께 신형을 다른 쪽으로 돌려세우자 소진엽이 내심 안도의 한숨을 내쉬었다. 염백 노인의 두 눈이 번들거리는 게 꽤 좋은 신간이 들어왔음이 분명했다. 곧 쟁탈전이 벌어질 가능성이 높다는 뜻이다.

"좋은 신간이 많이 들어온 모양이죠?"

"명작이 들어왔지!"

"지난번에도 그리 말해서 다섯 권이나 빌려 갔는데, 그중 건진 건 셋밖엔 없었거든요?"

"그건 자네가 선수이기 때문이야. 선수의 눈에 차는 걸작은 일 년이 꼬박 지나도 그리 많지가 않은 법이거든."

"됐구요! 추천작으로 열 권만 싸주세요."

"열 권씩이나? 하지만 미리 예약을 해놓고 기다리는 사람이 많아서……."

"권당 철전 한 푼씩 더 얹어 드리죠. 그리고 어차피 필사본 만들어 놨잖아요."

"필사본도 요즘은 빨리 동이 나거든. 뭐, 알겠네. 자네는 단골이니 사정을 봐줘야 할 테지. 그런데 저기 묵포를 걸친 사내는 누군가?"

"그러게요."

"그러게요?"

"저도 그게 정말로 궁금합니다. 그래서 지금부터 알아볼 작정이구요."

답답한 심경이 담긴 한마디와 함께 소진엽이 저 멀리서 소요하고 있는 묵포 장년인을 살짝 꼬나봤다.

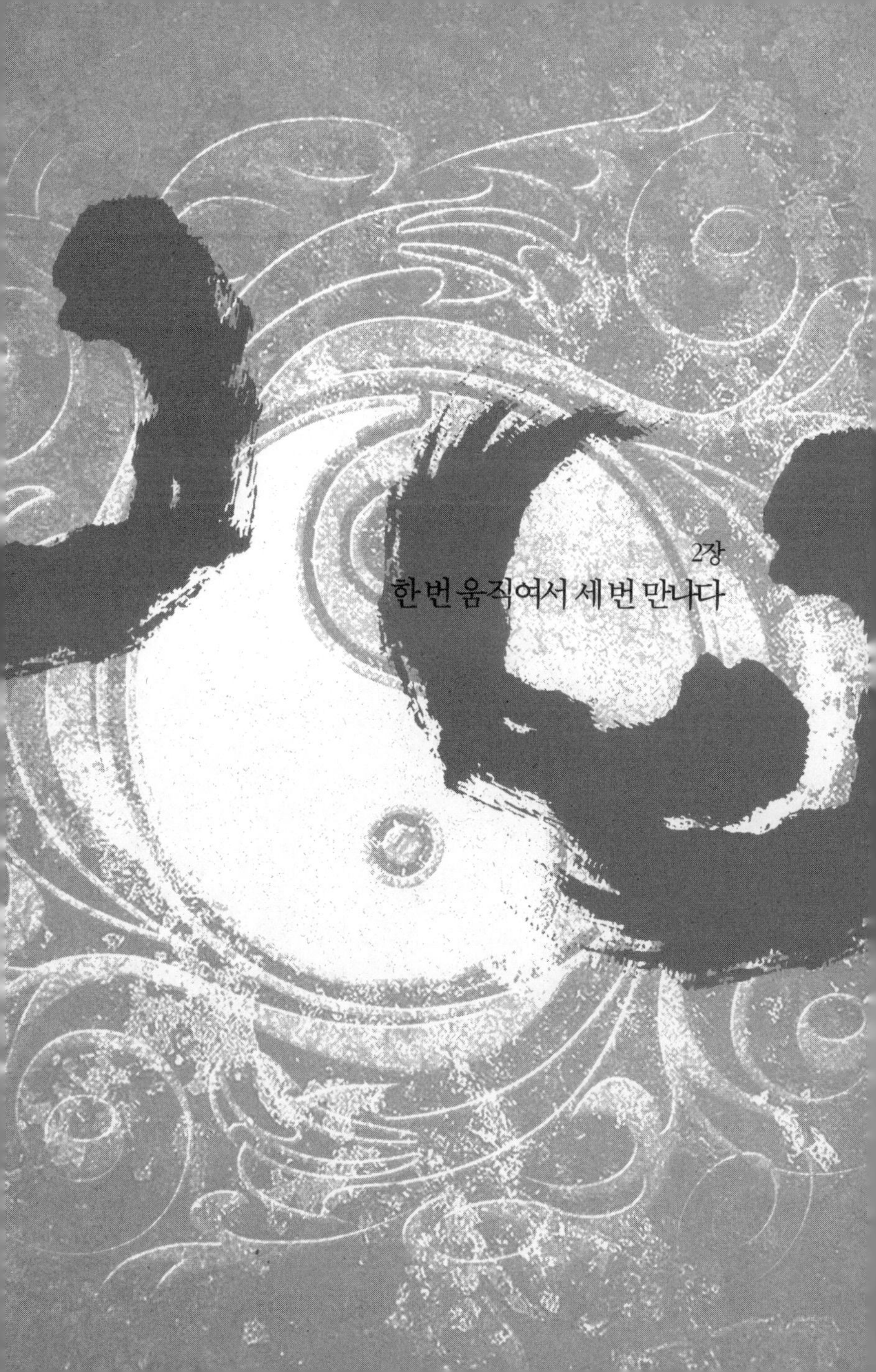

2장
한 번 움직여서 세 번 만나다

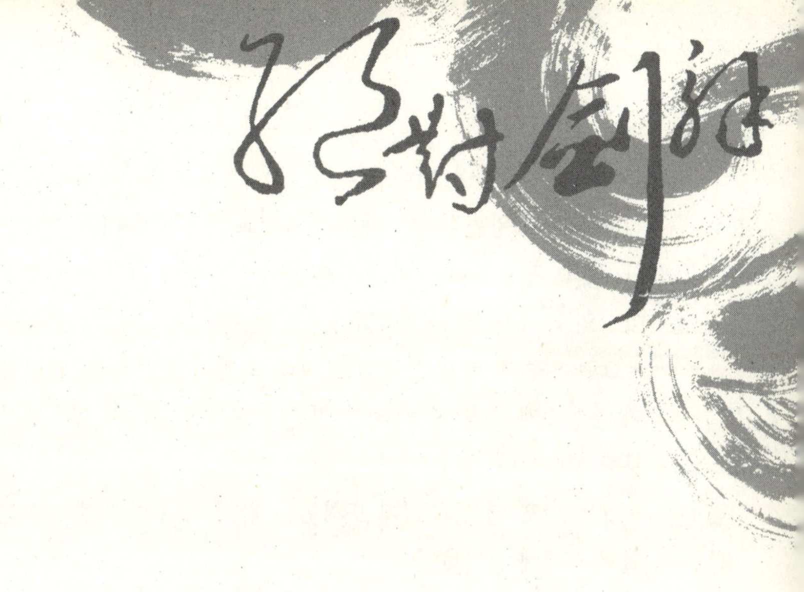

 '볼수록 재밌는 녀석이란 말이야…….'

 소진엽을 쫓아다니는 묵포 장년인의 정체는 전날 천마총을 떠난 신마대제 담대광이었다.

 그는 곤륜의 십만대산을 떠난 후 곧장 하남성으로 향했다. 이곳 숭산의 소림사에 긴히 볼 일이 있었기 때문이다.

 물론 거치적거리는 게 하나둘이 아니었다.

 얼마 전만 해도 그는 하남성에 향하는 동안 줄곧 귀찮게 한 천마신교의 전서구들을 무수히 잡아 죽였다. 지존성마기의 패도를 일으켜서 삽시간에 수백 장 반경을 날아다니던 것들을 모조리 끝장내 버렸다.

　이는 십만대산을 벗어난 후 줄곧 자신의 뒤를 따르고 있던 친위 부대 패왕혈검단과 다른 천마신교 고수들에 대한 경고였다. 계속 귀찮게 하면 다음번엔 전서구가 아닌 그들이 지존성마기의 공격 대상이 될 터였다.

　그런 와중에 만난 소진엽은 사실 초면이 아니었다. 담대광이 자연스레 마공 중 하나인 천변(千變)을 펼쳤기에 알아보지 못할 뿐이었다.

　그는 달포 전 등봉현에 도착했는데, 당시 우연하게도 소진엽의 호객에 걸려들었다.

　숭산 방면으로 향하는 입구에서부터 찰싹 따라붙더니, 기어이 그를 금향객점으로 향하게 만들었다. 놀라운 친화력과 화술이었다.

　게다가 추레하고 남루한 행색과 달리 소진엽은 제법 좋은 기골을 지니고 있었다. 여느 평범한 문파에서 사람 보는 눈이 있는 자라면 제자로 탐을 낼 만했다.

　물론 거기까지였다.

　더 이상은 담대광의 시선을 잡아끌진 못했다. 천생의 무골을 타고난 데다 천하무적의 문파에서 천하제일의 무공을 어려서부터 익혔던 그에게 있어선 분명 그러했다.

　그런데 곧 담대광은 소진엽에게 지극한 관심을 품게 되었다.

　왠지 낯이 익어서 적당히 음식을 시켜놓고 지켜보던 중 소진엽이 점소이와 객점 밑에서 나누는 대화로 새로운 사실을 눈치챈 까닭이었다.

초면.

놀랍게도 점소이와 소진엽은 오늘 처음 보는 사이였다. 금향객점과 얘기도 해놓지 않고 담대광을 호객해 와 점소이와 협상을 벌이고 있었다.

당연히 쉬울 리가 없다.

보통이라면 그래야만 했다. 세상이 그리 호락호락할 리 없었기 때문이다.

이번에도 담대광의 예상은 틀렸다.

어느새 소진엽은 점소이와 호형호제를 하고 있었다. 산전수전을 다 겪어 닳고 단 점소이에게 철전 하나 손에 쥐여주지 않고서 그런 일에 성공했다.

그로 인해 담대광은 예상보다 조금 더 등봉현에 머물게 되었다. 아주 독한 바가지를 씌우는 금향객점에서 유숙하며 종종 마을로 내려오는 소진엽을 관찰했다.

'그러고 보면 매번 성공했던 것도 아니었지. 지난번엔 아주 독한 왈짜에게 수작질을 부리다가 된통 혼이 났으니까.'

그다음은 더 걸작이다.

소진엽은 왈짜의 뒤를 끈질기게 쫓았다. 그가 뒷간으로 갈 때까지. 그리고 바지를 급하게 까내리고 인간이라면 결코 벗어날 수 없는 고뇌의 산물을 몸 밖으로 밀어내기까지 말이다.

다음은 뻔하다.

뒷간으로부터 결코 즐겁지 못한 향기와 함께 찰진 소리가
흘러나온 것과 동시였다.

그 찰나의 순간을 놓치지 않고 뒷간으로 난입한 소진엽은
미리 준비해뒀던 똥바가지를 왈짜에게 뿌리고는, 그가 허둥대
는 틈에 발로 짓밟았다. 아예 똥통 속에 풍덩 하고 빠뜨려서
밖으로 뛰쳐나오지도 못하게 만들었음은 물론이다.

히죽!

담대광의 입꼬리가 문득 살짝 치켜 올라갔다. 본래 그는 자
신이 원하는 목적을 이루기 위해 끈기를 가지고 수작을 벌이
는 자를 좋아했다. 소진엽처럼 꼴통 기질이 다분한 인간은 더
욱 마음에 들었고 말이다.

'도둑놈! 뭐가 그리 기분이 좋데?'

염백 노인과의 협상을 마친 소진엽이 책 보따리를 등에 짊
어진 채 극락경을 빠져나오다 담대광을 밉살스레 노려봤다.

골칫거리에 밉상!

세상에 어떤 인간이 지금 저 앞의 풍채 좋은 얼굴보다 미울
까 싶을 정도다. 무림인이라 의심만 되지 않으면 달려들어 확
몇 대 쥐어패고 싶었다.

잠시뿐이었다.

곧 얼굴 가득 환한 미소를 띤 소진엽이 담대광에게 굽실거
리며 다가들었다. 아부의 말 역시 잊지 않는다.

"하하, 어르신같이 멋진 분께서 계시니, 이 음침한 고서점가가 다 환해지는 것 같습니다."

"볼 일 다 봤으면 어서 앞장서거라."

"예, 저만 따라오십시오."

소진엽이 더욱 환하게 미소 짓고는 얼른 앞장섰다.

극락경에서 책을 고르는 동안 이미 생각해둔 게 있었다. 금향객점보다 훨씬 위험하고 흉포한 곳으로 담대광을 인도할 작정을 한 것이다.

'도수 양반, 날 너무 원망하진 마시오. 하필이면 당신이 내 전낭에 손을 대서 벌어진 일이니까 말이오.'

소진엽이 내심 손을 합장했다.

그리 멀지 않은 때에 불문의 성지라 불리는 소림사에 입문해야 할 터였다. 생면부지의 사람을 지옥으로 인도하면서 마음 한구석에 찔리는 감정이 없을 리 만무했다.

어그적! 어그적!

그런 소진엽의 내심을 아는지 모르는지 담대광은 멋들어진 묵색 장포를 휘날리며 잘도 그의 뒤를 따라왔다. 가만 보니까 걸음걸이가 꽤나 근사하다.

용형호보(龍形虎步)!

다른 말로 신마군림보(神魔君臨步)라 일컬어지는 천마신교 교주의 걸음이지만 소진엽에게 알아볼 안목은 없었다. 단지 꽤 멋들어진 걸음이라 여자 꾀기에 좋겠다는 생각을 잠시 했을 뿐.

잠시 후.

소진엽이 담대광을 인도한 곳은 고서점가보다도 훨씬 후미진 곳에 위치한 뒷골목이었다.

보보마다 느껴지는 퀴퀴한 냄새. 가끔씩 구석퉁이에 주저앉아 있거나 아무렇게나 누워 뒹굴고 있는 자들은 딱 두 종류의 눈빛을 하고 있었다.

무기력증과 기묘한 갈망.

소진엽은 그런 자들을 볼 때마다 품속에서 마른 건포 한 움큼씩을 꺼내 건넸다. 안면이 있는 자들이건 없는 자들이건 예외를 두지 않았다. 이런 부류의 사람들을 낙양의 뒷골목에서 제법 자주 봐온 까닭이다.

담대광이 물었다.

"이 골목에서 아는 자들이 꽤 많구나?"

소진엽이 여상스레 대답했다.

"그리 많지는 않습니다. 사실 대부분 모르지요. 이 골목에서 하루를 소일하는 자들치고 그리 오래 버티는 자들이 별로 없으니까요."

"모두 널 반기는 것 같던데?"

"이곳에 항상 빈손으로 오지 않았으니까요."

"그렇군."

담대광이 미미하게 고개를 끄덕이고는 더 이상 말하지 않았다. 그동안 지켜봐 온 소진엽이라면 이런 뒷골목의 도리를 모르는 게 오히려 이상하다 여긴 까닭이다.

그 사이 골목의 거진 끝에 이른 소진엽이 검은색의 작은 대문이 있는 허름한 집으로 달려가 몇 차례 두드려 보였다.

"누구냐?"

"저 진엽입니다. 좋은 술을 드시고 싶다는 손님이 있어서 모시고 왔습니다."

"들어와."

짧막한 대답과 함께 검은 문이 열리자 안에서 몸집이 산 같은 사내가 모습을 드러냈다. 등봉현 일대에서 주먹 좀 쓰고 성질 더러운 왈패들의 모임인 흑방의 문지기를 맡은 미친곰 우덕이었다.

그는 자신보다 머리 하나는 작은 소진엽의 뒤에 서 있는 담대광을 스윽 살피고는 입가에 실룩 미소를 만들어냈다. 딴에는 손님 접대용의 웃음이나 보는 자는 등골이 서늘해진다. 딱 왈패들이 사람을 겁박할 때 보이는 표정이기 때문이다.

"들어오쇼. 마침 좋은 밀주를 잔뜩 만들어……."

"술을 들여놓은 것이겠죠."

소진엽의 지적에 우덕이 고개를 끄덕이며 말을 수정했다.

"……그래, 들여놓았으니까. 그런데 돈은 충분하겠지?"

이번 질문은 소진엽에게 한 거다.

"아주 큰 손님입니다!"

엄지손가락까지 꼽아 보이는 소진엽의 모습에 우덕이 다시 고개를 끄덕여 보였다.

"그럼 진짜 최상급을 내놔야겠군."

"아끼지 말고 내오세요. 대금은 바로 드릴 테니까요."

"좋아."

우덕이 이를 드러내며 흡족하게 웃어 보였다. 소진엽이 오늘 꽤 큰 대어를 물어왔다는 생각을 하고 있음이 분명했다.

*　　*　　*

숭산.

하남성 등봉현에 자리 잡은 이 산은 옛적에는 외방(外方)이라 했으며, 숭고(嵩高)라고도 일컬어진다.

중원 오악의 중악.

세 개의 봉우리가 우뚝 서 있으니, 가운데가 준극(峻極), 동쪽은 태실(太室), 서쪽은 소실(小室)이다.

준극봉.

한 명의 혈립 묵포인이 갑자기 쏟아져 내린 비에 흘딱 젖은 채 산 아래쪽으로 내려다보이는 등봉현을 바라보고 있었다.

잠시뿐이었다.

　방금 전까지 한 치 앞이 보이지 않을 만큼 뿌얀 습막을 형성한 채 쏟아져 내리던 빗줄기가 잦아든 것과 동시였다. 곧 혈립 묵포인의 전신에서 뜨거운 열기가 일어나더니, 빗물에 젖어 있던 옷을 바짝 말려 버렸다.

　삼매진화의 경지!

　무공이 이미 화경(化勁)에 도달했음을 말해주는 광경이다. 당금 무림 중에 그리 쉽게 찾아볼 수 없는 절정의 무위를 혈립 묵포인은 아무렇지도 않게 내보인 것이다.

　그것만으로 놀라긴 이르다.

　이어 챙이 넓어 얼굴 전체를 가린 묵포인의 혈립 안쪽에서 섬뜩한 귀광이 일었다. 여전히 뭉클거리는 기운을 유지한 채 주변을 떠돌고 있는 패도적인 기세와 더불어 아주 소름 끼치는 광경을 연출해낸다.

　'교주님께서 천마총을 나서셨을 때 나는 드디어 마음을 정하신 것이라 생각했었다. 분열된 신교의 질서를 정리하실 작정을 하신 거라고. 그런데 교주님께서는 아무런 하명도 없이 십만대산을 떠나 숭산으로 향하셨다. 도대체 무슨 의도이신지 모르겠구나……'

　혈립 묵포인의 정체!

　바로 천마신교 유일의 교주 직속 호위단인 패왕혈검단의 단주, 마검혈풍영(魔劍血風影) 철무정이다. 전날 천마신교와 정파 간의 마천대전 시 누구보다 많은 정파인을 참살한 탓에 핏

빛 검의 도살자라 불리기도 하는 절정의 마검객.

그런 그의 눈빛이 지금 극히 신중해져 있었다.

어쩔 수 없다.

이곳은 정파의 하늘이라 불리는 소림사가 있는 숭산이었다. 당금 천하에 가장 막강한 고수라 일컬어지는 쌍신(雙神) 중 소림신승이 도사리고 있는 와룡심처였다. 다른 쌍신 중 한 명인 신마대제 담대광을 호위하는 입장인 그로서는 바짝 긴장하지 않을 수 없었다. 자칫 최악의 상황이 벌어진다면 목숨을 내놓을 각오를 해야만 할 터였기 때문이다.

그때 번민에 빠져 있는 철무정의 배후로 몇 명의 흑립인들이 모습을 드러냈다. 그가 담대광의 느닷없는 출교(出敎)에 대경해 급하게 데리고 온 패왕혈검단의 십대조장이었다.

부단주이자 일조장을 맡은 백희도가 이미 나머지 조장의 중지를 모은 듯 앞으로 나서 부복한 채 말했다.

"단주님께 아뢰겠습니다."

"고하라."

"반 시진 전 등봉현으로 향하는 산자락에서 교주님의 흔적을 발견했습니다."

"교주님의 흔적을 발견했다고?"

의문 어린 철무정의 시선을 받은 백희도가 얼른 정정했다.

"교주님의 흔적을 발견한 게 아니라 본교에서 가져온 전서구들의 흔적을 발견한 것입니다."

“전서구들에게 문제가 생긴 것이냐?”

“모조리 사라졌습니다.”

“교주님다우시군. 그리고?”

“전서구를 불에 구워먹은 흔적을 발견했습니다. 물론 교주님의 흔적은 그곳에서 전혀 발견할 수 없었습니다만, 동행이 확인되었습니다.”

“동행?”

“발자국으로 보아 무공을 모르는 자입니다. 그리고 그자는 현재 등봉현에 있습니다.”

“다른 사항은?”

“그 밖에 현재 소림사가 위치한 소실봉을 비롯한 숭산 전역에는 별다른 움직임이 보이지 않고 있습니다.”

“우리가 염두해 둬야 하는 건 소림만은 아니다.”

“그런 점 역시 신경 써서 주변을 살폈습니다만, 역시 별다른 이상을 느낄 수 없었습니다.”

“……”

철무정이 침묵 속에 눈살을 가볍게 찌푸려 보였다. 백희도의 보고가 그의 심사를 매우 불편하게 만든 까닭이다.

‘태상마군이나 좌마령이 교주님의 출교 사실을 몰랐을 리 만무하다. 특히 좌마령은 요주의 인물이다. 교주님께서 천마총에서 폐관수련을 하고 있는 동안 줄곧 신교 내외의 불만 세력을 흡수하고 있었으니까.’

마도십가 중 여섯 가문의 절대적인 지지를 받고 있는 좌마령 북리사경!

그가 이번과 같은 좋은 기회를 놓칠 리 만무하다. 그런 확신이 들었다. 그리고 노파심일지 모르나 그가 직접 나섰다면 패왕혈검단의 일개 조장급들로선 감히 종적조차 간파할 수 없을 터였다.

꿈틀.

일순 심중에서 치솟은 살기로 인해 미간 사이에 깊은 주름을 만들어낸 철무정이 침묵을 깼다.

"일단 등봉현으로 향한 발걸음의 소유자를 쫓는다. 여태까지처럼 주변에 대한 감시를 강화하고서."

"존명!"

일시 철무정에게서 일어난 자욱한 살기에 놀란 기색을 지어보인 백희도가 얼른 고개를 숙여 보였다.

뒤에 집결해 있던 다른 조장들 역시 마찬가지다. 단주와 부단주가 뜻을 맞췄으니, 수하된 입장에선 그저 따를밖엔 도리가 없을 터였다.

＊　　＊　　＊

데엥! 데엥!

웅장한 종소리가 허공에 퍼지더니, 단숨에 산봉우리를 휘감고 메아리가 되어 돌아온다. 듣는 사람으로 하여금 속된 생각을 말끔히 가시게 하는 소리다.

등에 한 보따리의 책과 술병, 도박 도구 등을 짊어진 채 열심히 산길을 걷고 있던 소진엽은 저도 모르게 걸음을 멈췄다. 어느새 이마에는 송글송글 땀방울이 맺혀 있다.

슥!

소매로 대충 이마를 닦은 소진엽이 슬며시 뒤를 돌아봤다.

방금 전 그는 무자비한 왈패들로 가득한 흑방에 담대광을 놔둔 채 도망쳐왔다. 이미 밀주로 만들어진 여아홍 세 병을 챙겨놨기에 전혀 주저함이 없었다.

하지만 은근히 켕긴달까?

어쩌면 선량한 도수(?)에 불과할지도 모를 담대광을 왈짜들 틈에 놔두고 온 것이 소진엽의 마음을 불편하게 만들었다. 여태까지 온갖 부류의 인간들을 등쳐먹었지만 인간말종이라 할 수 있는 왈패들한테 팔아넘긴 적은 없었기 때문이다.

'쳇! 그러게 누가 내 돈에 손을 대래? 그나저나 이놈의 산은 갑자기 비가 내리더니, 이번엔 왜 종소리는 들려와서 사람의 마음을 약하게 만든담?'

굳이 길게 생각할 필요도 없다.

방금 전 들려온 타종 소리는 소실봉 중턱에 위치한 소림사가 출처일 터였다. 그 외엔 꽤나 멀리 떨어진 이곳까지 들릴 만큼 웅장한 종소리를 낼 만한 고수가 있는 곳이 없을 테니까.

그 같은 생각과 함께 소진엽은 다시 주먹을 꼬옥 쥐었다.

그는 바로 그 소림사에 입문하기 위해 돈이 필요했다. 낙양에서 야반도주할 때 남겨 놓고 온 모친과 성질 드센 여동생한테 보낼 생활비도 마련해야만 했다. 이런 작은 일에 마음이 흔들려서는 곤란했다.

그렇게 다시 걸음을 옮기던 소진엽의 안색이 슬쩍 찡그려졌다.

후둑! 후두두둑!

여전히 산야 전체를 휘감은 채 울려 퍼지던 타종 소리를 느닷없이 쏟아지기 시작한 빗소리가 집어삼켰다. 방금 전에 지나갔던 소나기가 아직 여력을 남기고 있었나 보다.

"망할! 책 젖는데……."

내심 욕설을 내뱉은 소진엽이 얼른 허리춤에 꽂아놨던 우산을 펼쳐들었다.

그러나 그리 비싸지 않은 우산이다.

이미 한 차례 사용해서 절반쯤 젖어 있는 물건인지라 산에서 쏟아지는 비에 그리 오래 버틸 것 같진 않다.

우다다다다!

그래서 소진엽은 달렸다.

순식간에 폭우로 변해 버린 빗방울을 뒤로 날리며 미친 황소처럼 뛰었다. 부근에 예전에 눈여겨 봐뒀던 사냥꾼의 초막이 있음을 알고 있었기 때문이다.

덜컥!

아직 이른 봄철이다.

산속에서 만난 빗방울은 얼음장만큼 차다.

삽시간에 몸의 체온이 뚝 떨어지는 걸 느끼며 모옥 안으로 들어서던 소진엽이 일순 얼음처럼 굳어 버렸다.

모옥의 한복판.

내부를 훈훈하게 만드는 모닥불이 한창 타오르는 중이었다. 낡고 다 허물어져 가는 외양의 초막임에도 선객이 있었던 것이다.

게다가 놀랍게도 모옥의 선객은 소진엽과 구면이었다.

얼마 전 등봉현 뒷골목의 흑방에 안내해 준 후 뒷간에 간다는 핑계를 대고 떼어낸 담대광이 지금 모닥불 가에 팔베개를 한 채 잠들어 있었다.

'우째 이런 일이 벌어진다냐!'

소진엽은 천천히 몸을 돌려세웠다.

어떻게든 담대광이 깨기 전에 모옥을 빠져나가 숭양서원으로 도주할 작정이었다. 그리고 한동안 문밖출입을 자제할 작정까지 했다. 그곳은 황권의 보호를 받는 곳이니, 무림인이든 왈패든 함부로 침범하지 못한다는 말을 상노 구범 노인한테 들은 바가 있었기 때문이다.

그런데 그때 담대광의 목소리가 그의 뒷덜미를 잡아챘다.

"비 오는데 나다니는 거 아니다."

'썩을!'

소진엽은 내심 욕설을 내뱉고는 얼른 담대광을 향해 활짝 미소 지어 보였다.

"아하하, 하루에 세 번이나 만나게 되다니, 정말 어르신과 저는 엄청난 인연인 것 같습니다. 본래 이런 식으로 만나게 되는 사람들은 평생의 동반자나 지기가 된다는 말도 있지 않습니까?"

"그런 말 들어 본 적 없는데?"

"아마 서방 쪽에서 떠도는 말이라서 그런 것 같습니다. 저도 서역을 왕래하는 상인한테 우연히 들은 말이라 확실한 건 아니고요."

소진엽은 열심히 떠들어대며 살짝 안심했다.

바로 담대광이 손을 쓰지 않았으니, 일단 가장 큰 위기는 넘겼다. 이제부터는 어째서 그를 흑방에 놔두고 떠날 수밖에 없었는지에 대한 변명만 그럴싸하게 늘어놓으면 될 터였다.

한데, 그럴 필요가 없었다.

까닥!

담대광은 소진엽 쪽을 쳐다도 보지 않은 채 손가락을 들어 지시했다. 절대 어떤 식으로도 반대의 마음을 품을 수 없게 만드는 압도적인 박력이 담겨 있는 손가락질!

쪼르르!

봇짐 안에 넣어놨던 책을 사수하려다 물에 풍덩 빠진 생쥐 꼴이 되어 있던 소진엽이 얼른 담대광에게 다가들었다. 본래 남루한 옷차림이었는데 폭우로 인해 더욱 볼품이 없어졌다.

그때 담대광이 퉁명스레 말했다.

"옷을 벗어라."

"예?"

"당장 그 냄새 나는 누더기를 몽땅 벗어서 네놈의 사추리 사이의 물건을 드러내라는 거다."

'서, 설마 흑방에 놔두고 도망친 대가를 몸으로 갚으라고 하는 건가?'

소진엽이 등덜미로 스쳐 가는 오싹한 소름을 느끼며 얼른 안색을 딱딱하게 굳혔다. 낙양의 뒷골목에서도 몇 명 본 적이 없던 남색가를 산중의 모옥에서 만나게 될 줄은 몰랐다.

"나는 비싼 몸입니다!"

"비싸?"

"그렇습니다! 그러니……."

"얼마야? 얼마면 돼!"

"그, 그게 그러니까, 으으음……."

평상시의 현란한 화술조차 잊어버리고 오만상을 찌푸리는 소진엽을 향해 담대광이 피식 웃어 보였다. 어린아이를 상대로 장난을 치는 게 제법 재미있다.

"나는 여자를 좋아한다."

"아!"

안도의 표정이 된 소진엽에게 담대광이 손을 가볍게 휘저어
보였다.

그 순간 일어난 기경!

"우왓!"

소진엽이 외마디 비명과 함께 공중으로 부웅 떠오르더니, 한
바퀴 공중제비를 해 보이며 바닥에 떨어져 내렸다. 어느새 홀딱
젖어 있던 옷은 이미 홀랑 벗겨져 흔적조차 보이지 않는다.

우당탕!

제법 심하게 바닥에 내동댕이쳐진 소진엽에게 담대광이 여
전히 눈을 감은 채 말했다.

"모닥불에 바짝 다가들거라. 이미 몸의 모공 중 상당수가
닫혔으니, 빨리 불을 쬐지 않는다면 한기가 장부(腸部)로 침투
해 병이 들 거다."

"여, 역시 무림인이셨습니까?"

"그것도 고수다. 네가 평생 본 적이 없을 만큼 강한."

'그래서 흑방의 그 많은 왈패들한테서 무사히 벗어날 수 있
었구나!'

내심 수긍한 소진엽이 얼른 모닥불 가에 쭈그려 앉았다.

그의 말대로 병이라도 들면 일을 못하게 되어 품삯을 받을
수 없다. 흑방에서 배신했던 자신을 이리 살갑게 대하는 속내
가 꽤나 의심스럽긴 하나 일단은 명에 따르는 게 나을 듯했다.

그렇게 한동안 두 사람 사이에 침묵이 흘렀을 때였다.

　양다리 사이에 고개를 박은 채 쥐죽은 듯이 있던 소진엽에게 담대광이 말했다.

"네 녀석은 감히 나한테 거짓말을 했다."

"거기에는 아주 많고 많은 사연이……."

"거기엔 미주나 명주는커녕 입맛조차 돋워줄 술도 없었다. 그러니 얼른 봇짐 안에 꿍쳐놓은 술 내놔라."

"수, 술이요?"

"그래, 근래 만든 밀주 중에 최고급의 여아홍을 네놈이 샀잖느냐."

'망할 흑방 돼지 새끼들!'

　소진엽은 내심 이를 갈며 흑방의 왈패들을 욕했다. 그들이 아예 담대광에게 자신에 관한 모든 사실을 이실직고했음을 직감적으로 눈치챈 까닭이다.

　이리되면 답이 없다.

　얼른 모든 저항을 포기한 소진엽이 두말없이 봇짐 안에서 여아홍 한 병을 꺼내 넙죽 바쳤다. 아까운 마음을 억누르느라 살짝 손끝이 떨린다.

　그런데 담대광은 그것만으로 만족하지 않았다.

　까닥!

　여아홍을 받아서 단숨에 들이킨 그가 다시 손가락을 들어올려 흔들어 보였다. 두 개다.

'나머지도?'

소진엽이 내심 치를 떨며 담대광에게 나머지 여아홍을 넘겼다. 방금 전과는 달리 이미 손이 떨리지 않을뿐더러 표정 하나 변함이 없다. 어차피 떠나간 배요, 작별을 고한 여인이라 여긴 것이다.

'역시 재밌는 놈.'

실눈을 뜨고 소진엽의 그 같은 모습을 하나도 빼놓지 않고 살핀 담대광이 내심 즐거운 표정을 지어 보였다. 숭산에 와서 새로운 도락 거리 하나가 생겼다는 판단이었다.

그렇게 담대광이 연달아 여아홍 세 병을 몽땅 비웠을 때였다.

산의 날씨가 으레 그렇듯 별안간 쏟아져 내렸던 소나기가 순식간에 멈췄다. 낡은 모옥의 지붕을 쉼 없이 때려대던 빗방울이 잦아들더니, 곧 종적 자체를 감춰 버렸다.

슥!

순간 그때까지도 누운 자세를 풀지 않고 있던 담대광이 손가락을 다시 까닥이자 한 켠에 널려 있던 옷가지가 소진엽에게 날아들었다. 그의 머리 위로 우르르 쏟아져 내렸다.

"우왓!"

대경해 소리를 지른 소진엽에게 어느새 팔베개를 풀고 신형을 일으켜 세운 담대광이 말했다.

"얼른 입어라. 네 녀석의 별 볼 일 없는 아랫도리 따윈 더 이상 보고 싶지 않으니까."

'별 볼 일 없는 아랫도리?'

소진엽이 담대광의 말에 살짝 상처를 받고는 곧 흠칫 놀란 표정이 되었다.

자신을 향한 마력적인 눈동자!

흡사 소진엽의 속내를 단숨에 까뒤집어 놓을 것만 같다. 그런 기분에 일시 얼음이 되어 버렸다.

잠시뿐이었다.

여전히 자존심에 상처받은 것에 신경이 쓰이긴 했으나 소진엽은 군말 없이 옷을 걸쳐 입었다. 눈앞에 서 있는 담대광이 뿜어내고 있는 압도적인 박력에 본능적으로 위기감을 느낀 까닭이었다.

그리고 불쑥 질문을 던진다.

"어르신, 혹시 숭양서원에 가시는 길이셨습니까?"

"어째서 그리 생각하지?"

"요 밑까지만 해도 갈림길이 여러 개 있지만, 지금부터는 오로지 숭양서원으로 향하는 외길뿐이거든요. 그러니 절 붙잡아서 무림의 대고수답지 않은 '어린애 괴롭히기'를 하실 요량이 아니라면 당연히 숭양서원이 목적지시지 않겠습니까?"

"다른 목적지도 있다."

"무슨?"

"어린애도 괴롭히고, 숭양서원에도 가는 거."

"……"

소진엽이 얼른 겁먹은 표정으로 입을 다물었다. 물론 연기

다. 진짜 담대광이 자신을 괴롭힐 요량이었으면 그런 말 같은
건 꺼낼 이유가 없기 때문이다.

과연 담대광이 다시 손가락을 까닥거리며 명령했다.

"앞장서라."

"진짜 숭양서원에 가시는 겁니까?"

"그래, 거기에 내 친구가 있거든."

'친구라…….'

소진엽이 잠시 담대광을 바라보고는 군말 없이 봇짐을 짊어
지고 앞장섰다.

황권의 수호를 받는 숭양서원!

이제 이 악마 같은 무림고수로부터 벗어날 수 있는 길은 한
시라도 빨리 그곳에 도착하는 것뿐이었다.

'그런데 진짜 친구가 있으면 어떡하지?'

상관없다고 여겼다.

원주인 유수원한테 곧바로 달려가서 꼰지를 작정이니까.

＊　　＊　　＊

밤.

숭양서원으로 돌아와 어느 때보다 긴 하루를 끝마치고 처소
로 돌아온 소진엽은 아무렇게나 침상에 누웠다.

하루 종일 빨빨거리며 돌아다녔기 때문일 터다.

그의 전신은 물먹은 솜처럼 푸욱 침상에 눌어붙은 채 움직일 줄을 몰랐다. 이대로 그냥 눈을 감으면 다음날 새벽이 될 때까진 절대 뜨이지 않을 듯하다.

그러나 그렇지 않았다.

"우아, 열 받아!"

갑자기 소진엽이 침상을 박차고 일어나 앉았다. 가슴이 크게 들썩이는 게 담대광을 만난 후 하루 종일 참아왔던 울분이 한꺼번에 폭발한 듯싶다.

그럴 수밖에 없었다.

두어 시진 전 숭양서원에 도착한 소진엽은 곧장 기가 막힌 현실과 직면해야만 했다. 그가 내심 강력한 원군으로 생각했던 원주 유수원이 무림고수를 가장한 도둑놈한테 허리를 굽실거리는 꼴을 봐야만 했기 때문이다.

몇 년 전까지 황궁에서 한림원 대학사까지 지냈다는 유수원은 곧바로 담대광의 하인을 자처했다. 평상시의 학처럼 청수하고 대나무처럼 꼿꼿했던 기상 따윈 신경조차 쓰지 않고 간이나 쓸개라도 내줄 듯 굴었다.

게다가 소진엽의 고난은 그것만으로 끝이 아니었다.

그는 어떻게 알았는지 곧장 자신을 찾아온 금도경에게 흑방에서 구입한 가짜 여아홍 대신 몰래 땅속에 파묻어 뒀던 검남춘을 안겨줘야만 했다. 후일 소림사에 입문하기 전에 마시려고 낙양의 제일 유명한 주가(酒家)에서 사온 진품 중의 진품을, 호구로 삼으려던 금도경에게 내주고 만 것이다.

분노와 원한, 굴욕!

소진엽은 일평생 경험한 것보다 훨씬 큰 고난을 단 하루 새 자신에게 안겨준 담대광을 떠올리며 이를 갈았다. 속에서 열이 뻗쳐서 극도로 피곤한 와중에도 쉽사리 잠을 이룰 수 없었다.

한데, 바로 그때였다.

삐그덕!

오늘 하루 동안 계속 그랬듯이 담대광이 별다른 기척이나 예고도 없이 방 안에 들어섰다.

'헉!'

침상 위에서 버둥거리고 있던 소진엽이 입을 가볍게 벌린 채 잠시 침묵했다. 담대광의 느닷없는 등장에 표정 유지가 쉽지 않았기 때문이다.

대신 담대광이 손을 들어 보였다.

"나 왔다."

"어째서……."

"반갑지 않은가 보군."

'반갑겠냐!'

소진엽이 내심 소리 지르고는 침상에서 내려와 공손하게 허리를 숙여 보였다.

열이 뻗쳐도 이성까지 잃어버리진 않았다.

정체불명의 무림고수인 건 둘째 치고 원주 유수원과의 돈독한 친분은 절대 담대광을 쉽게 볼 수 없게 만든다. 속된 말로 그가 어떤 말도 안 되는 명을 내려도 현재 소진엽의 입장에서는 반 마디도 거역해선 안 될 터였다.

"너, 내 시동 좀 해라."

"싫습니다!"

내심 마음먹었던 다짐을 촌분 만에 어긴 소진엽이 흠칫 놀란 표정으로 재빨리 첨언했다.

"합당한 급료를 주지 않으시면 곤란합니다. 저는 숭양서원의 노비가 아니라 하인이니까요."

"돈 때문에 여기서 하인 노릇을 하는 거냐?"

"물론입니다. 근방에서는 가장 후하게 급료를 주는 곳이 이곳 숭양서원이니까요."

"그런 것치고는 이 일 저 일 잘 벌이고 돌아다니던 것 같던데?"

'제길, 어째서 나한테 이리 관심이 많은 거냐?'

내심 담대광에게 인상을 써 보인 소진엽이 여전히 공손한 표정으로 말을 이었다.

"어르신, 제 겉모양만 보고 섣부른 판단을 내리셔선 곤란합니다. 제가 돈을 모으는 이유는 어디까지나 원대하고 숭고한 이상을 실현하기 위함이니까요."

"원대하고 숭고한 이상?"

"예, 저는 열심히 돈을 모아서 소림사에 입문할 생각입니다."

"머리를 박박 깎은 중이 되고 싶은 거냐?"

"뭐, 소림사에는 속가제자란 게 있지 않습니까? 굳이 머리를 깎고 불문에 귀의하지 않더라도 마음속에 불법만 간직하고서 제세 구민에 힘쓰면 될 거라 생각합니다."

"허!"

담대광이 나직이 혀를 찼다. 소진엽이 입술에 침도 바르지 않고 거짓말을 늘어놓고 있음을 대번에 눈치챈 까닭이다.

'이거 예상보다 훨씬 골 때리는 녀석이잖아? 옷을 벗길 때 기맥을 훑고 근골을 살펴보니, 희미하게나마 마도십가의 일맥을 이은 놈인 것 같았는데, 마공의 흔적이 엿보이지 않는 건 둘째 치고 소림사에 입문할 생각을 하다니……'

마도십가.

달리 마도십천세가(魔道十天世家)라 불리는 마도의 기둥으로써 정파의 팔대세가와 쌍벽을 이루는 명문이었다. 천마신교의 주축 세력 중 대부분이 그곳 출신이니, 그 위세는 굳이 달리 표현할 필요가 없을 터였다.

그런데 눈앞의 소진엽은 그 같은 마도십가의 일맥을 이은 혈맥임이 분명한데도 마공을 익히지 않았고, 소림사에 입문하겠다고 태연히 말하고 있었다.

내심 그를 마음에 두고 숭악서원에 칩거하는 동안 몸종으로 부리며 무공 몇 수라도 가르쳐 주려던 담대광이 황당해진 건 바로 그 때문이었다.

그때 소진엽의 표정이 진지하게 변했다. 담대광의 얼굴에 떠오른 표정의 변화를 자신에 대한 무시로 받아들인 거다.

"어르신, 사실 저는 천하무적의 고수가 되고 싶어서 숭산에 왔습니다. 제세 구민이란 말은 어쩌면 헛소리에 불과할지 모르겠지만, 소림사가 제 그릇과 자질을 알아준다면 반드시 그 뜻을 이룰 겁니다."

"천하무적의 고수가 소림사에 있다고 생각하는 거냐?"

담대광은 '십만대산의 천마신교가 아니고?' 란 말은 굳이 덧붙이지 않았다. 그런 말을 내뱉는다면 어찌 눈앞의 소진엽이 바보가 아닌 한 진심을 입 밖에 내겠는가.

"저는 무림에 대한 견문이 짧아서 잘 모르겠지만, 세인들이 현재 당세 제일의 고수는 소림신승 파불(破佛) 어르신이라고 입을 모아 말하더군요."

"정파 제일의 고수겠지."

담대광의 사심 섞인 정정에 소진엽이 단호하게 고개를 가로저어 보였다. 얼굴에 담긴 열기 역시 더욱 강해졌다.

"전날 마교의 교주인 신마대제 역시 소림사의 신승 어르신이 나서자 무서워서 마교도들과 함께 십만대산이 있는 곤륜으로 도망쳤다고 들었습니다. 그러니 파불 어르신이야말로 천하무적이고, 당세 제일인이 분명하다고 봅니다."

"마교 교주를 도망치게 만들었으니 당세 제일인이다?"

"당연하죠!"

소진엽의 조금 더 강해진 대답에 담대광의 볼살이 가벼운 실룩거림을 보였다. 끊임없는 수련으로 반선지경이라 할 수 있는 탈각을 눈앞에 둔 후 거진 잊고 있던 호승심이라는 감정이 불쑥 고개를 치켜들었다.

'역시 이놈은 재밌어. 감히 내 앞에서 이런 겁대가리 없는 말을 늘어놓다니 말이야……'

내심 저열한 즐거움을 느끼며 담대광이 슬머시 입가에 미소를 만들어냈다. 눈앞의 소진엽을 시동으로 삼는 것보다 더욱 재밌는 일이 떠오른 까닭이었다.

오싹!

드물게도 열기에 들떠 있던 소진엽이 저도 모르게 어깨를 가볍게 움츠려 보였다. 갑자기 정체를 알 수 없는 오한이 일어 몸이 온통 떨리고 있었다.

3장

환신환허(還神還虛)의 법술

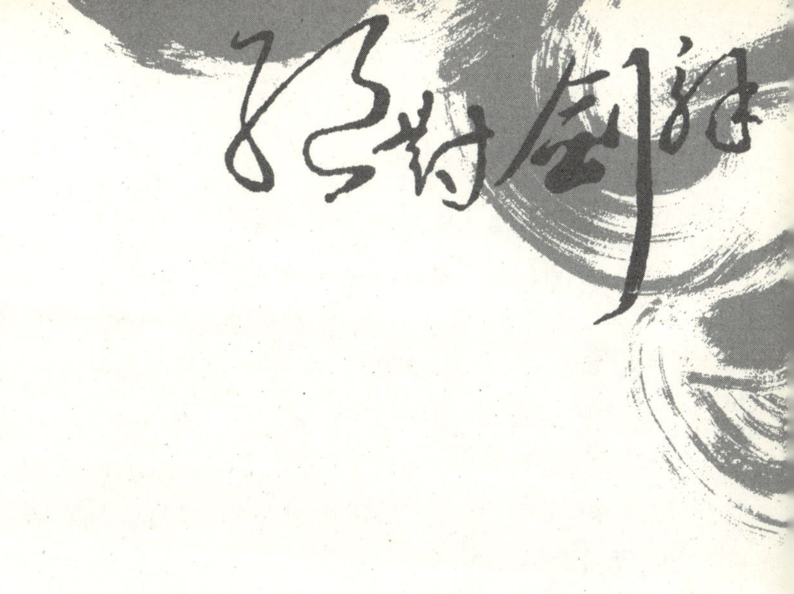

　한밤중 느닷없이 소진엽의 방을 찾은 담대광은 그 뒤 틈만 나면 모습을 드러냈다.

　마구간에서 말똥을 치울 때는 말똥을 집어던지고, 나무를 해와 장작을 팰 때는 장작을 집어던졌다.

　계속 눈앞에서 알짱대면서 인간이 가질 수 있는 인내심의 한계를 시험했다.

　그래도 소진엽은 꾹 참았다.

　상대는 무림고수에 원주 유수원의 친인―이라기보다는 상전과 하인의 관계?―이었다.

　계속 숭양서원에서 하인으로 일하기 위해선 절대 그와 문제를 일으켜선 안 되었다.

　게다가 등봉현의 흑방도 신경 쓰였다.

　사리라는 걸 모르는 담대광이 그곳의 왈패들한테 도대체 무슨 짓을 저질렀을지 짐작조차 가지 않았다. 어쩌면 숭양서원의 하인 노릇을 때려치우자마자 왈패들한테 둘러싸여 칼을 맞을지도 모를 일이었다.

　그렇게 대충 열흘 정도가 흘렀을 무렵이었다.

　평상시와 마찬가지로 부지런히 일하고 있던 소진엽에게 원주 유수원이 찾아왔다.

　청수한 육십 대 중반가량의 외모.

　도를 닦는 수도자나 학처럼 고고한 군자인 유수원이 조금 미안한 표정으로 소진엽에게 말했다.

　"너는 오늘 하루 동안 마구간을 맡지 않아도 된다."

　"예? 그럼……."

　"담 어르신께서 널 하루 동안 시동으로 부리고 싶어 하시더구나. 그러니 너는 지금부터 그분을 모시도록 하거라. 네 하루치 품삯은 상노에게 말해서 더 쳐주도록 하마."

　"명에 따르겠습니다."

　소진엽은 두말없이 고개를 숙여 보였다.

　단 하루라도 담대광의 시동이 되는 건 죽기보다 싫었지만, 유수원이 직접 나서서 품삯을 더 쳐준다는데 거절할 명분이 없었다. 또한 마음의 결정을 내렸다면 군소리를 다는 건 인간

관계에 그다지 도움이 되지 않았다.

　'쳇! 그런 식으로 결국 돈 한 푼 내지 않고 날 시동으로 삼더니, 곧바로 외유라니! 정말 어떤 생각으로 세상을 사는 사람인지 궁금하구나!'

　소진엽은 여전한 용형호보로 저만치 앞서 걸어가고 있는 담대광을 따르며 내심 혀를 찼다.

　첫 만남부터 악연이랄 수 있는 그와의 관계다.

　이제 억지 시동 노릇까지 하게 되었으니, 도대체 얼마나 자신을 괴롭히고 부려 먹을지 상상조차 하기 싫었다.

　그때 잠시 걸음을 늦춘 담대광이 소진엽 쪽으로 슬쩍 고개를 돌려 보였다.

　"다시 한 번 물어보마. 네 녀석은 여전히 소림사의 소림신승이 천하무적이라 생각하는 거냐?"

　"물론입니다."

　"흥! 그렇다면 네 녀석은 참 바보 같은 놈이로구나."

　"예?"

　"소림신승 파불이란 땡중은 무림에서 은거한 지 이미 오래다. 소림사의 제자들조차 그의 얼굴을 한번 보는 게 하늘의 별 따기일 거야. 그리고 그는 이미 나이까지 아주 많아서 언제 천명이 다할지 모르는데 네 녀석이 후일 소림사에 입문한다 해도 어찌 무공을 전수받을 수 있겠느냐?"

"……."

소진엽이 입을 다물었다. 그런 세세한 부분까지는 생각해 본 적이 없었기도 했지만, 소림신승을 땡중이라 부르는 담대광의 언사에 다소 놀랐다.

숭산 일대는 고사하고 낙양의 뒷골목 왈패들 사이에서도 소림신승은 외경의 존재였다. 그를 이런 식으로 낮춰 부르는 자는 평생 단 한 번도 본 적이 없을 정도였다.

그러거나 말거나 담대광이 은근한 표정으로 말을 이었다.

"그러니 너는 소림사에 입문할 생각은 그만 접고, 지금부터 내 시동 노릇이나 부지런히 하거라. 또 아느냐? 네 녀석이 제법 쓸 만하면 내가 천하무쌍의 절학을 몇 수 전수해 줄는지 말이다."

"거절하겠습니다!"

"왜?"

"저는 천하무적의 무공을 익히겠다고 아버님의 무덤 앞에서 맹세했습니다. 어르신의 말씀대로 파불 어르신께서 제가 소림사에 입문하기 전에 입적하신다 해도 상관없습니다. 그분이 남겨놓은 광세절학이 분명히 소림사의 누군가에게 전달되었을 테니까요."

"하하하!"

담대광이 나직이 웃음을 터뜨렸다. 언제나와 같이 얼굴 전체로 잔주름이 퍼져 나가는 매력 넘치는 표정과 함께다.

홱액!

더불어 신형을 바람이 나도록 돌려세운 담대광이 다시 걸음을 옮기기 시작했다.

여전한 용형호보이나 조금 거칠어져 있다. 소진엽의 잇단 거절에 마음의 상처를 받았음이 분명하다.

그 뒤를 소진엽이 종종걸음으로 따라갔다. 담대광의 신경을 거슬리게 했나 싶어 표정이 조금 조심스러워졌다.

잠시 후.

묵묵히 담대광의 뒤를 따르고 있던 소진엽이 갑자기 당황한 표정이 되었다. 문득 그가 지금 향하고 있는 장소의 정체를 눈치챈 까닭이었다.

"자, 잠깐만요!"

"왜?"

"혹시 지금 소실봉으로 가시는 겁니까?"

"그렇다면?"

"그럼 죄송하지만 저는 더 이상 따르지 못하겠습니다."

"어째서?"

"그냥, 죄송합니다. 나중에 좋은 술 몇 병을 처소로 가져다드릴 테니까 오늘은 혼자서 일을 봐 주십시오."

소진엽은 '소림사에 입문할 내가 정체불명인 당신의 시동 자격으로 그곳을 찾아선 곤란하다' 라는 속내는 꿀꺽 삼켰다.

이미 담대광의 심사를 자극해 놓은 터라 그런 말로 불을 질러선 곤란하단 판단이었다.

그러나 표정까지 완벽을 기하는 데는 실패했다.

대번에 소진엽의 그 같은 내심을 간파한 담대광이 입꼬리를 슬쩍 치켜 올렸다. 강제로라도 소림사로 데려가서 눈앞의 천지분간 못 하는 애송이한테 뜨거운 맛을 보여줘야겠다는 생각이 든 것이다.

잠시뿐이었다.

문득 확장된 기감 속으로 그동안 모습을 감췄던 전서구가 사방에서 날아오르는 걸 확인한 담대광이 마음을 돌이켰다. 몇 번이나 자신의 자존심에 상처를 입힌 소진엽보다 먼저 처리할 일이 생겼다는 판단이었다.

'그러니 잠시 이 녀석은 적당한 곳에 처박아 놔야겠지?'

뇌까림과 동시였다.

스윽!

느닷없이 소진엽을 향해 수장을 뻗은 담대광이 지존성마기가 기본이 된 지존천강력을 이용해 괴력을 발휘했다.

"우왁!"

그리고 외마디 비명과 함께 소진엽을 땅속 깊숙이 파묻어 버렸다. 어떤 설명이나 이유조차 대지 않고서.

"흥!"

그 후 짤막한 냉소와 함께 담대광이 신형을 돌려세웠다. 그의 두 눈은 어느새 차가운 살기로 번뜩이고 있었다.

*   *   *

준극봉.

어느 틈에 작고 아담한 모옥이 지어져 있다.

담대광을 쫓아 숭산에 왔다가 아예 눌러앉은 꼴이 된 패왕혈검단의 단주, 철무정의 임시 거처였다.

그곳에 틀어박혀 평소처럼 바른 자세로 정좌하고 있던 철무정의 눈꼬리가 꿈틀하고 치켜 올라갔다.

사삭!

후속 동작은 신속했다.

재빨리 한 켠에 놔뒀던 혈립으로 얼굴을 가린 그가 어느새 문밖에 이른 부단주 백희도에게 근엄하게 말했다.

"무슨 일이지?"

백희도의 목소리가 평소보다 조금 높게 흘러나왔다.

"교주님께서 지금 소실봉으로 향하고 계십니다."

"어떻게 그걸 안 거지?"

"신마군림보를 사용하셨습니다."

"이런……."

철무정이 여태까지의 근엄함을 풀고 곧바로 방문을 박차고 밖으로 빠져나왔다.

신마군림보!

천마신교 호교 십대마공 중 일좌다.

당세엔 오로지 교주 담대광만이 익히고 있었는데, 그걸 사용해 소림사가 있는 소실봉으로 향한다니, 대경하지 않을 도리가 없다.

백희도가 얼른 그의 곁으로 다가서며 말했다.

"단주님, 아직 교주님한테 근접 거리의 경호 명령은 내려지지 않았습니다."

"상관없다. 지금부터 전원 소실봉으로 향한다!"

"교주님으로부터 명령이 떨어지지 않았는데, 감히 호위 영역을 백 장 안으로 좁히시려는 겁니까?"

"지금은 비상 상황이다! 모든 책임은 내가 질 테니, 항명은 용납할 수 없다!"

단호한 철무정의 명령에 백희도가 얼른 허리를 접어 보였다.

"존명!"

그러나 흑립 사이로 내비치는 그의 눈빛은 여태까지와 달리 가벼운 흔들림을 내보이고 있었다.

스스스슥!

휘하의 십대조장과 함께 바람같이 소실봉으로 향하던 철무정의 눈빛이 서늘해졌다.

얼마 전부터 귓가를 자극하기 시작한 타종음!

매번 준극에서 들었던 것과는 사뭇 다르다.

종을 울리는 자의 다급한 심사가 깃들어서인지 꽤나 경박스러운 느낌이 든다. 정파지주인 소림사의 본래 모습이라고는 눈곱만큼도 느껴지지 않았다.

'설마 했거늘! 진짜로 교주님께서는 홀로 소림사를 치려 하신 것인가?'

교주 담대광.

그의 그림자가 되어 지낸 세월이 벌써 삼십 년을 헤아리고 있었다. 삼십 대를 살짝 넘긴 듯한 겉모습과 달리 철무정은 결코 적은 나이가 아닌 것이다.

그 짧지 않은 세월 동안 철무정이 경험한 담대광은 불가해(不可解), 그 자체였다. 어떤 세상의 논리나 사리, 질서, 이념에 전혀 구애받지 않았다.

좋게 말하면 자유주의자!

나쁘게 말하면 제멋대로에 독선, 그 자체!

당연히 철무정은 담대광이 느닷없이 십만대산을 떠나 소림사로 달려온 이유를 알지 못했다. 짐작조차 하지 못하고 있었다. 그냥 주인이 천마총을 떠났기에 무작정 수하들을 수습해서 뒤쫓아왔을 뿐이었다.

하지만 이건 그가 생각하기에도 좀 아니었다.

아무리 천하무적이라 할 수 있는 담대광이라 하나 상대는 소림사였다. 정파 무림의 태두이며 무력 자체만 놓고 봐도 막

강해서 천마신교와 견줄 수 있을 정도였다. 결코 담대광 개인 만으로 어찌해 볼 수 있는 곳이 아니었다.

'하물며 소림사에는 정파 제일인 소림신승이 있다. 교주님께서 천마총에서 그동안 새로운 깨달음을 얻으셨다 한들……설마, 그런 것인가?'

우뚝!

철무정의 신형이 갑자기 고속의 움직임을 멈췄다. 갑자기 뇌리를 스쳐 간 확연한 깨달음이 있었다.

그때 마치 기다렸다는 듯 그의 뒤를 바짝 따르던 백희도가 잰걸음으로 다가들었다. 흑립 밖으로 드러난 눈빛에 묘한 흔들림이 깃들어 있다.

"단주님, 역시 이대로 소림사로 향하는 건 문제가 있다고 생각합니다."

"교주님께서 그곳에 계신다!"

"하지만 앞서 진언했듯 교주님께서는 저희 패왕혈검단에 따로 명령을 내리신 바가 없습니다. 만약 이대로 소림사로 돌입한다면 제이차 마천대전의 전초전이 될 수도 있습니다."

"……."

철무정의 시선이 섬뜩한 살기를 담은 채 백희도를 바라봤다.

눈앞에 있는 사나이는 패왕혈검단의 이인자인 부단주이자 가장 믿음직한 오른팔이었다. 이런 식으로 갑자기 항명을 하고 나선 것에는 무언가 숨은 의도가 있을 터였다.

스슥!

스사사사삭!

그때 철무정과 백희도의 주변에 산개해 있던 나머지 조장들이 일제히 신형을 움직였다. 패왕혈검단 최강의 공격 진법인 십방멸겁진(十方滅劫陣)을 펼쳐서 자연스레 철무정을 포위해 버린 것이다.

이유는 자명하다.

슥!

백희도가 간격을 벌려서 십방멸겁진의 천원(天元)을 차지하자 철무정의 눈에 담긴 살기가 더욱 진해졌다.

"희도, 누구의 사주를 받은 것이냐?"

"모든 건 신교를 위함입니다."

"신교?"

"그렇습니다. 좌마령께서 얼마 전 신교의 제자들을 이끌고 소림신승을 제거하기 위해 그가 은거하고 있던 중악묘(中岳廟)로 떠나셨습니다. 그러니 단주님께서는 잠시만 이곳에 구금되어 주셔야만 하겠습니다."

'헛소리! 좌마령이 진정 노리는 건 교주님일 것이다. 그자는 마천대전 이후부터 태상마군 등과 함께 줄곧 교주님의 반대 세력을 규합하는 데 주력해 왔으니까. 하지만 참담하구나. 그자의 권세가 패왕혈검단에까지 이르렀을 줄이야!'

내심 염두를 굴리며 치솟는 살기를 갈무리한 철무정이 허리춤에 매달린 묵검에 얼른 손을 가져갔다.

문답 무용의 상황이다.

대충 상황 파악이 되었으니, 더 이상 대화 따위를 나누며 시간을 끌 이유는 없었다.

차창! 차차창!

십방멸겁진을 펼친 십대조장 역시 생각은 비슷했다. 수장인 백희도의 신호에 따라 그들은 거의 동시에 발검에 들어갔다. 패왕혈검단 역사 이래 최악의 내란이 시작된 것이다.

그런데 막 철무정과 백희도가 이끄는 십방멸겁진이 서로를 쓸어가려 할 때였다. 갑자기 양측 모두의 안색이 대변했다.

번쩍!

느닷없이 일어난 빛의 폭멸!

더불어 소실봉으로부터 그리 멀지 않은 태실 이십사 봉 중 한 곳에서 몇 개의 폭음과 함께 요란한 파공성이 잇따라 터져 나왔다.

이 순간, 상상할 수 있는 일은 몇 안 된다.

'설마 여태까지 나는 헛다리를 짚고 있었던 것인가?'

철무정의 안색이 딱딱하게 굳었다. 자신이 백희도를 비롯한 십대조장에게 완전히 농락을 당하고 있었다는 생각이 든 까닭이었다.

그러나 놀라기는 백희도 역시 마찬가지였다.

그는 느닷없이 일어난 대소동에 일시적으로 시선을 빼앗겨

철무정의 갑작스러운 방향 전환을 놓쳐 버렸다. 그와 십대조
장을 매수한 자에게 얻은 정보의 한계를 드러낸 셈이다.

파팟! 팟!

그 사이 다시 검신합일을 이룬 철무정의 묵검이 연달아 혈
우를 뿌렸다. 대부분 소림사 방향에 치우쳐 있던 십방멸겁진
의 허를 멋지게 찌르고 도주에 성공한 것이다.

'교주님의 무위는 이미 인간의 한계를 벗어나셨다. 그러니
만약 좌마령을 비롯한 배교자들이 반역을 도모한 게 사실이라
면 저 정도의 준비는 당연하다고 볼 수 있다.'

그리 길게 생각할 필요가 없었다.

대소동이 시작된 곳이 소림사가 위치한 소실봉이 아니라 한
참 떨어진 태실봉 방면인 것만으로 철무정은 확신했다. 바로
그곳에 담대광이 있을 것임을 말이다.

쉬아아아악!

순간 철무정의 신형이 유성처럼 변했다. 절대 사용해선 안
되는 진원지기마저 폭발시켜 얻은 내력을 일거에 쏟아낸 결과
였다.

*　　*　　*

태실 이십사 봉 중 한 곳.

방금 전 중악묘 부근에서 일어난 폭발과 소동을 묵묵히 지

켜보고 있는 장년의 무인이 있다.

대략 사십 대 초반가량 되었을까?

신장은 육 척 두 치.

티 하나 묻지 않은 황의 무복에 황금빛 장검.

매부리코에 두 눈은 잠들어 있는 호수처럼 고요한데, 사자의 갈기를 닮은 황색 모발이 바람에 휘날리는 모습이 꽤나 인상적이다.

좌마령 북리사경.

패마 종리곽과 더불어 당금 천마신교와 마도십가를 양분한 마도 무림의 실력자.

그의 혈기 어린 두 눈에 가벼운 격동이 일었다. 천마신교가 있는 십만대산을 떠나 숭산에 이를 때까지도 자신할 수 없었던 일이 지금 현실로 눈앞에 모습을 드러낸 까닭이었다.

'교주, 당신은 그동안 나한테 너무 많은 모욕감을 줬소! 하지만 정녕 이리 허무하게 끝난 것이오? 정말로 이렇게 허무하게……'

일평생!

단 한 번도 넘을 수 없었던 거대한 벽.

그래서 항상 자조감과 분노 속에 삶을 영위하게 만들었던 존재를 떠올리며 북리사경은 주먹을 불끈 쥐었다. 통쾌함보다는 묘한 상실감에 일시 공황 상태에 빠져 버린 것이다.

그리 오래가진 않았다.

어느새 그의 배후로 한 명의 독특한 마귀 탈을 쓴 회의인이 모습을 드러내고 있었다. 교주 담대광을 없애기 위해 잠시 손을 잡은 중원 사마외도의 거물.

환상?

일시 그런 생각이 들 만큼 회의 귀면인의 등장은 몽환적이었다. 천하를 통틀어 적수가 거의 없다고 여기는 북리사경조차 정확한 정체를 분별키가 쉽지 않을 정도다.

"약속을 지켰군."

"아직이다."

"아직?"

북리사경의 눈이 의혹을 담자 회의 귀면인의 마귀 탈에서 흐릿한 귀광이 번뜩였다. 주변의 대기를 진저리치게 만들 만큼 강하고 인상적인 사기다.

"십수 년 전 소림신승이 칩거하기 전 중악묘 인근에 일천 개의 벽력탄을 매설했다. 그리고 배교의 단천혈사뢰, 마죽번천혈, 만겁참멸뇌에 포달랍궁의 범천금륜멸겁류, 불혈천쇄까지 동원해서 만전을 기했다. 하지만 놀랍게도 쌍신은 이 모든 걸 빠져나간 것 같다."

"빠져 나갔다고?"

당황한 표정이 된 북리사경에게 귀면인이 여전한 목소리로 말을 이었다.

"상대는 쌍신이다. 그 두 사람을 한꺼번에 없애는 데 내가 준비한 건 그뿐만이 아니다.”

“환신환허의 법술을 말하는 거요? 그 모산파(茅山派) 전설의 역천지법이라는?”

“그렇다. 신조차 죽일 수 있는 환신환허의 법술이 이미 발동에 들어갔다. 첫 번째 천라지망을 벗어났다 해도 쌍신은 오늘 결코 횡액을 피할 수 없을 것이다.”

환신환허의 법술!

법술과 부적술로 이름 높은 모산파에서도 전설상으로밖엔 전해지지 않는 금단의 술법이다. 완성만 할 수 있다면 인간계에 강신한 신조차 꼭두각시로 만들 수 있다고 알려진 비전 중의 비전이다.

이를 위해 귀면인은 오늘 백 명의 동녀(童女)와 백 명의 동남(童男), 백 명의 마인(魔人), 백 명의 사인(邪人)을 동원했다. 오로지 쌍신의 명운을 확실하게 끊어놓기 위함이었다.

그 법술의 준비에 일조를 한 바 있던 북리사경이 미미하게 고개를 끄덕이고는 슬쩍 화제를 바꿨다. 수년 전 자신에게 한 통의 편지를 보내 동맹을 구축한 눈앞의 회의 귀면인에게 줄곧 품어왔던 의문을 풀기 위함이었다.

“한 가지 궁금한 게 있소. 당신은 어떻게 오랜 세월 동안 천마총에 칩거해 수련에만 집중해 왔던 교주가 소림신승을 찾아서 숭산에 올 것을 확신했던 것이오?”

“확신은 없었다. 나는 단지 수구초심이란 말에 승부를 걸었을 뿐이다.”

“수구초심…….”

“쌍신은 본래 같은 운명으로 얽혀진 존재. 소림신승이 죽기 전에 담대광은 반드시 그를 찾아갈 거라 생각했다. 그는 삼십여 년 전 소림신승과 승부를 보지 못했으니까. 그리고 만약 그리하지 않았다면 다른 수가 발동했을 것이다.”

“……교주가 천마총에 들어갔을 때부터 이미 오늘과 같은 횡액을 벗어날 길이 없었다는 뜻인 거요?”

“그렇다.”

“흥! 대단한 자신감이로군.”

북리사경이 믿을 수 없다는 표정으로 나직이 코웃음 치자 이번엔 회의 귀면인이 질문을 던졌다.

“북리사경, 너는 어째서 백여 년 만에 탄생한 천마신교의 교주를 부인했던 것이냐?”

“그건…….”

잠시 말끝을 흐렸던 북리사경의 눈동자가 더욱 짙은 혈기를 뿌리며 불타올랐다.

“……담 교주는 전날 압도적인 우위에 있던 마천대전의 승리를 포기하고 십만대산에 틀어박혔소. 어찌 당당한 신교의 제자로서 그 같은 굴욕과 치욕을 참아낼 수 있었겠소?”

“단지 그것뿐이다?”

“…….”

  침묵을 선택한 북리사경을 향해 회의 귀면인이 다시 특유의
귀광을 뿌리고는 미미하게 고개를 끄덕여 보였다.

  "뭐, 좋아. 어차피 나는 담대광을 이 세상에서 지워 버리는
걸 너와 약조했고, 이제 최종적인 확인을 하러 갈 생각이다.
스스로 화룡점정을 찍고 싶으냐?"

  "물론이오."

  "그럼 늦지 않게 준비해 온 모든 병력을 이끌고 오거라. 곧
소림사의 모찰에서 나한승들이 움직이기 시작할 테니까."

  그 말을 끝으로 회의 귀면인이 천공으로 신형을 띄워 올렸
다. 더 이상 북리사경과의 대화는 불필요하다 여긴 것이다.

  '천사련주(天邪聯主). 사마외도의 새로운 지존이라 불리는
자라던가? 흥, 제법 그럴듯하게 자신의 신분을 숨겨왔다만,
교주의 생사가 확인된 직후 너와의 동맹은 끝이다!'

  내심 차갑게 웃어 보인 북리사경이 천천히 손을 들어 주변
에 은신해 있던 휘하 마웅들을 불러들였다. 정체불명의 천사
련주가 오늘을 위해 십수 년을 준비했다면, 그는 자신의 모든
걸 걸었다고 할 수 있었다.

  위대한 마도의 하늘!

  천마신교의 교주 신마대제 담대광을 오늘 반드시 숭산에 묻
어 버릴 작정이었다. 결연한 각오 없이 길을 나설 수 있었을
리 만무하다.

　　　　　*　　　　*　　　　*

　도대체 얼마나 긴 시간이 흐른 것일까?

　담대광의 지존천강력에 의해 땅속에 파묻히고 소진엽은 곧
바로 정신을 잃어버렸다.

　그럴 수밖에 없다.

　지존성마기를 기반으로 한 지존천강력에 담겨 있던 가공지
경의 기세!

　그의 전신을 단순히 에워싼 것만으로 끝이 아니었다. 단숨
에 내외의 모든 기맥을 제압하고 압도했다. 그렇게 함으로써
순간적으로 땅속에 파묻혀 버릴 정도의 엄청난 압력으로부터
소진엽의 몸을 보호해냈다.

　천하에 찾기 드문 기사(奇事), 진귀한 일을 만난 셈.

　그렇다 해도 제대로 된 무공 하나 익히지 못한 소진엽이 이
런 말도 안 되는 상황을 감당해내기란 결코 쉬운 일이 아니었
다. 그는 순간적으로 혼절한 채 꽤나 긴 시간이 지나서야 정신
을 차릴 수 있었다.

　'끄으으으……'

　정신을 회복하자마자 소진엽은 난감한 상황에 봉착했다. 온
몸이 두들겨 맞은 듯 아픈 데다 입이 열리지 않았다. 그냥 속
으로만 비명을 지르고 말았다.

　이유는 자명하다.

그의 몸속에는 아직까지도 담대광의 지존천강력의 여력이 남아 있었다. 전신의 혈맥에 가득 채워진 기운으로 인해 마혈이 제압된 것과 같은 상황에 놓이게 되었다.

게다가 소진엽이 처한 곤란한 상황은 단지 그뿐만이 아니었다.

의식을 회복하자마자 그는 입으로 내뱉지 못한 비명과 함께 더욱 엄청난 사실에 직면했다. 마비된 게 입만이 아니라는 사실을 눈치챈 것이다.

무호흡.

코로도 입으로도 소진엽은 숨을 들이켜거나 내뱉을 수 없었다. 생명을 유지하는 데 가장 기본적인 사항을 전혀 할 수 없는 몸이 되어 버렸다.

그렇다면 어떻게 아직까지 생존해 있었던 것일까?

의식이 또렷해지자 그 같은 의문을 자연스레 떠올리게 된 소진엽의 안색이 급속히 시커멓게 죽어갔다.

자신이 호흡을 하지 못한다는 사실을 인지한 것과 동시에 벌어진 일이다. 몸이 익숙지 못한 상황을 견디지 못하고 강한 거부 반응에 들어가 버렸다.

'끄륵! 끄르르륵⋯⋯.'

소진엽은 점차 숨이 막혀가는 괴로움에 연방 발버둥쳤다. 마치 물에 빠진 사람이 어떻게 해서든 살기 위해서 전력을 다하는 것이나 다름없다.

하지만 그런 경우는 대개 소용없는 몸부림에 불과하다.

수영을 못 하는 사람은 헛되이 기력만 쏟아낸 채 물 밑으로 가라앉고야 만다. 물에 익숙지 못할뿐더러 끝이 보이지 않는 어둠이 주는 공포와 두려움에 질려서 정신줄을 놓아 버린다.

소진엽은 달랐다.

그는 여전히 자신의 의지에 따라주지 않는 수족을 마구 버둥거리다가 불현듯 이성을 회복했다. 역시 마비되어 제대로 된 움직임을 보이지 않는 눈동자에 비치는 광경이 완전한 암흑인 점을 눈치챈 까닭이다.

'나는 눈을 감고 있지 않다. 그런데도 이런 지독한 어둠이 계속 유지될 수 있는 건가?'

완벽한 어둠?

일상 중 그런 상황은 그다지 많이 존재하지 않는다.

대개 아주 어둡다 해도 조금만 그 상황에 익숙해지면 사정이 달라진다. 시간이 지날수록 흐릿하게나마 주변의 풍광이 눈에 들어오게 된다.

그런데 지금은 달랐다.

한참이 지났는데도 소진엽이 정신을 차린 세계는 새카만 어둠 속에 파묻혀 어떤 종류의 변화도 보이지 않았다. 그냥 어둡고 어두웠다.

그 같은 생각과 함께 소진엽의 안색은 눈에 띌 만큼 안정되었다. 자신을 둘러싼 말도 안 되는 상황에 신경을 쓰는 동안 자연스레 호흡 문제가 정리된 까닭이다.

더불어 떠오른 의문 하나!

'그럼 나는 이미 죽은 것일까? 하긴 느닷없이 땅속에 파묻혀 버렸으니, 아직 살아 있는 게 오히려 이상할지도 모르겠구나. 그래, 나는 이미 죽어 버린 거야. 바보 멍충이처럼 아무것도 하지 못하고서……'

생각을 거듭할수록 확신이 들자 일순 소진엽의 두 눈에 그렁그렁 눈물이 차올랐다.

평생을 마도의 삼류 무사로 살았던 아비…….

삼십여 년 전 벌어진 마천대전에서 천마신교 편에 서서 싸우다 칼에 찔렸다.

기해혈이었다.

당장 평생 쌓아올렸던 내공을 모조리 잃어버렸고, 그 후 더는 사람 구실도 못 하게 되었다. 폐인의 몸이 되어 노름판이나 기웃거리다 몇 푼의 개평을 얻어오는 게 할 수 있는 일의 전부였다.

그래도 꼴에 무사였다고 술만 마시면 기세가 등등했다.

마천대전에서 어떻게 정파의 고수들을 쓸어 버렸는지 잘도 떠들어대고는 했다. 절대 시궁창에 처박힌 현실을 인정하려 하지 않았다.

사인은 술병이었다.

기해혈이 망가진 주제에 계속 술을 끊지 못했던 삶이 아비의 몸을 좀먹어 들어갔다. 망가뜨렸다.

아니다.

아비를 죽음으로 내몬 건 절망이었다.

이제 다시는 칼을 들 수 없다는 사실이 그는 견딜 수 없었다. 지켜야 할 처와 자식이 있다는 것조차 망각하게 만들었다. 바보처럼 그랬다.

그렇기 때문에 천하무적의 무공을 익히고 싶었다. 절망에 굴해 죽어 버린 아비와 달리 절대 누군가에게 꿀리지 않는 인생을 살 작정이었다.

이제 모두 허사가 되어 버렸다. 재수 없게 담대광을 만났고, 어처구니없는 개죽음을 당해 버렸다. 자신의 의지와는 전혀 관계없이 그렇게 되었다.

분함과 원통함!

소진엽이 눈물을 흘리기엔 충분한 조건이었다. 아니다. 차고 넘칠 만큼이라 할 만했다. 모난 놈 곁에 있다가 정을 맞는다더니, 그가 처한 상황이 딱 그 짝이었다.

그렇게 소진엽이 비분에 잠겨 한동안 눈물을 찔끔거리고 있을 때였다. 갑자기 그의 얼굴에 움찔 놀란 기색이 떠올랐다. 느닷없이 뇌리에 일어난 익숙한 목소리 때문이다.

[쯧쯧, 사내새끼가 질질 짜기는!]

'이 목소리는……'

소진엽은 단숨에 알 수 있었다. 목소리의 주인을. 하긴 대단히 인상 깊었던 만남이었고, 아마도 그리 오래전 일은 아니었다. 기억해내지 못하는 게 이상할 터였다.

[그래, 나다! 그리고 너 아직 뒈진 거 아니니까 그만 질질 짜라. 뭐, 어쩌면 남은 명(命)이 그리 길지는 않을 수도 있겠다만…….]

절반쯤 짜증이 섞인 뇌까림과 함께다.

일순 어둠밖엔 존재하지 않던 소진엽의 눈앞이 환해졌다. 방금 전까지 그의 뇌리에서 투덜거리고 있던 사람, 바로 신마대제 담대광의 느닷없는 등장 때문이다.

'혁!'

소진엽이 눈이 커졌다.

여전히 몸이 마비되어 눈꺼풀 하나 움직일 수 없는 몸이었으나 동공만큼은 더할 수 없을 만큼 크게 확장되었다. 진짜 담대광이 이런 상황에서 자신 앞에 모습을 드러낼 줄이야. 진짜 상상, 그 이상의 일이 벌어졌다.

담대광이 어깨를 으쓱거렸다.

[자식, 놀라긴! 하긴 내가 좀 위대한 존재긴 하지. 아니, 지금은 이런 말을 늘어놓을 때가 아니군.]

'이런 말을 늘어놓을 때가 아냐?'

[인석아, 지금부터 정신을 집중하고 내 설명을 잘 듣거라. 곧 지난번에 내가 네놈 몸에 주입한 지존천강력이 풀릴 테니까.]

'지존천강력이 풀려? 그거 꽤 대단해 보이는데……. 아니,

그것보다 내가 진짜로 아직 살아 있긴 한 건가?'

[이 자식아, 몇 번을 말해야 알아 듣냐! 너 안 죽었다니까! 지금 내 말 못 믿는 거냐?]

'내 생각을 읽는구나!'

불현듯 꽤나 중요한 깨달음을 얻은 소진엽의 눈에서 불꽃이 번쩍였다. 눈앞에 기묘한 빛에 휩싸여 둥둥 떠다니고 있던 담대광이 주먹을 휘두른 것이다.

'우악!'

평생 경험한 바 없는 지독한 고통에 속으로 비명을 터뜨린 소진엽에게 담대광이 사기 어린 표정을 지어 보였다. 소진엽을 땅속에 파묻어 버릴 때 보였던 모습과 크게 다르지 않다.

[두 번 말하지 않겠다. 너는 아직 안 죽었고, 살기 위해선 내가 말하는 대로 해야만 한다. 대답은?]

'아, 알겠습니다!'

담대광의 주먹질에 놀란 소진엽이 얼른 속으로 소리 질렀다. 다시 그에게 얻어맞았다간 목숨을 부지하기 힘들 것 같았기 때문이다.

생존의 문제!

절대로 간과할 수 없다. 방금 전, 집을 떠나며 부친의 무덤 앞에서 한 맹세를 지키지 못하고 죽은 서러움과 분노를 한꺼번에 경험한 바 있었으니까.

끄덕!

그제야 만족한 표정이 된 담대광이 지금까지와는 달리 꽤 신중하게 입술을 움직이기 시작했다.

천마신교의 절세 마공의 전수?

그런 것과는 완전히 거리가 멀다. 아예 근처에도 가지 못한다. 지금 이 순간 소진엽이 받아들일 수 있는 수준의 마공 따위 아예 존재하지 않았기 때문이다.

[첫 번째로 너는 정신을 집중한 후 마음속에 또 하나의 자신을 구현하거라. 되었느냐?]

'예, 예……'

[흥! 아예 내공의 기본조차 없는 놈인 줄 알았더니, 제법이구나. 그럼 몸은 지면에 대해 수직으로 세우고(立身中正), 미저골(尾低骨)을 약간 앞으로 밀어내며(尾閭徵縮), 기(氣)를 단전(丹田)이 위치한 기해혈(氣海穴)에 모으고(氣貫丹田), 단전의 기를 온몸에 운행케 하거라.]

'조, 좀 천천히 해 주십시오. 저는 어르신께서 말씀하신 대로 내공의 기본조차 없는 놈입니다.'

[비굴한 놈! 게다가 교활하기까지 하구나. 하지만 내 얘기를 다시 되새긴 연후에 그런 말을 했어야만 했다.]

다시 눈에서 불꽃이 번쩍이는 고통을 느끼며 신음한 소진엽이 그 와중에서도 얼른 담대광이 한 말을 되새겼다. 여태까지의 경험으로 볼 때 그가 지금 허튼소리를 할 리 없다는 판단이었다. 그것밖엔 할 수 있는 게 없었기도 했고.

그러자 과연 놀라운 일이 발생했다.

담대광이 방금 전 말한 구결과 설명이 소진엽의 뇌리에 다시 생생하게 살아났다. 마치 다시 가르침을 전해 들은 것이나 진배없었다.

'게다가 한 번뿐만이 아니다. 몇 번이고 내 마음대로 재생이 된다.'

소진엽은 신기한 마음에 연달아 몇 번이고 담대광이 한 말을 재생했다. 평생 처음으로 들어 본 내공의 심결 중 하나를 별다른 저항 없이 받아들인 거다.

[멍청한 놈! 고깟 걸 몇 번이나 재생하는 거냐? 다음으로 넘어갈 테니, 정신 집중하거라.]

'옙!'

[그렇게 전신으로 퍼뜨린 기(氣)는 일주천 후 다시 단전으로 모으고 삼반(三盤)의 경(勁)을 역시 퍼뜨린다. 그리고 충분히 기력이 모였거든 활시위를 당기듯 경을 모으고, 화살을 쏘듯 발경에 들어간다(蓄勁如開弓, 發勁如放箭). 이는 축경(蓄勁)은 개궁(開弓: 활시위를 당김)과 같고 발경(發勁)은 화살을 쏨과 같기 때문이니라.]

'……축경은 개궁과 같고 발경은 화살을 쏨과 같기 때문이다. 으으음, 그러니까 이건…… 발경이다! 발경의 비법이야!'

깨달음과 동시였다.

파창!

　느닷없이 소진엽의 몸 주변에서 무언가가 깨지는 듯한 소리
가 터져 나왔고, 그는 곧 근래 들어 아주 익숙해진 상태로 돌
입했다. 다시 정신줄을 놓아 버린 것이다.

4장
혈마신단(血魔神丹)을 복용하다!

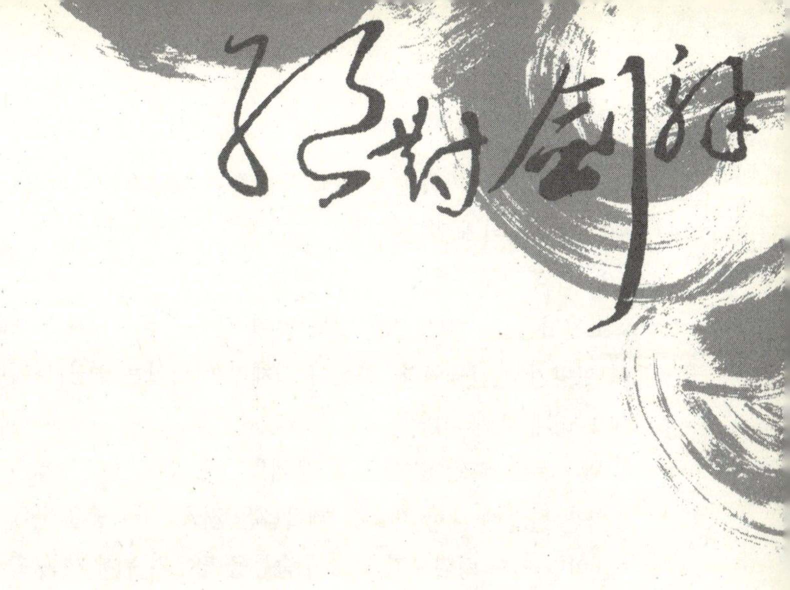

"케헥!"

저도 모르게 숨이 가빠와 두 눈을 부릅뜬 소진엽이 몸을 크게 진저리쳤다.

여전히 전신을 휘감고 있는 이물감과 어둠!

방금 전과 같은 절대적인 어둠과는 거리가 있으나 그는 아주 끔찍한 상황에 직면해 있었다. 산 채로 땅속에 파묻힌 채 호흡이 점차 막혀가고 있는 것이다.

게다가 시체라 착각한 것이리라.

어느새 그의 몸 이곳저곳에는 구더기와 지네 같은 벌레들이 잔뜩 꼬여 들어 있었다. 몸 이곳저곳의 살을 파먹고 들어가 알을 낳고 한동안 마음 편히 지낼 보금자리로 삼을 작정을 한 지 꽤나 오래되어 보인다.

후둑! 후두두두둑!

소진엽은 두 번 생각할 것도 없이 전신을 흔들어서 벌레들이 도망가게 만들었다. 자신이 시체가 아니라는 점을 명확하게 드러내 보인 거다.

'응? 몸이 움직이잖아……. 우억!'

바뀐 환경에 대한 새로운 깨달음은 지금 그리 중요치 않았다. 일단 거의 턱밑까지 차오른 숨통을 틔우기 위해 생존 활동을 벌이는 게 우선이었다.

저도 모르게 벌렸던 입 안으로 가득히 밀려드는 흙덩이에 놀란 소진엽의 뇌리에서 불현듯 재생이 이뤄졌다.

담대광에게 구술받았던 발경의 방법이 다시 하나하나 머릿속을 채웠다. 마치 당연히 그리 되는 게 옳은 것이기라도 한 것처럼 말이다.

파아앙!

그와 동시였다. 흙속에 처박혀 있던 소진엽의 신형이 불쑥 위로 치솟아 올랐다. 가상으로 연마했던 발경이 현실에서 그대로 이뤄진 것이다.

'우어어어억!'

소진엽이 더욱 심하게 입 안으로 밀려드는 흙덩이를 양손으로 쳐내며 계속 비명을 질러댔다. 도대체 자신의 몸에서 뭐가 어떻게 일어났는지 여전히 하나도 알지 못한 채였다.

잠깐뿐이었다.

재생과 함께 순식간에 발동한 발경의 폭발 덕분에 무사히 지상으로 빠져나온 소진엽이 털썩 바닥에 주저앉았다.

넋이 절반쯤 빠진 얼굴.

그보다 더 급한 건 느닷없는 발경의 폭발로 인해 몸속의 기력을 모조리 소모해 버렸다는 거다. 변변찮은 내공 하나 연마해 본 적이 없던 터에 상승의 내가수법 중 하나를 사용하느라 몸에 심한 무리가 와 버렸다.

그때 바닥에 주저앉아 숨을 헐떡이고 있는 소진엽의 눈에서 불꽃이 튀어 올랐다.

담대광에게 얻어맞았던 것도 재생이 된 것인가?

'우왁!'

양손으로 머리를 부여잡고 고통스러운 표정이 된 소진엽의 의문은 곧 풀렸다. 더 이상 밝은 기운을 뿌리지 않게 된 담대광이 눈앞에 둥둥 떠다니고 있었기 때문이다.

'꾸, 꿈이 아니었단 말인가?'

[꿈?]

피식 웃어 보인 담대광이 곧바로 주먹을 들어 올렸다. 다시 소진엽을 두들겨 패서 그의 의문을 확실하게 풀어줄 작정을 한 것이다.

'꿈 아닙니다! 꿈 아닙니다!'

　소진엽이 얼른 양손을 휘저어 보였다. 담대광의 주먹에 얻어맞을 때의 고통은 상상을 초월한다. 굳이 재생에 무한 반복을 할 생각은 없었다.

　그러자 담대광이 양손을 허리에 갖다대고는 오만한 표정으로 말했다.

　[이제부터 내 얘기를 잘 듣고 그대로 시행해야 한다. 대답은?]

　'옙!'

　[일단 주변을 잘 살펴봐라. 네놈이 땅속에 파묻혀 있는 동안 숭산 일대에서 꽤 큰 싸움이 벌어졌으니, 시체 몇 구 정도는 금세 찾을 수 있을 거다.]

　'시체를 찾아야 하는 겁니까?'

　[두 번 말해야 하나?]

　'아닙니다!'

　소진엽은 바보가 아니다.

　담대광과 만난 십수 일간 줄곧 그를 관찰했었고, 나중엔 끔찍한 꼴을 당했다. 그리고 방금 전에는 그에게 얻어맞아 가며 발경의 비법마저 전수받았다. 여태까지 상당히 구체적인 깨달음을 얻지 않았을 리 만무하다.

　─절대 두 번 말하게 하면 안 된다! 그리고 항상 말 중에 핵심을 담는다!

담대광의 천품이 그대로 드러나는 화법이다.

대답과 함께 재빨리 염두를 굴린 소진엽이 얼른 신형을 움직이기 시작했다. 그가 말한 대로 시체, 그중에서도 무림인의 것이 분명한 걸 찾아야만 했다.

그렇게 얼마나 시간이 지나갔을까?

주변을 세심하게 살피던 소진엽이 곧 몇 구의 시체를 찾아냈다.

두 명의 소림승과 세 명의 흑의 복면인.

각자 치명상을 당해 목숨을 잃은 자들의 모양새는 처참했다. 칼로 여기저기 난자가 되어 있었고, 두부(頭部)의 절반이 박살 나 있었으며, 아랫배에 커다란 구멍이 나 있기도 했다.

'나는 생각보다 훨씬 오랫동안 땅속에 파묻혀 있었는지도 모르겠구나! 아니, 그보다 도대체 어쩌다가 소림사가 있는 숭산에서 이런 도살극이 벌어진 걸까?'

시체를 보고 상념에 잠긴 소진엽에게 담대광이 냉정한 표정으로 명령했다.

[흑의 복면인들 중 덩치가 큰 놈의 품속을 뒤져라. 신분을 증명하는 신패와 단환 같은 게 있을 것이다.]

'신패와 단환만 찾으면 되는 겁니까?'

[그래.]

더욱 차가워진 담대광의 명에 소진엽이 얼른 그가 지목한 복면인의 품을 뒤졌다. 그러자 과연 작은 동패 하나와 붉은색이 은은히 감도는 단환이 나왔다.

'풍마(風魔)?'

동패에 음각되어 있는 글자를 읽은 소진엽에게 담대광이 설명하듯 말했다.

[마도십가의 일 좌, 풍마구양가. 동패를 가진 걸 보니 가문 서열 삼십 위 안에는 드는 놈이로군. 흥, 그런데 혈마신단까지 챙겨오다니, 정말 이 버러지 같은 것들이 단단히 마음을 먹었구나. 동패는 챙기고 혈마신단은 당장 복용하도록 해라.]

'보, 복용이요? 하지만 이거 냄새가 좋지 못하고 모양새도 그다지……'

[그거 먹으면 내공이 일 갑자다. 아니, 운만 좋으면 이 갑자 내공도 얻을 수 있다. 무림의 보물 중 하나라 할 수 있지.]

꿀꺽!

소진엽은 언제 고민했냐는 듯 혈마신단을 한입에 털어 넣었다. 제대로 된 무공을 연마하지 못했다고는 해도 명색이 칼 밥을 먹던 무림인 아비를 둔 몸이었다. 내공 일 갑자나 이 갑자가 지닌 위력에 대해선 확실하게 인지하고 있었다.

혈마신단을 삼키고 트림까지 그윽하게 내뱉고 있는 소진엽을 재밌다는 듯 바라보던 담대광이 다시 명령했다.

[그럼 당장 이곳을 떠난다.]

'그럼 이 시체들은 어떻게 하고……'

[더 이상 신경 쓸 것 없다. 으음, 일단 숭양서원으로 돌아가

자.]

'숭양서원은 무사할까요?'

[그곳의 주인인 유수원은 선대 황제가 총애하던 총신이다. 이번에 난리를 부린 놈들이라도 한동안 그곳까지 손을 뻗칠 생각은 하지 못할 거다. 소림사의 땡중들도 놀고만 있는 건 아닐 테고.]

'……'

소진엽이 논리 정연한 담대광의 설명에 잠시 놀란 표정이 되었다. 그를 만난 후 이렇게 사리가 분명한 모습을 보인 건 처음이었기 때문이다.

[덧붙여 말하자면 너는 나와 줄곧 함께 있었으니 지금쯤 이번에 일을 벌인 개떼들의 표적이 되었을 확률이 높다. 뒈지기 싫으면 내 말을 따르는 게 좋을 거야. 그러니 어서 움직여.]

'예……'

결국 힘없는 대답과 함께 소진엽이 풍마패를 품속에 소중하게 챙겨 넣은 후 걸음을 옮기기 시작했다. 자신이 정신을 잃은 동안 벌어진 일이 처음 예상보다 훨씬 엄청나다는 생각과 함께였다.

* * *

소진엽이 흙 속에서 빠져나오기 사흘 전.

눈앞에서 활활 불타오르고 있는 숭산의 산자락을 바라보며 무영귀서 장소량이 입을 딱 벌렸다.

달달달달!

어느새 자발머리 없이 떨리기 시작한 한쪽 다리.

천마신교에서도 굴지의 경공술과 은신술을 지닌 노마임에도 아주 볼썽사납다. 은연중 짝다리를 하고 있던 발이 제멋대로 떨리는 모양새에서 품격이라는 건 눈곱만큼도 찾기 어렵다.

상관할 바 없다.

적어도 현재 장소량에겐 그랬다.

그는 저도 모르게 애꿎은 손가락까지 잘근잘근 씹어대다 한숨을 푸욱 내쉬었다.

아주 잠깐 떠올린 금단의 유혹.

십만대산이 있는 곤륜으로부터 가장 멀리 떨어진 강남으로 지금 당장 도망치는 것이었다. 그런 후 인적이 드문 심산유곡에 파묻힌다면 패마 종리곽이나 태상마군 소리산의 이목을 피할 수도 있지 않겠는가.

도리도리!

장소량이 곧바로 고개를 가로저었다.

그가 알고 있는 종리곽이나 소리산은 무지막지한 사람들이었다. 설사 강남의 심산유곡으로 무사히 도망치는 데 성공한다 할지라도 줄곧 공포에 떨며 살아야만 할 터였다. 언제 추살을 당할지 알 수 없을 테니까.

'게다가 귀신을 찜쪄먹는 태상마군이 날 종리곽에게 박아 넣으며 아무런 수작도 부리지 않았으리라는 보장도 없다. 아직까진 별 탈이 없지만 그분이라면 어떤 신통광대한 일이 벌어진다 해도 이상할 건 없을 테니까 말이야.'

교주 담대광보다 더욱 두려워하는 태상마군 소리산을 떠올리며 장소량은 왜소한 몸을 연달아 움찔거렸다. 잠시 품었던 금단의 유혹을 머릿속에서 깨끗하게 몰아낸 것이다.

물론 그렇다고 해서 난리 통이나 다름없는 숭산으로 지금 당장 달려가는 것도 찜찜했다. 일단 목숨은 건져야만 하니까.

톡톡톡!

연달아 자신의 머리를 손가락으로 두드려대던 장소량이 손으로 갑자기 허벅지를 철썩 때렸다.

"숭양서원으로 가자! 황제의 권력이 깃든 그곳에 잠시 몸을 의탁하고서 숭산 일대에서 벌어지는 상황을 탐문하는 거야! 그게 바로 지자(智者)가 난세에 취할 만한 훌륭한 판단이 아니겠어?"

스으—

나직한 부르짖음과 함께 장소량이 바람같이 신형을 날렸다. 이후 자신 앞에 모습을 드러낼 가혹한 운명을 전혀 짐작하지 못했음은 물론이었다.

*　　*　　*

저벅! 저벅!

당금 황제가 친히 벼슬까지 내려준 두 그루의 측백나무 장군수를 따라 걸음을 내딛던 이십 대 초반의 유생, 금도경이 한숨을 푹 내쉬었다.

그는 금가장의 차남으로 이곳 숭양서원에 삼 년째 머물러 있었다. 어차피 장남이 아닌 이상 상권을 물려받을 수 없으니, 조정에 출사하여 부를 뛰어넘는 명성과 권력을 한 손에 거머쥘 작정이었다.

하지만 일이 그리 쉽진 않았다.

본래 과거는 동시, 원시, 향시, 회시, 전시의 다섯 단계로 되어 있는데, 그는 삼 년째 세 번째인 향시를 통과하지 못하고 연거푸 낙방한 상태였다.

명문 서원인 숭양서원 출신으로선 참담하기까지 한 결과!

그래서 근래에 그는 다소 방탕한 생활을 영위하고 있었다. 집에서 보내져 오는 돈으로 서생답지 않게 온갖 호사를 부리고, 요즘 들어선 놀기 좋아하는 부류들과 어울려 도박에까지 손을 댔다. 잠시나마 자신이 처한 답답한 상황에서 벗어나고 싶었기 때문이다.

그런 그에게 닷새쯤 전 큰 고민이 생겼다. 평상시와 다름없이 자신의 처소에서 서책을 펼까, 도박판에 끼어들까를 고민

하던 차에 한 명의 불청객을 맞이하고 만 까닭이었다.

'그 염소수염을 한 노인은 필시 마도의 고수일 것이다. 그렇지 않고서야 어찌 감히 황권을 무시하고 이곳 숭양서원을 침범했겠는가. 모르긴 몰라도 근자 소림사가 있는 소실봉 부근에서 벌어졌다는 무림인들끼리의 살육전과 관련이 있는 자임이 틀림없다.'

당대에도 숭양서원은 사대서원의 으뜸 자리를 지키고 있었다. 몇 대에 걸쳐 황제의 총애가 줄곧 함께하고 있었을뿐더러, 한림원 대학사를 지낸 유림의 거목 유수원이 원주로 단단히 자리를 지키고 있었기 때문이다.

당연히 부근에 소림사 같은 무림 중의 명문정파가 있는 걸 차치하더라도 숭양서원은 무림인이나 잡배들에겐 불가침의 영역이었다. 정사마를 떠나 어떤 무림 세력이든 감히 침범하여 삿된 짓을 하지 못했다.

닷새 전까진 분명 그랬다.

하지만 이젠 다 과거의 일이 되었다고 할 수 있었다. 최소한 금도경에겐 그러했다.

절레절레!

금도경이 고개를 가로저으며 다시 입에 한숨을 매달았다. 염소수염의 노인에게 제압을 당한 직후 얻은 등의 따끔거림이 그를 계속 수심에 젖게 만들었다.

대과에 뜻을 뒀다고는 해도 건강을 위해 어려서부터 권법 몇 수 정도는 연마해둔 터였다. 굳이 염소수염 노인의 협박이 없더라도 이런 종류의 통증이 의미하는 바는 쉬이 짐작할 수 있었다. 독문의 암수에 당한 것이다.

바로 그때다.

낯짝에 철판을 깐 염소수염의 노인이 요구한 간식거리를 마련하기 위해 다시 식당 쪽으로 걸음을 옮기려던 금도경의 눈에 이채가 어렸다.

저 멀리 보이는 담장 밑.

어느 곳에나 있는 개구멍을 통해 갑자기 완전히 거지꼴을 한 소년이 모습을 드러냈다.

십여 세가량 되어 보이는 얼굴에 더러운 옷차림!

하나같이 금도경의 마음에 들지 않는 저 모습은 항상 마구간에서 말똥을 치우던 소진엽이었다. 괴이하게도 며칠간 보이지 않더니 완전히 상거지 꼴이 되어 돌아왔다.

본래 금도경은 거부의 자손답게 빈부와 귀천을 꽤나 따졌다. 소진엽의 저런 모습에 눈살이 절로 찌푸려지지 않을 수 없었다. 낯이 익고 아니고를 떠나서 말이다.

'으음, 숭양서원이 어찌 되려고 저런 더러운 거지를 일꾼으로 받아들였단 말인가. 저 더러운 꼬락서니 보라지. 당장에라도 벌레가 기어나올 것 같아 내 몸이 다 근질거려오는구나. 저런 거지 녀석을 먹여 살리려고 매해 우리 집에서 넉넉할 만큼 돈을 보내오는 건 아닐 텐데……'

지난 닷새간 꽤나 많은 고초를 겪었다.

거부의 아들로 태어나 평생 한 번도 경험한 적이 없던 협박과 핍박을 당한 금도경은 분노로 인해 가슴이 터질 것 같았다. 얼마 전 소진엽에게 몇 가지 부탁을 한 일 따윈 이미 까맣게 잊어버리고 있었다.

불끈!

저도 모르게 양손에 힘을 준 금도경이 빠른 걸음으로 소진엽에게 걸어갔다. 주변에 보는 눈이 없을뿐더러 아주 만만한 화풀이 상대를 만났으니, 그냥 넘어갈 이유가 없었다.

소진엽은 거진 하루 반나절이 넘도록 산길을 내달리고 뒹굴어서야 숭양서원에 도착할 수 있었다.

본래 두어 시진이면 충분할 거리였으나 담대광 덕분에 이리 늦었다. 그의 명령대로 이리저리 굴러다니다 보니 한참이나 외곽을 돌아올 수밖에 없었던 것이다.

그동안의 고초?

일반적인 사람의 상상을 불허한다.

도대체 어찌 된 영문인지 소진엽에게 찰싹 달라붙은 담대광은 계속 그의 주변을 맴돌며 호통을 질러댔다.

몇 번이나 산길을 빙빙 돌게 만들고, 바닥까지 박박 기게 만들었으며, 땅속에 몸을 파묻고 몇 시진이나 숨을 멈추게도 만들었다.

완벽한 똥개 훈련!

정당한 이유나 목적조차 설명해주지 않고서 담대광은 소진엽을 죽을 만큼 굴렸다. 자칫 숭양서원에 도착하기 전에 지치고 탈진해서 죽어 버리는 게 아닐까 두려워했을 정도였다.

그러나 그것은 괜한 걱정이었다.

담대광이 먹게 한 혈마신단은 효과가 정말 좋았다. 복용 후 산길을 내달리느라 피가 빨리 돌기 시작하자 금세 놀라운 공효를 발휘하기 시작했다.

눈이 밝아지고, 다리가 가벼워졌다.

정신이 또렷해졌으며, 청력 역시 크게 상승했다.

마치 단숨에 무림고수가 된 것 같은 기분!

거기에 더해 담대광이 귀신같이 몸 상태까지 파악해가며 지시를 내리니, 하루 반나절 간의 굴림 역시 그럭저럭 참을 만했다. 정확히 숨이 넘어가기 직전에서 멈출 수 있었다. 그렇다 해도 결코 사람이 할 짓이 아니었긴 하지만 말이다.

'후유, 그나저나 상노 구범 할배한테 뭐라고 변명을 해야 할지 모르겠구나. 아무래도 이곳을 떠난 지 수일은 족히 지난 것 같으니, 품삯도 꽤나 깎일 테고……'

소진엽은 자신도 모르게 돈 생각을 하다가 얼른 고개를 가로저었다.

몸에 밴 습관이란 게 참 무섭다.

수일간 생사의 경계를 넘나든 터에 돈 생각을 먼저 하고 있

으니 말이다. 이건 모두 낙양의 뒷골목을 전전하며 항상 돈에
쪼들렸던 과거 때문일 터였다.

　그때 내심 스스로를 한심스럽게 생각하고 있던 소진엽에게
금도경이 다가들었다.

　서생다운 우아함이 결여된 거친 걸음인 데다 눈빛 역시 곱
지 못하다. 뒷골목에서 싸움을 걸어오기 직전의 왈패와 별반
다를 것이 없어 보인다.

　“이 말똥구리 녀석아! 마구간이나 지키고 있을 것이지, 감
히 서생들이 공부하고 인격을 도야하는 내원에 그런 거지 같
은 꼴로 기어들어 온단 말이냐!”

　“거지라…….”

　소진엽은 중얼거림과 함께 자신의 행색을 살폈다.

　확실히 더럽고 구차스럽다. 거지라 불려도 그다지 불만은
없다. 지금은 어디 갔는지 기척조차 보이지 않는 담대광의 덕
을 아주 제대로 봤다.

　한데, 그때 금도경이 갑자기 주먹을 날려왔다. 평상시처럼
곧바로 손을 비비며 굽실거리지 않는 소진엽에게 성질이 난
것이다.

　아니다.

　사실 그는 처음부터 작심하고 있었다. 뒤탈이 없이 화풀이
를 할 대상으로 소진엽을 지목한 지 오래였다.

　퍼억!

　서생으로는 보기 드문 제대로 된 주먹질이 소진엽의 얼굴에 작열했다.

　호흡과 하나가 된 권식(拳式)이다. 어린 시절 금가장에 식객으로 머물던 몇 명의 무학명가 중 한 명인 팔비괴옹(八臂怪翁) 순우염에게 전수받은 노호파풍권을 펼친 것이다.

　그러나 살짝 안색을 굳힌 소진엽과 달리 금도경은 오만 인상을 쓴 채 뒤로 물러서고 있었다.

　회심의 노호파풍권을 제대로 발휘했는데, 주먹이 미칠 듯 아팠다. 소진엽이 이마로 받아낸 바람에 마치 철판을 있는 힘껏 때린 꼴이 된 까닭이다.

　"이, 이 말똥구리 새끼가 감히……."

　"말똥구리 새끼?"

　얼결에 주먹질을 당하고 황당한 기색이 되어 있던 소진엽의 안색이 더욱 굳어졌다. 자신이 아닌 죽은 부친에 대한 모욕에 피가 거꾸로 치솟는 걸 느낀 것이다.

　그때 웬일로 종적을 감췄던 담대광이 귀신같이 나타났다. 마치 이러기만을 기다리고 있었기라도 한 듯이.

　[새끼, 혈마신단까지 먹여놨더니, 등신같이 얻어맞고 다니냐?]

　'그, 그렇지 않아도 지금 때려눕히려고…….'

　[당장 제압해!]

　'옙!'

철저하게 굴려졌던 지난 하루 반나절의 위력이다.

이미 크게 열 받아 있던 소진엽이 짤막한 복명과 함께 금도경에게 달려들었다.

"크헉!"

주먹이 부러진 고통 중에도 다시 노호파풍권을 펼치려던 금도경이 외마디 비명과 함께 바닥을 나뒹굴었다. 혈마신단을 복용해 기력이 과거보다 월등히 나아진 소진엽이 온몸으로 펼친 발경이 제대로 들어간 까닭이다.

게다가 그것만으로 끝일 리 없다.

대뜸 금도경의 위에 올라탄 소진엽이 주먹을 들어 올렸다. 부친을 모욕한 부잣집 귀둥이의 얼굴을 아예 박살 내놓을 작정이었다.

[얼굴은 안 돼!]

움찔!

[배가 좋아. 먼저 입을 틀어막는 거 잊지 말고.]

'옙!'

여전한 대답과 함께 잠시 멈췄던 소진엽의 주먹이 금도경을 향해 맹렬하게 떨어져 내렸다. 담대광의 조언대로 먼저 입을 틀어막아 소리를 지르지 못하게 하는 것 역시 잊지 않았음은 물론이다.

"우웩! 우웨에에엑."

한참 동안 바닥에 토악질을 한 금도경을 몇 걸음 떨어져 지켜보는 소진엽을 보고 있던 담대광이 이를 슬쩍 드러냈다. 처음 소진엽을 만났을 때처럼 뭔가 즐거운 일이 떠오른 것 같다.

힐끔.

소진엽이 그런 담대광을 곁눈질했다.

지난 하루 반나절 동안, 완전히 잊고 있던 의문이 뇌리를 어지럽힌 지 제법 되었다. 다소 망설여지긴 하나 일단 부딪쳐 봐야만 할 터였다.

'저 호구 새끼의 눈동자를 계속 살폈는데, 전혀 어르신을 의식하지 않고 있었다. 어르신, 설마 나한테밖엔 보이지 않는 건가? 그럼 혹시 귀……'

퍽!

생각을 거듭하던 중 오싹 소름 돋는 표정이 된 소진엽이 머리를 감싸 쥐고 주저앉았다. 담대광에게 얻어맞은 거다.

[나 귀신 아니다.]

소진엽이 눈물 섞인 시선을 던졌다.

'그럼 어째서 저한테만 찰싹 달라붙어 계시는 겁니까? 다른 사람 눈에는 보이지도 않고요?'

[나는 특별한 사람이거든.]

'그 무슨……'

속으로 반박하려던 소진엽이 얼른 침묵에 돌입했다. 담대광이 다시 슬슬 자신의 주먹을 매만지고 있었기 때문이다. 그러나 여전히 소진엽의 얼굴에는 불만과 의혹이 가득했다.

담대광이 그 모습을 보고 내심 눈살을 찌푸려 보였다.

소진엽과 헤어진 직후였다.

곧바로 소림사로 찾아가 그곳을 뒤집어 놓은 담대광은 중악묘로 소림신승 파불을 찾아갔다가 평생에 없던 낭패를 당하게 되었다. 마치 그가 찾기를 기다렸다는 듯 엄청난 숫자의 암습과, 폭발, 암전이 폭풍처럼 쏟아진 까닭이다.

물론 그런 것으로 천하의 담무적을 어찌할 순 없다.

어림도 없는 일이었다.

파불과 함께 그는 단숨에 수십 겹이나 되는 암습과 천라지망을 박살 내고, 폭발과 암전을 무력화시켰다. 마치 산책이라도 하듯 수천 명이 동원된 공세를 박살 내 버렸다.

그러나 바로 그때 방심한 담대광에게 마지막 공세와 대폭발이 쏟아졌다. 계획을 세운 자가 누군지는 모르나 그의 오만한 성품을 아주 잘 파악하고 있었음이다.

하지만 담대광의 곁에는 파불이 함께하고 있었다.

그가 지존성마기의 정화인 지존극천강기(至尊極天罡氣)를 일으킨 채 천공으로 날아오른 순간, 파불 역시 소림의 무상신공을 일으켰다. 금빛 찬란한 불광을 뿜어내며 폭발과 동시에 쏟아진 멸천의 살인 암기를 금강불괴나 다름없는 몸으로 모조리 받아내었다.

이유는 자명하다.

대폭발의 순간 그는 자신의 몸을 던져서 담대광을 보호해냈다. 불문 고승에 어울리는 살신성인이었다.

물론 이는 담대광이 바라던 바가 아니다.

꿈틀!

어느새 힘을 잃고 바닥으로 추락하기 시작한 파불을 손을 뻗어 안아 든 담대광의 검미가 분노로 치켜 올라갔다. 목소리 역시 곱지 못하다.

"빌어먹을! 이런 식으로 죽으면 내가 개심이라도 할 거라 생각한 것이오?"

파불이 입가에 흐릿한 미소를 매달았다.

"과연 마교 역사상 최강이라 불리는 대종사로세. 방금 전의 폭발에도 불구하고 거진 부상을 당하지 않았으니 말이야. 하지만 이번에 암계를 꾸민 시주들의 계획은 아직 끝나지 않은 것 같으니 이를 어이할꼬?"

"흥! 당연하지 않겠소? 천하의 쌍신을 제거할 간담을 가진 새끼들이니 말이오."

살기 어린 냉소와 함께 담대광이 완전히 암반이 뒤집어져 버린 대지로 쏜살같이 떨어져 내렸다.

느닷없이 일어난 거대한 흡입력!

어느새 그들의 밑으로 지옥의 유부나 다름없는 검은 동혈이 입을 크게 벌리고 있었다. 연이은 암습으로 내상을 입은 데다 거진 생명력이 소멸한 상태인 파불의 보호에 힘쓰고 있던 담대광으로선 저항키 어려울 수밖에 없었다.

'흥! 이 녀석 때문에 떠올리기 싫은 기억이 생각나 버렸군. 꽤나 오랫동안 잊고 있었거늘…….'
내심의 뇌까림과 함께 담대광이 소진엽에게 명령했다.
[저 새끼 그만 일으켜라. 토악질 끝났으니까.]
'그런 후 어찌하면 됩니까? 저 녀석은 금가장의 후손으로 권세가 대단하니, 이대로 두면 후환이 생길 겁니다.'
[한동안 숭양서원에 머물러야 하는 데다 유수원에게 문제가 생겨선 안 되니, 죽여서 파묻는 건 안 된다. 그리고 저놈은 지금 죽이지 않더라도 얼마 못 산다.]
'저한테 얻어맞아서요?'
[최심수(最深手)에 당했다. 아마 두세 달이 가기 전에 온몸의 피가 말라서 뒈질 거야. 뭐, 그래 봤자 네놈보다는 낫겠지만.]
'아, 예……엣?'
소진엽이 담대광을 대경한 표정으로 바라봤다. 그가 한 말의 후반부가 매우 마음에 들지 않았기 때문이다.
농담이길 바라는 소진엽의 마음을 담대광이 평상시처럼 마음껏 짓밟았다.
[너 혈마신단 먹었잖아.]
'도, 독약이었습니까!?'

[그런 건 아니고. 그냥 인간의 몸속에 있는 잠능을 한꺼번에 격발시키는 아주 좋은 약이야. 뭐, 나중에 조금 심각한 후유증이 생기긴 하지만 너도 그거 먹은 후에 불끈불끈 힘이 솟구쳐서 좋았잖아?]

‘우어억!’

소진엽이 양손으로 머리를 부여잡은 채 괴로워했다. 천하무쌍의 대악당인 담대광의 말을 얌전히 들었던 자기 자신에 대한 절망이었다.

그리 오래가진 않았다.

곧 담대광이 부연 설명했기 때문이다.

[걱정할 거 없다. 내가 고쳐주면 되니까.]

‘추, 충성을 바치겠습니다!’

[당연히 그래야지. 그럼 먼저 저 새끼 도망치려고 하니까 빨리 제압해.]

‘옙!’

여태까지와는 비교가 되지 않는 복명과 함께 소진엽이 은근슬쩍 바닥을 기고 있던 금도경에게 달려들었다. 그의 뒷목을 잡아당긴 후 팔을 꺾어서 확실하게 제압을 완료했다. 처음보다 훨씬 과감해지고 능숙해졌다.

“우욱! 우우욱!”

물론 이번에도 입은 확실하게 틀어막았다.

그러자 그리 멀지 않은 곳에서 담대광이 천천히 고개를 끄덕였다. 한번 가르쳐준 건 확실하게 자신의 것으로 만드는 소진엽의 모습에 만족한 것이 분명하다.

*　　*　　*

수련이 잔뜩 떠 있는 연못 부근의 별각.

다른 서생들은 꿈조차 꿀 수 없을 만큼 화려하고 풍아한 자태를 자랑하는 이곳은 다름 아닌 금도경의 처소인 유향각이다.

물론 금가장에서 매해 보내져 오는 기부금의 힘이다. 어찌 보면 원주인 유수원보다 더욱 호사스러운 생활을 영위하고 있는 금도경이었다.

하지만 그로 인해 그에게 재앙의 신(神)이 찾아왔다.

장소량.

그는 평상시처럼 극히 자랑스러워하는 염소수염을 손으로 매만지며 창밖의 수련을 바라보고 있었다.

뱃속의 회충들이 요동치기 시작한 지 제법 되었다. 슬쩍 짜증이 얼굴에 드러나는 게 금도경에 대해 못된 생각을 품고 있음이 분명하다.

'크흠! 이래서 먹물 좀 먹었다는 것들은 안 된단 말이야. 꼭 뭘 시키면 잔머리를 굴리느라 제때제때 시간을 맞추지 못하거든.'

상관인 태상마군 소리산이 들었다면 홍소를 터뜨릴 만한 내심이다. 마뇌각에서 모사로 지낼 당시 장소량만큼 잔머리를 잘 굴렸던 마두는 없었기 때문이다. 그 같은 재주를 높이 사서 패마 종리곽에게 꽂아지게 되었기도 했고 말이다.

그때 장소량의 염소수염이 빳빳해졌다. 그가 드물게도 살기를 밖으로 드러낸 것이다.

'이런 때려죽일 놈을 봤나! 그래도 금가장의 자제라기에 손에 사정을 뒀더니, 감히 날 배신해!'

척 보면 안다.

유향각을 향해 다가들고 있는 금도경과 함께 걸어오는 남루한 옷차림의 소년은 무공을 익히고 있었다. 그것도 발걸음이 제법 가벼운 게 금도경 같은 하수는 아닐 터였다. 어쩌면 서생 중 한 명이 데려온 호위 무사일지도 모르겠다.

재빨리 생각을 정리한 장소량이 곧 한 줄기 바람으로 변했다. 당장 금도경과 그가 데려온 호위 무사를 제압한 후 자초지종을 캐물을 작정을 한 것이다.

한데, 그가 막 유향각을 벗어났을 때였다.

앞장세웠던 금도경을 손바닥으로 툭 밀어서 자빠뜨린 소진엽이 갑자기 품속에서 풍마동패를 꺼내 들었다. 귀영이나 다름없는 속도로 덮쳐들어 오던 장소량의 움직임을 잠시 멈칫거리게 하기엔 충분한 한 수.

당연히 그것만으로 끝일 리 없다.

슥!

발경의 비법대로 바닥에 진각을 일으키며 앞으로 불쑥 튀어

나온 소진엽이 빠르게 몇 마디 말을 내뱉었다. 담대광이 속삭여준 말을 그대로 따라한 것이다.

효과는 죽여줬다!

"헉!"

장소량은 언제 노기등등했냐는 듯 소진엽을 멍청하게 바라보다 털썩 바닥에 무릎을 꿇었다.

본인의 의지가 아니다.

소진엽이 한 말을 듣는 순간 무릎에서 힘이 쏘옥 빠지더니, 정신이 크게 혼란스러워졌다. 도대체 어째서 이런 일이 갑자기 벌어졌는지 짐작조차 할 수 없는 사이 그리되었다.

"어? 이게 도대체……."

놀란 건 소진엽 역시 마찬가지다.

부근에 비참한 표정을 한 채 서 있던 금도경은 이미 넋이 절반쯤 나간 모습이다. 필시 마도의 고수가 분명한 장소량이 며칠 전까지 마구간에서 말똥이나 치우던 소진엽 앞에 무릎까지 꿇어 버린 모습에 기가 막혀서였다.

그때 빙글거리며 장소량의 주변을 한 바퀴 돌고 소진엽에게 다가든 담대광이 말했다.

[저 금도경이란 녀석, 이만 보내라. 뒷배경이 좋은 녀석이니까 너무 오랫동안 붙잡아 두면 문제가 생길 수 있다.]

'하지만 그랬다가 다른 사람들한테 고자질을 할 수도 있지 않을까요?'

[흐흐, 그럴 일은 없다. 저 녀석 최심수의 마기가 이미 골수
에 맺혀 있으니까 말이야.]

 ‘……’

 사악하게 미소 짓는 담대광의 말에 소진엽의 안색이 딱딱하
게 굳었다. 금도경이 당한 최심수보다 자신이 복용한 혈마신
단이 더욱 위험하다는 말이 뇌리를 떠나지 않았기 때문이다.

5장
내가 바로 천마신교의 소교주(小敎主)다!

유향각에 들어선 후 소진엽은 여전히 옴쭉달싹 못하는 꼴이 되어 있는 장소량을 거만하게 노려봤다.

물론 담대광에게 지시받은 대로의 행동이다.

"너는 궁금할 것이다. 어째서 내 앞에서 갑자기 고양이 앞의 쥐가 됐는지 말이다."

"그, 그렇네……"

"그렇네?"

소진엽이 반문과 함께 발을 들어 장소량의 가슴을 걷어찼다.

퍽!

장소량이 힘없이 바닥을 나뒹굴었다. 마도의 절정 고수 체면이 완전히 말이 아니게 되었다.

"내 나이 육순이 넘었네! 조, 조금쯤은 존중해 주기 바라네!"

"그래서 사람을 최심수 같은 걸로 때려서 수개월 후 피를 토하고 죽게 만들어 놨나?"

'무, 무서운 놈! 거기까지 알고 있었을 줄이야……'

최심수는 장소량의 독문 마공이었다.

최소한 초절정급 이상의 고수가 아니라면 쉽사리 해독할 수 없고, 증상 역시 발견하기 어려웠다.

소진엽이 말했다.

"너는 그 역시 궁금할 것이다. 어떻게 내가 네놈에 대해서 속속들이 다 알고 있는지 말이야?"

"그, 그렇소이다."

"간단해. 나는 위대한 신마대제 담대광 교주님의 제자야."

"예?"

"천마신교의 소교주라고."

"……"

장소량이 황당한 기색이 되어 소진엽을 바라봤다. 그도 그럴 것이 그가 알기로 담대광이 천마총에서 폐관 수련을 한 지 이미 십여 년이 흘렀다. 이제 고작해야 십여 세밖엔 안 되는 소년이 제자를 자처하고 나서자 기가 막히지 않을 수 없었다.

하지만 그의 놀라움은 소진엽의 절반조차 되지 못했다. 담대광에게 자초지종을 전해 들었을 때 그는 심장이 입 밖으로 튀어나올 뻔했다.

여태까지 자신의 주변을 돌며 괴롭히던 담대광이 천하무적인 쌍신 중 일좌이자 마도의 하늘인 천마신교의 교주란다. 어찌 놀라지 않고 당황스럽지 않았겠는가.

또한 그는 자신의 목을 몇 번이나 어루만져야만 했다. 신마대제를 앞에 두고 줄곧 천하제일 고수로 소림신승 파불을 고집스레 언급한 일이 자동적으로 떠올랐기 때문이다.

퍽!

불신 어린 장소량의 얼굴을 다시 발로 짓밟은 소진엽이 어깨를 으쓱해 보이며 말을 이었다.

"내가 방금 전에 네놈한테 한 말은 신교의 교주만이 알고 있는 지존심어(至尊心語)다."

'지, 지존심어! 그 심살(心殺)마저 가능케 한다는 말을 이런 애송이가 펼쳤다고? 있을 수 없는 일이다! 절대로 있을 수 없는 일! 그러니 반대로 생각해 보면, 분명 이 애송이의 배후에는 교주님께서 계신다는 추론이 가능하다!'

지존심어는 일종의 주박이다.

천마신교의 내성인 신마성궁에 속한 마두들의 심령에 강력하게 작용해서 절대복종을 이끌어낸다. 좌마령이 주도한 이번 숭산의 쌍신주살령에 신마성궁이 아닌 외성과 마도십가 출신들이 대거 참여한 건 바로 그 때문이었다.

당연히 교주만이 지존심어를 입에 담을 수 있었다. 진짜로 후계자가 있다 해도 결코 쉽사리 넘겨줄 수 없는 절대의 권력인 까닭이었다.

재빨리 염두를 굴린 장소량이 갑자기 털썩 바닥에 고개를 처박았다. 교주 담대광이 진짜 소진엽의 배후에 있다면 잔머리를 굴리는 건 절대 금물이었다.

"소, 소교주님, 소인은 억울합니다! 이번에 숭산에서 벌어진 모든 일은 좌마령이 꾸민 짓입니다!"

"됐고! 태상마군과 패마도 이번 일에 끼어들었나?"

"그게 소인 역시 교주님께서 천마총을 빠져나가신 후 곧장 뒤를 쫓아왔기 때문에 거기까지는 알지 못합니다. 하지만 패마 천좌는 좌마령과 절대 함께 할 사람이 아닌 줄로 사료됩니다."

"그렇긴 하지. 두 녀석은 본래 견원지간이나 다름없으니까. 그럼 네놈은 반역도당들이 날뛰는 동안 여기서 뭘 하고 있었던 것이냐?"

"저기 그것이……."

장소량이 말끝을 흐리며 손발을 꼬물거리더니, 기어들어 가는 목소리가 되었다.

"……현재 숭산 일대는 소림사의 중놈들과 좌마령이 데려온 마도십가의 고수들로 가득합니다. 소인이 비록 제법 경공에 능하다고는 하나 감히 비집고 들어갈 틈이 없어서 잠시 숭양서원에 몸을 은신하고 있었습니다.”

‘나이를 봐서 존중해 달라더니, 그새 말투가 바뀌었네? 정말 마도의 인물답구나!’

소진엽이 잠시 눈앞의 장소량을 한심하다는 듯 바라봤다.

사실 나이 많은 장소량을 이렇게 두들겨 팬 건 그의 본의가 아니었다. 저자의 뒷골목에서 벌이는 싸움에도 도리라는 게 있기에 노인과 여자, 아이는 웬만해선 건드리지 않았다.

하지만 곧 마음이 바뀌었다.

지존심어에 제압된 상태에서 줄곧 교활하게 눈알을 굴리며 틈을 살피던 장소량이 갑자기 완전히·꼬리를 내렸다. 마도의 고수 주제에 자존심이고 뭐고 이미 모조리 다 내던져 버린 모습이 마음에 들지 않았다.

그러자 줄곧 소진엽의 곁에 서서 지시를 내리던 담대광이 퉁명스레 냉소했다.

[인석아, 이 녀석은 이미 네놈의 뒤에 있는 사람이 누구인지를 눈치챈 것이다. 마뇌각에서 태상마군의 밑에 있던 놈답게 제법 머리 회전이 빨라.]

‘그럼 이젠 완전히 제압이 된 것입니까?’

[잠시 동안만이다. 잔머리를 잘 굴리는 녀석이니까 계속 감시의 끈을 놓지 말아야만 한다.]

‘알겠습니다.’

[음, 마침 잘됐다. 이 녀석을 이용해서 네놈이 복용한 혈마

신단을 용해해야겠다.]

'혀, 혈마신단을 용해한다고요?'

[자식, 겁먹기는! 네놈은 본래 내공이 없었으니까 혈마신단을 천천히 용해한다면 발작을 일으키는 건 족히 일 년 정도는 지났을 때다. 그러니 그동안 계속해서 고수의 벌모세수를 받는다면 네놈의 허접스러운 체질을 바꾸고 상당한 양의 내공 역시 단전에 쌓을 수 있을 것이다.]

'그럼 일 년이 지난 뒤에는 어찌 되지요?'

[칠공에서 피를 토하고 죽는 거지 뭐. 내 가르침을 제대로 받아들이지 못한다면 말이야.]

'최선을 다하겠습니다!'

내심 버럭 소리를 지른 소진엽을 담대광이 조금 심드렁하게 바라봤다.

반 푼 정도나 될까?

애초부터 담대광은 소진엽에 대한 기대가 그리 크지 않았다.

첫 만남의 순간에 이미 그의 그리 대단찮은 근골과 천품은 간파하고 있었다. 왠지 모르게 낯이 익고 호감이 가서 시동으로 데리고 다닐 마음이 들었으나 정식 제자로 삼기엔 천품이 크게 모자랐다.

'흥! 그래도 이렇게 된 이상 어쩔 수 없는 일이지. 일 년간 속성 마공과 대법을 모조리 퍼부어서 모자란 근골과 천품을 보완하는 수밖에 도리가 없으니 말이야.'

내심 차갑게 코웃음 친 담대광이 슬쩍 유향각 밖으로 시선을 던졌다. 어느새 금도경이 양손에 바리바리 간식거리를 싸 들고 와 주변을 서성거리고 있었다.

[밥 먹고 하자. 특히 저 장소량이란 녀석은 지금부터 널 위해 젖 먹던 힘까지 써야 할 테니 일단 푸짐하게 먹여라. 알아내야 할 것도 몇 가지 있고.]

'옙!'

소진엽이 복명과 함께 장소량을 향해 환하게 웃어 보였다. 처음 만났을 때 이후 가장 친근하고 밝은 모습이었다.

"우리 요기 먼저 할까?"

"예, 소인이 얼른 준비해 오겠습니다!"

"부탁하지."

오싹!

더욱 환해진 소진엽의 얼굴을 보고 장소량은 왠지 무척이나 두려워지고 있었다.

*　　*　　*

울컥!

담대광의 생사를 확인하기 위해 숭산 일대를 줄곧 헤매고 있던 철무정은 걸음을 옮기다 바닥에 피 한 모금을 게워냈다.

흑혈(黑血).

적혈보다는 괜찮지만 그다지 좋은 상황은 아니다. 지난 십여 일간 누적된 내상이 슬슬 심각하게 고민해야만 할 만큼 위중해지고 있다는 전조였기 때문이다.

슥!

철무정은 소매로 입가를 닦았다.

탁탁!

발끝으로 흙더미를 헤집어 자신이 뱉은 흑혈의 흔적을 지우는 것도 잊지 않는다.

그때 철무정의 혈립 사이로 살기 어린 눈빛이 번뜩였다.

그리 멀지 않은 장소.

언제부터인지 섬뜩한 기운을 풍기는 회의 면사녀가 모습을 드러내고 있었다. 지척이나 다름없는 오륙 장가량까지 다가들도록 전혀 기척을 느끼지 못했을 정도의 고수.

'좌마령의 오른팔이라 불리는 고독검마후(孤獨劍魔后) 구양령. 여기까지인가……'

내상이 심화된 지 제법 됐다.

아니, 그렇지 않았다 해도 십팔마군 중 일좌이자 좌마령의 심복인 구양령은 버거운 상대였다. 이런 장소에 이렇게 모습을 드러낸 게 의아할 만한 거물인 것이다.

스슥!

철무정이 신형을 한 차례 흔들며 혈립을 손끝으로 들어 올렸다. 천마신교에서도 몇 손가락 안에 꼽히는 초절정 검객을 상대로 자신의 전력을 다 발휘하기 위함이었다.

구양령의 섬세한 눈꼬리가 슬쩍 치켜 올라갔다.

"항상 궁금했었다. 마검혈풍영의 묵검참영(墨劍斬影)이 과연 내 한령마검(寒靈魔劍)을 상대할 수 있을지 말이야."

"내 묵검참영은 당연히 당신의 한령마검을 상대할 수 없소. 하지만 내 탈혼마검식(奪魂魔劍式)은 그 외에도 몇 개의 절초가 더 있소이다."

"사용할 수 있을까?"

"해보시오."

철무정이 도발과 함께 먼저 발검에 들어갔다. 평생을 함께한 탈혼마검식의 일 초인 묵검참영을 펼치기 위함이었다.

아니다.

그보다 먼저 그와 한 몸이나 다름없던 혈립이 공중으로 날아올랐다. 구양령으로 하여금 묵검참영에 신경을 집중시키게 해 놓고 또 다른 쾌검식인 묵섬(墨閃)을 펼쳐낸 것이다.

번뜩!

그러나 그 순간 구양령 역시 움직이고 있었다.

검이 먼저가 아니다.

그녀는 세상에 그다지 알려진 바가 없는 풍마환영신(風魔幻影身)을 먼저 펼쳐냈다. 먼저 고속으로 이동하며 분영을 만들어낸 후 한령마검의 놀라운 쾌검식을 발휘했다.

스파앗!

순식간에 자신의 묵섬이 깃든 혈립을 피하고, 묵검참영의 허리를 찔러온 구양령의 쾌검에 철무정의 안색이 굳었다.

'이게 바로 한령마검의 본모습!'

너무 늦은 깨달음이었다.

푸확!

일순 철무정의 가슴이 쩌억 갈라지며 피가 분수처럼 터져 나왔다. 구양령의 한령마검이 남긴 상흔이다.

흔들!

그런 상황에서도 수중의 묵검을 놓치지 않았던 철무정의 눈에 의아한 기색이 어렸다.

'얕다! 구양령 정도 되는 검수가 이런 실수를 할 리가…….'

그때였다.

"허억!"

방금 전 철무정의 가슴에 큼지막한 상처를 남긴 구양령의 입에서 숨넘어가는 비명이 터져 나왔다. 얼굴을 가리고 있던 면사가 크게 나풀거린다.

그녀 역시 상처를 입은 것일까?

철무정은 어림도 없다는 표정으로 구양령을 살펴갔다. 정확히는 자신을 얕게 베고 지나간 그녀의 검날이 향한 장소를 파악하기 위함이었다.

그러자 드러난 어이없는 광경!

제법 눈에 익은 장소량과 청의 서생 차림의 소년 앞에 구양령이 무릎을 꿇고 있었다. 굴욕으로 인해 면사를 폭풍처럼 떨어 보이면서 말이다.

'이게 도대체……'

그때 아직 상황 파악이 되지 않은 표정의 철무정을 향해 장소량이 푸석푸석한 얼굴로 소리쳤다. 지난 수일간 그는 지닌 내력의 상당 부분을 소진엽의 벌모세수에 쓴 탓에 얼굴이 완전히 반쪽이 되어 버렸다.

"철 단주, 이분은 교주님의 제자이자 신교의 소교주이신 소진엽 공자님이시네. 어서 예를 갖추시게."

'교주님의 제자?'

'신교의 소교주?'

구양령의 얼굴이 사색으로 변했고, 철무정은 황당함에 입을 가볍게 벌렸다.

그럴 수밖에 없다.

구양령은 둘째 치고 철무정은 담대광을 호위한 지 삼십 년이 넘어가고 있었다. 그가 정식으로 제자를 거둔 적이 없다는 건 누구보다 잘 아는 터였다.

당장 살기를 드러낸 철무정에게 소진엽이 차갑게 말했다.

"철 단주, 내가 자네한테도 지존심어를 사용하길 바라는 건가?"

"방금 전 검마후를 제압한 게 지존심어라는 말씀이십니까?"

"교주님께서 내게 직접 전수하신 거다."

"그럼 교주님께서는……."

"교주님은 무사하시다. 하지만 패왕혈검단은 일이 이 지경이 되도록 여태까지 무얼 했던 거냐?"

"그건……."

잠시 말끝을 흐린 철무정이 갑자기 수중의 묵검을 자신의 목에 가져다 댔다. 반란을 미연에 막지 못한 죄에 대한 대가로 자진을 선택하려 했다.

그러나 그는 자신의 뜻을 이룰 수 없었다.

땡그랑!

재빨리 다가든 소진엽의 지존심어에 전신의 모든 힘을 잃어버린 까닭이었다.

그 후 정신까지 잃어버린 철무정을 소진엽이 장소량을 시켜 둘러업게 했다.

담대광을 위해 기꺼이 죽을 수 있는 충신!

예전에는 어떠했는지 몰라도 지금 담대광과 함께 하는 소진엽의 곁에는 단 한 명밖엔 남지 않았다.

*   *   *

"하아아아!"

금도경은 양손 가득 먹을 걸 든 채 식당을 나서며 땅이 꺼져라 한숨을 내쉬었다.

숭양서원의 하인이었던 소진엽에게 죽도록 얻어맞고 대충 두어 달가량 지났을까?

그 사이 그는 지옥이나 다름없는 나날을 맛보고 있었다. 본래 눈엣가시 같던 장소량에 소진엽이라는 상관이 더해지더니, 설상가상으로 며칠 후 두 명이 추가되었다.

일남 일녀.

살벌하지만 과묵한 인상의 철무정은 그렇다 치더라도 면사를 나풀거리며 돌아다니는 구양령의 존재는 난감, 그 자체였다. 주방에서 밥을 하는 찬모(饌母)를 제외하고는 절대 여인이 발을 들일 수 없는 곳이 숭양서원이었기 때문이다.

점점 심해져만 가는 주변 서생들의 따가운 시선, 추잡한 수군거림의 숫자가 점점 늘어나더니, 얼마 전에는 원주 유수원에게 불려가 우회적인 꾸짖음을 듣기까지 했다.

물론 그는 졸지에 공부하는 서원에까지 여자를 끌어들인 난봉꾼이 되어 버린 현실을 묵묵히 받아들일 수밖에 없었다. 그렇지 않고서야 어떻게 현재 자신이 처한 개 같은 상황을 설명할 수 있겠는가.

더군다나 소진엽은 금도경을 아주 힘들게 했다.

능청맞게도 외부적으로 자신의 전속 하인 노릇을 하기 시작한 그는 어찌 된 영문인지 근래 들어 유향각을 떠날 생각을 하지 않았다. 구양령과 하루 종일 방 안에 틀어박혀서 밖으로 얼굴 한번 내비치지 않는 것이다.

‘더러운 놈! 도대체 내 처소에서 무슨 음탕한 짓거리를 벌이고 있단 말이냐!’

면사 밖으로 드러난 서늘한 눈매.

평범한 규방 여인과 비교 불가인 늘씬하고 육감적인 몸매.

구양령은 북경에서 제법 놀 만큼 놀아 봤다고 할 수 있는 금도경이 보기에도 굉장한 미녀였다. 소진엽 같은 출신도 모르는 말똥구리 소마두와 함께 놔두는 건 정말 화가 나는 일이었다.

그러나 금도경은 곧 다시 입에 한숨을 매달았다.

유향각 앞을 철통같이 지키고 서 있는 철무정을 떠올리자니, 마음속에서 일었던 분기가 씻은 듯 사라졌다. 족히 사람 몇백 명쯤은 잡아 죽였을 듯한 살기를 뿜어내는 그에게 감히 대거리할 엄두가 나지 않았기 때문이다.

그때 언제나처럼 금도경에게 음식 심부름을 시켰던 장소량이 저 멀리에서 모습을 드러냈다. 얼굴을 드러낸다 싶었는데, 어느새 코앞까지 다가와 있다.

움찔!

그의 갑작스러운 등장에 놀라 뒤로 한 걸음 물러선 금도경에게 장소량이 염소수염을 휘날리며 말했다.

“그거 이리 내놓고 자네는 공부나 하러 가 보게나.”

‘이젠 아예 내 처소에 발조차 들여놓지 못하게 하려는 것이냐!’

금도경의 볼살이 가벼운 떨림을 보였다. 문득 뇌리에 소진엽과 구양령이 함께 있는 광경이 떠올라 버렸다.

잠시뿐이었다.

그는 장소량의 눈꼬리가 살짝 치켜 올라가는 걸 보고 얼른 안고 있던 음식 바구니를 넘겨줬다. 그리고 힘없는 목소리로 말했다.

"그럼 저는 언제 돌아오면 되는 겁니까?"

"사당오락이란 말이 있지 않던가. 공부란 본래 밤을 새워가며 해야 하는 법이라네."

"……."

금도경의 입이 가볍게 벌어졌다. 자신의 처소인 유향각에 돌아갈 날이 아득해졌다는 판단이었다.

근래 기분이 좋지 않기는 장소량 역시 금도경 못지않았다. 그는 특히 좋아하는 설탕에 절인 대추를 연방 주워 먹으며 내심 한숨을 푹푹 내쉬었다.

'에휴! 에휴! 어쩌다가 내가 이렇게 음식 바구니나 들고 오락가락하는 가련한 신세가 되었더란 말인고. 그나마 철 단주와 검마후가 온 이후엔 소교주에게 헛되이 내력을 빨리는 일은 하지 않아도 되어서 다행이긴 하지만…….'

철무정과 구양령을 끌어들이기 전까지 장소량은 지옥이나 다름없는 나날을 보내야만 했다. 담대광을 배후에 둔 소진엽의 명에 따라 줄곧 자신의 금쪽같은 내력으로 그를 벌모세수해야만 했기 때문이다.

말이 좋아 벌모세수다.

고작해야 내공이 절정의 경지밖엔 안 되는 장소량은 한없이 소진엽에게 내력을 빼앗겨야만 했다.

놀랍게도 자신의 무공 연원이나 내공 수위를 정확하게 꿰뚫어 본 그에게 그야말로 죽지 않을 정도로 혹사당했다. 반쪽이 된 몸무게와 체력을 회복하기 위해 평소에 없던 식탐이 다 생겼을 정도였다.

그 같은 생각과 함께 유향각에 도착한 장소량이 평상시처럼 보초를 서고 있는 철무정에게 다가갔다. 어느새 얼굴에는 매우 사교적인 표정이 완연한 게 이곳에 오기 전까지의 죽상은 아예 흔적조차 남아 있지 않다.

"허허, 철 단주, 오늘도 참 수고가 많으시네. 여기 몇 가지 음식을 가져왔으니 우리 함께 요기나 하세나."

"소교주님의 연공이 아직 끝나지 않았소. 어찌 수하 된 자가 먼저 식사를 할 수 있겠소?"

"그렇지! 철 단주의 말이 정녕 옳으이! 옳아!"

엄지손가락을 불쑥 내밀어 보이며 장소량이 얼른 입가를 소매로 닦아냈다. 이곳에 오기 전에 몇 개나 집어먹은 밀전병이며 설탕 대추의 흔적을 교묘하게 은폐한 거다. 그리고 내심 꽁알거리기도 잊지 않는다.

'빌어먹을 놈! 너희들이 오기 전까지 소교주의 연공을 돕던

게 바로 이 몸이시다! 그분이 얼마나 집요한 분이신데 아직 해
가 중천에 뜨지도 않았는데 연공을 끝……냈네?'

장소량이 흠칫 놀란 표정이 되었다.

거짓말처럼 유향각의 문이 열리며 소진엽이 모습을 드러냈
다. 그 뒤에는 눈에 띌 만큼 안색이 파리하게 변한 구양령이
따르고 있었다.

스윽!

절도 있는 동작으로 문 쪽에서 신형을 물린 철무정이 소진
엽을 향해 고개를 숙여 보였다.

"공자님, 조반이 준비되었습니다."

'그거, 네놈이 준비한 거냐! 네놈이 준비했어!'

장소량이 내심 소리 지르고는 역시 소진엽 쪽으로 쪼르르
다가들었다. 그 사이 허리가 벌써 몇 차례나 굽실거려지고 있
다. 딱 간신배의 전형적인 모습.

소진엽이 평상시와 달리 묘하게 피곤한 표정으로 말했다.

"조반은 됐고. 장 모사!"

"예, 공자님!"

장소량의 허리가 또다시 굽실거려졌다. 두 눈은 환하게 빛
을 발한다.

"슬슬 이곳을 떠나야겠다."

"출발은 언제 하실 건지요?"

"수일 내."

짤막한 대답과 함께 소진엽이 갑자기 생각난 듯 첨언했다.

"등봉현의 뒷골목에 가면 흑방이 있는데, 그곳에 왈패 중 한 명인 미친곰 우덕이란 자를 데려오게."

"흑방의 왈패는 어째서?"

"그놈에게 몇 가지 준비시킬 일이 있다. 장 모사에게 계속 잔심부름 같은 걸 맡길 순 없지 않겠어?"

"영명하십니다!"

장소량이 활짝 미소 지으며 허리를 굽실거려 보였다. 드디어 소진엽이 자신의 진가를 깨닫기 시작했다는 판단이었다.

*　　*　　*

장소량과 철무정에게 몇 가지 지시 사항을 전한 후 소진엽은 근래 항상 곁에 두고 있던 구양령만을 남긴 채 방 안에 틀어박혔다.

한 시진 전.

지난 한 달 보름간과 마찬가지로 소진엽은 상반신을 벌거벗은 채 얼굴을 벌겋게 물들이고 있었다.

이유가 없을 리 만무하다.

단정하게 가부좌를 틀고 앉아 있는 그에게 지금 구양령은 뱀처럼 몸을 찰싹 밀착한 채 달라붙어 있었다.

은은하게 속이 들여다보이는 나삼만을 걸친 채 하단전과 명문혈에 양손을 붙이고 자신의 강대한 내력을 모조리 몰아주고 있는 것이었다.

속사정을 모르는 자가 본다면 정말 음란한 모습이다.

금도경의 은밀한 상상과 비교해 본다 해도 크게 다르지 않을 터였다. 이것이야말로 천마신교의 백대마공 중 가장 고명한 축에 속하는—악랄함 쪽으로— 내공전이법인 천양극음차녀대법(天陽極陰借女大法)임을 모른다면 분명 그랬다.

난감해진 건 소진엽이었다.

그의 나이 올해로 당당한 십오 세였다.

손이 귀한 집안 같으면 이미 일가를 이뤄서 자식을 볼 만한 나이였다. 어려서 낙양의 뒷골목을 전전한 만큼 남녀 간의 관계 역시 전혀 모르는 숙맥은 아니었다.

그러다 보니 벌써 한 달이나 구양령과 함께 했음에도 계속 그는 곤란을 느끼고 있었다.

평생 처음 보는 미녀인 구양령이 반나체가 되어 달라붙어 있는 통에 온전히 이성을 유지하기가 무척이나 어려웠다. 온몸이 후끈 달아오르고 정신이 어질어질해져 와 당장에라도 코피를 쏟을 것만 같았다.

하지만 다행스럽게도 그의 바로 곁에는 언제나처럼 담대광이 도끼눈을 뜨고 있었다.

그동안 몇 번이나 의지력이 무너지려는 소진엽을 사정없이 후려쳐대며 그는 구양령의 천양극음차녀대법을 설명했다. 천천히 구결을 풀어서 설명해준 후 스스로 벌모세수를 완성할 수 있도록 친절하게 도와줬다.

물론 다 자기를 위해서다.

그런데 오늘도 변함없는 태도로 소진엽의 연공을 살피고 있던 담대광이 갑자기 인상을 확 일그러뜨렸다.

'이런 망할 놈을 봤나! 마도십가의 후예가 어째서 마공은커녕 별다른 마기도 없는가 했더니, 천성적으로 기경마맥이 폐쇄되어 있어서 속성으로 마기를 흡수할 수 없는 몸이라니!'

기경마맥!

정파의 연기에서 말하는 기경팔맥과 비슷한 기맥으로 속성 마공을 익히는 데 아주 중요하다. 이곳을 통해서 몸속의 진원지기를 끌어올려야만 초기에 마공의 성취가 기하급수적으로 늘어나는 까닭이었다.

당연히 후유증 역시 크다.

진원지기를 사용해 속성으로 성취한 마공은 절정경에 이르러 반드시 커다란 한계에 부딪히고, 자칫 잘못하면 주화입마하여 전신의 공력을 몽땅 잃어버리게 만든다.

그게 바로 정파와 마도 간 무공 이론상의 차이.

그 같은 한계를 뛰어넘어 초절정경까지 오를 수 있는 자는 마인들 중 극소수뿐이며, 완전히 격이 다른 존재였다. 세상에서 말하는 소위 천재라 할 수 있었다.

소진엽은 천재가 아니었다.

크게 선심을 써서 봐줘도 평범한 기재 정도였다.

그런 그에게 기경마맥이 폐쇄되어 있다는 건 절정경은커녕 마공을 아예 연마할 수 없다는 선언이나 다름없었다. 장소량에 이어 구양령마저 끌어들여 천양극음차녀대법을 펼치게 했으나 거의 혈마신단을 녹이지 못한 건 바로 그 때문이었다.

지금 역시 마찬가지다.

구양령이 끊임없이 밀어주는 내력은 벌모세수를 이루지 못하고 이리저리 흩어져가고 있었다.

전혀 도움이 되지 않았다.

만약 담대광이 자신의 진체를 온전히 사용할 수 있었다면 애기는 달라졌을 것이다. 그의 지존성마기라면 단숨에 소진엽의 폐쇄된 기경마맥을 회복시킬 수 있었을 테니까.

때문에 오늘도 구양령의 천양극음차녀대법은 실패로 돌아갔다. 지난 두 달간 장소량과 구양령을 이용해 엄청난 시간과 노력을 기울였음에도 소진엽은 고작 체내의 혈마신단의 약력을 일 할가량밖엔 녹이지 못했다.

잠시 노기 어린 표정으로 여전히 한데 얽혀 있는 소진엽과 구양령의 사이를 왔다 갔다 하던 담대광의 눈에 갑자기 이채가 어렸다. 문득 뇌리를 스쳐 간 생각이 하나 있었다.

'그렇군! 그리하면 되겠어!'

내심 크게 소리친 담대광이 빠르게 생각을 정리하고는 소진엽에게 여태까지와는 완전히 다른 무학의 심결을 알려줬다.

마공이 아니라 정파지공.

그것도 극상승의 심법이었다.

'이번에 신마대제 어르신이 새로 가르쳐준 진기도인법은 지나치게 훌륭했다. 자칫 잘못했으면 이번에 구양 소저의 내공을 모조리 빨아들일 뻔했어. 그런데 어째서 이렇게 갑자기 피곤해진 걸까?'

담대광이 뒤늦게 가르쳐준 진기도인법은 굉장히 신묘했다. 놀랍게도 지금까지와 달리 급격히 구양령의 내력을 빨아들여 소진엽의 단전에 눌어붙어 있던 혈마신단을 거진 절반이나 녹여 버린 것이다.

그야말로 신세계에 도달할 것이나 다름없는 대성공!

하지만 단숨에 소주천을 이루고 대주천으로 내공의 단계를 진행해가던 소진엽은 갑자기 극단적인 피로를 느꼈다. 느닷없이 몸속에 흘러넘치던 강대한 기운이 둑 터진 방죽의 물처럼 대부분 빠져나가 버렸다.

잠시뿐이었다.

혼자 남아 잠시 담대광이 알려준 진기도인법대로 조식을 취하자 소진엽의 피곤하던 안색이 다시 생생하게 변했다. 그 사이 혈마신단의 약력 역시 조금 더 녹아들었다.

더불어 하단전에 단단하게 자리 잡은 구(球) 모양의 기운.

흡사 용암처럼 불끈거리고 있는 내기를 느끼며 소진엽은 슬며시 구양령의 옆얼굴을 바라봤다.

지존심결에 제압당한 후 곧바로 정신 금제를 당한 그녀.

지금의 그녀는 강시나 다름없었다. 일반적인 강시와 달리 살아 숨쉬긴 하나 겉으로 드러난 눈매에는 더 이상 인간적인 감정이 느껴지지 않았다. 연공 시 느꼈던 육체의 교류가 마치 꿈결이었던가 싶다.

하지만 소진엽은 달랐다.

그는 구양령처럼 감정을 잃지 않았다. 그녀의 내공을 빨아들인 것에 대한 미안함에 일시 안색이 어두워졌다. 마치 자신이 아주 나쁜 놈이 된 것 같았기 때문이다.

[너 나쁜 놈 맞다.]

움찔!

벌써 이 개월이라는 기간이 훌쩍 지나갔는데도 담대광의 이런 갑작스러운 등장은 정말 익숙해지지가 않는다. 연공이 끝난 후 휑하니 사라졌던 그가 이제야 모습을 드러낸 것이다.

그러거나 말거나 담대광이 말했다.

[내 명령대로 출발 준비는 시켜놨느냐?]

'장 모사에게 일러놨습니다. 그런데 어째서 갑자기 서둘러서 이곳을 떠나시려는 겁니까?'

[그동안은 숭산 인근이 안정되지 않아서 이곳을 떠날 수 없었으나 이젠 괜찮다. 부근에 개방(丐幫)의 거지새끼들이 보이

기 시작했으니, 이번에 난리를 피운 녀석들이 조금이나마 머리가 있다면 계속 버티고 있을 순 없을 거다.]

'그건 어째서입니까?'

[개방은 정파 무림맹(武林盟)의 눈과 귀다. 그놈들이 숭산 인근을 배회하기 시작했는데 어찌 신교의 반역도들이 계속 주변을 얼쩡거릴 수 있겠느냐?]

'그도 그렇겠군요. 그런데 개방에서 용케 숭산 쪽에서 벌어진 싸움을 알고 찾아왔네요?'

[내가 알려줬지.]

흐뭇한 표정으로 말하는 담대광을 보고 소진엽이 갑자기 자신의 기력이 쪼옥 빨렸던 까닭을 대충 짐작하게 되었다. 여태까지도 그가 이런 식으로 멀리 외유를 떠나면 몸이 꽤나 힘들어지고는 했기 때문이다.

'그럼 목적지는 역시 천마신교가 있는 십만대산인 겁니까?'

[죽고 싶으냐? 지금 네놈의 무력 수준을 가지고 그곳으로 향한다는 건 그야말로 섶을 짊어지고 불 속에 뛰어드는 것이나 다름없는 일이다.]

'그럼 어디로?'

[무당산(武當山)으로 간다.]

'무당산이요?'

[그래, 그곳에 잠시 들러서 네놈을 연공시킬 작정이니, 단단히 각오해 두는 편이 좋을 거다. 여태까지처럼 혈마신단의 약

력이나 녹이는 게 아니라 일 년 내에 완전한 환골탈태(換骨奪
胎)를 이뤄야만 하니까.]

'…….'

대충 예상이 가는 상황이었다.

소진엽이 내심 의지를 다지며 주먹을 꽈악 쥐었다.

절대 죽을 수 없다!

어떻게든 혈마신단의 저주로부터 살아남고, 담대광의 마수
로부터도 벗어나야만 했다. 지금으로선 어떻게 그런 일이 가
능할 수 있을지 짐작조차 할 수 없었지만 말이다.

*   *   *

다음날.

일찌감치 금도경을 대동하고 원주 유수원의 거처인 죽림원
을 찾아서 그에게 한 통의 서신을 받아든 소진엽이 수하들을
불러 모았다.

맨 처음은 장소량이었다.

"장 모사, 미친곰 우덕은 어찌 됐지?"

"한쪽에 구덩이를 파서 곱게 묻어 놨습니다."

"좋아."

한 차례 고개를 끄덕여 보인 소진엽이 얼른 장소량이 가리
킨 장소로 걸어갔다. 우덕에게 맡길 일이 있었기 때문이다.

“우 대형, 근래 평안하셨습니까?”

“너, 너는 진엽이⋯⋯.”

익숙한 소진엽의 얼굴을 발견하고 목청을 높이려던 우덕이 얼른 고개를 쑤욱 집어넣었다. 그의 뒤에서 장소량과 철무정이 눈매를 가늘게 만든 채 살벌한 기운을 뿌리고 있는 광경을 발견한 때문이다.

소진엽은 빙긋 웃어 보였다.

“우 대형, 미안하게 됐습니다. 본래 몇 가지 부탁할 일이 있어서 부른 것인데, 밑에 있는 수하가 일 처리를 좀 과하게 했나 봅니다.”

“⋯⋯.”

여전히 장소량의 눈치를 보는 우덕에게 다시 한 차례 미소 지어 보인 소진엽이 손을 뻗어 그를 구덩이에서 끄집어냈다.

단 한 차례 용력의 사용!

“꾸억!”

그것만으로 충분했다. 우덕의 족히 삼백 근이 넘는 몸이 쑤욱 땅속에서 빠져나왔다.

“이, 이게⋯⋯ 이게⋯⋯.”

우덕은 반쯤 혼이 빠진 표정으로 소진엽을 바라봤다. 흑방으로 손님이나 물어오던 꼬맹이가 어느새 거인처럼 보였다. 아니, 살귀들을 이끌고 다니는 마두였다.

소진엽이 여전한 표정으로 말했다.

"우 대형의 흑방에서 등봉현 제일의 마방과 대장간을 운영하는 걸로 아는데 맞습니까?"

"그, 그렇습니다!"

"우 대형, 말 낮추십시오. 저 소진엽입니다."

"안 됩니다! 절대 그럴 수 없습니다!"

우덕이 곰 같은 덩치를 격렬하게 흔들며 소리치자 소진엽이 미미하게 고개를 끄덕이고는 말을 이었다.

"내일까지 마방에서 가장 좋은 말 두 필과 강철로 주조된 형틀을 이곳으로 가져와 주실 수 있겠습니까?"

"그야 어렵지 않습니다만 대금은 어떻게……."

"대금은 금가장의 이공자인 금도경 공자의 앞에 달아두십시오. 두둑이 달아놓으셔도 괜찮으실 겁니다."

"아하!"

우덕이 그제야 저 뒤편에 똥 씹은 표정을 하고 서 있는 금도경을 보고 천천히 고개를 끄덕여 보였다. 소진엽과 그의 수하들 같은 엄청난 인물들이 숭양서원에 집결한 이유가 그와 관계되어 있다는 지레짐작을 내린 것이다.

'하긴 근자에 소림사가 있는 숭산 일대가 발칵 뒤집혔다고 하니, 금가장에서 보배 같은 아들을 지키기 위해 호위 무사를 보내지 않았을 리 없지. 그런데 진엽이 녀석은 도대체 정체가 어떻게 되는 거냐? 지난번에 데려왔던 인간은 아예 흑방을 난장판으로 만들어 놓고 말이야.'

소진엽이 데려왔던 담대광을 떠올린 우덕이 얼른 고개를 절레절레 흔들어 보였다.

담대광까지 갈 것도 없다.

새벽같이 흑방에 들이닥쳐 잠자던 자신을 붙잡아온 장소량이나 한 자루 칼날 같은 철무정만 봐도 오금이 저려왔다. 뒷골목에서 주먹질이나 하는 왈패와는 완전히 격이 다른 진짜 무림고수들임이 분명했기 때문이다.

그 같은 생각과 함께 숭양서원을 떠난 우덕을 배웅한 소진엽이 장소량을 다시 불러들였다.

"장 모사는 잠시 이곳에 남아야겠어."

"예? 하지만……."

"장 모사를 못 믿어서가 아냐. 마음속 깊이 믿고 있기 때문에 부탁할 일이 있어."

"무슨 명령이든 내려만 주십시오!"

염소수염을 바르르 떨고는 당장 고개를 숙여 보이는 장소량에게 소진엽이 슬쩍 다가들었다. 그리고 잠시 어정쩡하게 서 있는 금도경 쪽을 살피고는 말한다.

"장 모사가 앞으로도 금도경 녀석을 관리해줘야겠어."

"특별히 내리실 명이라도 계십니까?"

"그놈이 그동안 나와 내기를 해서 꽤나 많은 빚을 졌거든. 은자로 한 천 냥가량은 되니까, 앞으로도 지속적으로 돈을 받아내서 상노 구범 할배한테 맡기도록 해."

‘도둑놈! 매일 밤 날 찾아와서 억지로 검패와 주사위 도박을 강요한 게 누군데…….’

자신의 얘기를 나누자 귀를 기울이고 있던 금도경의 안색이 시커멓게 변했다.

은자 천 냥!

그에게도 그리 적은 돈은 아니다. 근래 금가장에서 보내준 돈을 상당량 유흥으로 써 버린 까닭이었다.

그러나 소진엽은 그를 전혀 개의치 않았다. 장소량의 최심수에 얻어맞은 여독을 풀어준 것만으로도 그에게 천 냥을 받아낼 만한 값어치는 충분하단 판단이었다.

“내일 당장 받아내도록 하겠습니다!”

“아니, 그럴 필요는 없고, 그냥 한 달에 은자 열 냥씩만 받아서 전해주면 돼.”

“은자 열 냥…… 알겠습니다!”

잠시 의아한 기색이 되었던 장소량이 얼른 복명했다. 문득 든 생각이 있어서다.

‘역시 소교주님은 교주님의 행방을 알고 있구나! 상노 구범이란 늙은이가 그분과의 연락책이고 말이야. 하지만 한동안은 그냥 모른 척하고 있어야겠지?’

은연중 의미심장한 눈빛이 된 장소량이었다.

다음은 철무정이었다.

장소량을 금도경에게 보내고 그에게 다가간 소진엽이 진지

한 표정으로 말했다.

한 자루 검과 같은 사내.

담대광을 위해 언제든 기꺼이 목숨을 내던질 수 있는 눈앞의 우직한 남자는 소진엽에게도 다소 어려웠다.

"철 단주, 오늘부터 내 연골연신(練骨練身)을 돕도록 해."

"연골연신입니까?"

"그래. 난 내공과 달리 외공이 허접스러움, 그 자체니까 가차 없이 날 굴려야만 할 거야."

"반드시 최선을 다하겠습니다!"

'아니, 꼭 그럴 필요는 없는데…….'

철무정의 열의 넘치는 눈빛을 접한 소진엽이 저도 모르게 땀을 흘렸다. 문득 담대광에게 전해 들었던 그에 대한 정보와 연골연신의 험악함이 피부로 와닿았기 때문이다.

6장
일보단천지로(一步斷天之路)

숭산 인근.

한 떼의 무리가 빠른 속도로 걸음을 옮기고 있었다.

하나같이 질풍과 같은 움직임!

한눈에 무림 고수들임을 알 수 있게 한다. 거기다 결코 향기롭지 못한 냄새와 상거지 차림이 더해지면 개방에 속한 자들임을 확신하게 될 터였다.

그 중심.

쓰레기통에 떨어진 한 송이 꽃이라고나 할까?

이십 대 후반가량 되어 보이는 상큼한 인상의 여인이 백색 경장을 걸치고 붉은 피풍의를 바람에 휘날리며 신형을 날리고 있었다.

무림맹 순찰당 소속 하남성 방면 총책임자인 팽운혜.

그녀의 아미는 가볍게 찡그려져 있었다. 개봉(開封)에서 지원 나온 개방 총타의 십걸개가 풀풀 뿜어내고 있는 냄새에 머리가 다 아플 지경이었기 때문이다.

그래도 어쩔 수 없었다.

소림사가 있는 숭산에서 가장 가까운 곳에 위치한 대문파가 개방이었다. 그들의 도움 없이 근래 숭산에서 벌어진 괴사를 조사한다는 건 결코 있을 수 없는 일이었다.

'그래도 이 냄새는 너무하잖아! 바람이 부는 반대 방향으로만 신형을 날리고 있는데도 속이 다 뒤집히려고 하니……'

팽운혜는 달리는 와중에도 원망스레 소실봉 쪽을 바라봤다.

방금 전 그녀는 소림사의 지객당에 들렀다가 문전박대를 당하고 왔다.

무림맹의 위세?

그런 건 아예 씨알도 먹히지 않았다.

한 명 한 명이 현 장문인인 고영선사와 동배이거나 더 높은 항렬인 장생당의 고승들이 수십 년 만에 우르르 몰려나와 있었다. 거기에 이빨이 들어갈 리 만무했다.

당연히 십걸개 역시 그다지 큰 도움이 되지 못했다. 그들의 수장이랄 수 있는 타주급 오결개인 취풍개(醉風丐)조차 장생당 고승들을 보고 반 마디 말조차 건네지 못했으니까.

'역시 이상해! 만약 그 냄새 나는 중들의 말대로 소림사에 별일이 없다면 어째서 성불만이 목표라는 장생당의 고승들이 대거 밖으로 나왔겠어?'

그리 어렵지 않은 추론이다.

앞서 개방을 통해 얻은 첩보 역시 존재했다.

그러나 팽운혜는 소림사의 모찰 쪽에 한 걸음도 들여놓지 못했고, 지금 속이 부글부글 끓고 있었다. 주변에서 계속 유쾌하지 못한 냄새를 풍겨대고 있는 십걸개 중 취풍개가 은근슬쩍 다가드는 것조차 잠시 느끼지 못했을 정도였다.

"팽 순찰, 아직 우린 요기 전이지 않은가?"

'우읍!'

팽운혜는 후욱 밀려드는 입에서 나는 술이 썩은 냄새에 구토할 뻔했다. 어려서 무림맹에 입맹해 순찰당에서 꽤나 강도 높은 수련을 거치지 않았다면 정말 그리했을 거다.

그런 팽운혜의 사정을 취풍개가 모를 리 없다.

그는 내심 음흉한 미소를 지어 보이고는 시치미를 뗀 채 말했다.

"이 거지와 형제들은 소림사에서 문전박대를 당해 지금 배가 등에 찰싹 달라붙었네. 그러니 잠시 인근에 있는 등봉현에 가서 요기부터 해결하세나."

"숭산을 내려가자는 건가요?"

"거지에게 먹는 일보다 중요한 건 없다네. 우리가 잠시 요기를 하고 온다고 해서 숭산이 어디 달아나는 것도 아니고 말일세. 뭐, 정 팽 순찰이 그게 싫다면 이 거지와 함께 인근에서 개라도 한 마리 잡아서 구워먹으면 되겠지만.”

“등봉현으로 가죠!”

팽운혜가 얼른 목청을 돋워 단호하게 외쳤다. 개방의 냄새나는 거지들과 한데 어우러져 개를 구워먹고 싶진 않았기 때문이다.

절그럭! 절그럭!

철무정에게 연골연신의 수련을 받기 시작한 지 삼 일째.

드디어 숭양서원을 떠나 무당산행에 나선 소진엽의 행색은 끔찍, 그 자체였다.

목과 양팔을 단단히 고정한 강철 형틀.

양발에 채워진 동일한 재질로 된 족쇄.

미친곰 우덕은 정말 소진엽의 부탁을 완벽하게 들어줬다. 까다롭기 이를 데 없는 성미를 지닌 담대광조차 고개를 끄덕일 정도였다.

그래서 소진엽은 우덕을 몇 차례 걷어차기까지 했다.

아주 마음에 든다는 표현이었다.

그 뒤 한 시진도 되지 않아 소진엽은 지난 사흘간의 끔찍한 연골연신 수련이 지극히 행복했던 시간이었음을 깨닫게 되었다. 담대광이 고안한 이 일보단천지로의 수련법은 이미 반 갑자의 내공을 얻은 상태인 소진엽을 단숨에 지옥 속으로 몰아 넣어 버렸으니까.

그렇게 소진엽이 허덕대며 철무정과 구양령이 탄 두 마리 준마에 질질 끌려가고 있을 때였다. 갑자기 그의 머리에 벼락이 번쩍하고 떨어져 내렸다.

줄곧 소진엽이 머리에 덮어쓴 형틀에 앉아 일보단천지로의 제대로 된 호흡과 보행법, 진기 흐름을 설파하고 있던 담대광이 주먹을 날린 것이다.

[감히 정신을 딴 곳에 팔아?]

'우왓! 안 졸았습니다! 절대로 정신통일하고 있었습니다!'

[누가 졸았다고 했냐?]

'그럼 어째서……'

[흥! 어째서 소실봉 쪽을 몇 번씩이나 훔쳐본 거냐? 소림사와 소림신승에게 아직도 미련이 남아서가 아니냐?]

'……'

소진엽이 잠시 침묵했다.

담대광에게 정곡을 찔렸기 때문이다. 그러자 다시 주먹을 날려 소진엽의 머리에 응징의 벼락을 떨어뜨린 담대광이 차갑게 코웃음 쳤다.

[흥! 일보단천지로는 이제부터가 시작이다. 네 녀석은 무당산에 도착할 때까지 확실하게 연골연신을 완성하게 될 테니, 기대하고 있는 게 좋을 것이다. 대답은?]

'옙!'

소진엽이 '난 죽었다'라는 표정과 함께 다시 일보단천지로에 집중했다.

부친의 무덤에서 했던 맹세!

비록 소림사에 입문하진 못했으나 신마대제 담대광을 통해 이룰 작정이었다. 그전에 혈마신단의 저주로부터 먼저 벗어나야 할 테지만 말이다.

그렇게 다시 소진엽이 침묵의 수행에 집중하며 등봉현의 어귀에 이르렀을 때였다.

저 멀리, 황진과 함께 몇 명의 무림인이 모습을 드러냈다. 얼마 전 숭산을 내려온 팽운혜와 십결개 일행이었다.

'저럴 수가!'

등봉현의 어귀에 이른 팽운혜의 눈에 이채가 어렸다. 저 멀리 모습을 드러낸 한 쌍의 남녀와 그들이 탄 준마에 질질 끌려가고 있는 소년의 모습이 꽤나 기괴했기 때문이다.

한 쌍의 남녀.

사내는 검은색 영웅건으로 머리를 고정시키고, 묵포를 걸쳤으며 묵색 장검을 허리에 찼다. 얼굴에 흘러넘치는 차가움과 강인함이 그가 역전의 무인임을 웅변하는 듯하다.

여인 또한 특출나 보인다.

늘씬한 몸매를 감춘 회색 무복에 역시 허리에는 범상치 않은 장검을 찼고, 얼굴의 반면을 가린 면사에도 불구하고 상당한 미인임을 알 수 있다. 겉으로 드러난 눈매만으로도 충분히 그런 인상을 주었다.

그러나 팽운혜의 눈길을 가장 많이 잡아끈 건 그들이 탄 말에 튼튼한 동아줄로 묶인 채 질질 끌려가고 있는 소년이었다.

목과 수족을 형틀과 족쇄에 구속당한 처참한 모습!

머리를 산발한 소년의 모습은 조정에 대역죄를 진 자조차 부러워할 만했다. 어떻게 보든 단지 발을 앞으로 내딛는 것만이 그에게 허용된 유일한 자유인 듯 보였으니까.

'아직 어려 보이는데, 도대체 무슨 죄를 지었기에……'

내심 눈살을 찌푸려 보인 팽운혜가 앞으로 나서려는 걸 취풍개가 얼른 가로막아 섰다.

그의 협기가 팽운혜만 못해서가 아니다.

그는 그녀보다 월등히 많은 강호 경험이 있었고, 두 필의 준마에 매달려 있는 황금산의 문양의 깃발이 뜻하는 바를 바로 간파해냈다.

"팽 순찰, 저들은 북경 금가장의 일행이라네."

"금가장? 그 천하 삼대 거상이라는 금가장을 말하는 건가요?"

"그렇지."

"그럼 관부에 속한 자들이 아니란 뜻이잖아요!"

"……"

오히려 불에 기름을 부은 형국이었다.

취풍개의 말에 더욱 발끈한 기색이 된 팽운혜가 바람같이 신형을 날려 두 마리 준마의 앞을 가로막아 섰다.

"잠시 말 좀 묻겠어요!"

평상시 항상 착용하던 혈립을 벗고 영웅건을 맨 철무정이 특유의 무심한 살기가 담긴 시선을 그녀에게 던졌다.

"무슨 일이오?"

"당신들은 어째서 저 어린 친구에게 몹쓸 형구를 채워 끌고 가고 있는 중인가요?"

"본인이 금가장에 속한 사람이란 걸 알고 끼어든 것이오?"

"나는 무림맹 순찰당 소속이에요. 금가장의 드높은 명성을 내게 들이대 봐야 큰 소용은 없을 것 같은데요?"

"무림맹이라……."

나직한 뇌까림과 동시였다.

철무정이 뭐라 더 말하기도 전에 맞은편 준마 위에서 구양령이 신형을 띄워 올렸다.

그림 같다는 표현, 이럴 때 아주 적절하다.

그녀의 얼굴을 가린 면사가 한 차례 펄럭였다 싶은 순간 검이 뽑혔고, 섬뜩한 한기가 대기를 갈랐다. 쪼개냈다.

'아!'

팽운혜는 저도 모르게 입을 벌렸다.

그럴 수밖에 없었다.

한 줄기 한광이 번뜩였다 싶은 순간 이미 구양령의 한령마
검이 목덜미에 대어져 있었기 때문이다.

목숨을 건진 게 용할 정도.

일시 한 덩이 얼음이 된 팽운혜를 구하기 위해 취풍개를 비
롯한 십걸개들이 뒤늦게 움직임을 보였으나 큰 의미는 없었
다. 어느새 한령마검을 거둔 구양령이 다시 신형을 날려 자신
의 준마로 돌아가 버렸으니까.

"무, 무슨……"

그제야 반응을 보인 팽운혜가 얼른 허리에서 도를 빼들었
다. 가문의 비전인 쾌풍삼절도법으로 다시 한 번 구양령과 승
부를 겨뤄 볼 작정이었다.

물론 취풍개를 비롯한 십걸개는 내심 고개를 가로저었다.

이미 결판난 승부다.

다시 팽운혜 열 명이 덤벼든다 해도 구양령을 이길 가능성
은 없었다.

슥!

그 같은 판단과 함께 취풍개가 얼른 팽운혜를 제치고 앞으
로 나서 철무정에게 정중하게 포권했다. 그러나 눈곱이 덕지
덕지 끼어 있는 두 눈에 담겨 있는 기운은 전혀 다르다.

"개방의 취풍개올시다. 손속에 사정을 둬 주신 점 감사하게
생각하겠소이다."

철무정의 태도는 변함이 없다.

"강물은 본래 우물물을 건들지 않는다고 했소. 무림과 상계는 완전히 다른 세계이니, 오늘은 그냥 헤어지도록 합시다."

"무림과 상계라……. 하지만 먼저 검을 빼든 건 그쪽이지 않소이까? 그러니 사정 설명쯤은 해주고 가시는 게 어떻겠소이까?"

꿈틀.

철무정의 볼살이 가벼운 떨림을 보였다. 그의 마검은 이런 경우 결코 용서가 없다.

그러나 그보다 먼저 움직인 자가 있었다.

절그럭!

여태까지 담대광과 함께 팽운혜와 십걸개의 행태를 면밀히 지켜보고 있던 소진엽이었다.

그는 지축을 박차더니, 단 한 걸음 만에 취풍개 앞에 이르렀다.

일보삼장세(一步三丈勢)!

일보단천지로의 보법 중 하나를 펼쳐 취풍개와 철무정의 사이에 끼어든 소진엽이 이를 슬쩍 드러내며 웃어 보였다. 땀으로 더럽혀진 얼굴과 달리 하얀 치열이다.

"나는 지금 수련 중일 뿐입니다. 죄인의 몸으로 끌려가고 있는 게 아니니까 걸개 어르신은 걱정 말고 이만 물러서 주십시오."

'이런 신법이…….'

취풍개는 크게 놀란 표정이 되었다. 나름 무림의 일류 고수라 여겼던 그이지만 어떻게 소진엽이 다가들었는지 짐작조차 할 수 없었기 때문이다.

어쩔 수 없다.

담대광이 소진엽에게 지금 가르쳐주고 있는 일보단천지로는 연골연신의 수련이기 이전에 무림 최상승의 보신경이었다. 담대광 자신의 신마군림보와 비교해도 결코 떨어지지 않는 위력을 지니고 있는 것이다.

가까스로 놀라움을 진정시킨 취풍개가 지그시 소진엽을 바라봤다.

그래 봐야 소용없다.

아무리 많아 봐야 열대여섯 살 이상은 안 되어 보인다.

"무슨 수련을 하고 있었는지 물어도 되겠는가?"

"연골연신입니다. 외공이 취약해서 본장의 철 호위한테 수련을 받는 중이지요."

'무슨 연골연신을 이리 과격하게……'

다시 취풍개가 놀라 입을 가볍게 벌렸다.

연골연신.

뼈와 신체를 강하게 단련하는 외공의 수련 중 하나다. 상승의 무공을 이루기 위해선 반드시 이뤄야만 하는 통과의례이기도 했다.

당연히 취풍개 역시 연골연신의 수련은 한참 전에 이뤘다. 이렇게 어처구니없을 만큼 지독한 방법의 수련은 본 적이 없을 따름이었다.

그래도 사리에는 맞는다.

내심 눈살을 찌푸려 보인 취풍개가 다시 물었다.

"그럼 실례지만 자네는 금가장과 어찌 되는지 물어도 되겠는가?"

"저는 금씨 성을 씁니다. 본래 숭양서원에 과거를 위해 수학 온 도경 형님을 보필하기 위해 왔다가 본장에 일이 생겨서 돌아가는 중입니다."

"아, 그럼……."

"이건 걸개 어르신만 아는 걸로 하시지요. 밖으로 내놓을 수 없는 이름이니까요."

"……아, 알겠네."

취풍개가 소진엽이 지어 보인 쓸쓸한 표정을 보고 얼른 입을 다물었다. 지레짐작으로 그가 금가장의 차남인 금도경의 배다른 동생이라 판단 내린 것이다.

그렇게 취풍개가 침묵에 빠지자 소진엽이 슬그머니 걸음을 옮기며 다시 입가에 미소를 담았다. 이번에는 아직도 빼든 도를 거둘지 말지를 고민하고 있는 팽운혜 쪽이었다.

"소생, 소저의 관심에 감사드리겠습니다. 그러니 이만 칼은 거두시지요. 구양 호위가 범한 실례는 제가 대신 사과드리겠습니다."

팽운혜의 눈에 이채가 어렸다.

이미 취풍개와 소진엽 간의 대화를 들은 터였다. 대충 내력이 짐작 가는 터에 상대방이 자신의 체면을 세워주자 내심 안도의 한숨이 흘러나왔다.

'하지만 이대로 칼을 거둬들이는 건 그리 좋지 않다. 조금 더 긁어 봐야겠구나!'

내심 빠르게 염두를 굴린 팽운혜가 얼굴에 짐짓 도도한 기색을 담았다.

"팽가의 칼은 쉽게 거둬들여지지 않아요!"

"이거 몰라뵈었습니다. 하북팽가의 소저셨습니까?"

"아뇨. 강서성(江西省)의 팽가쾌도보예요."

"강서성의 팽가쾌도보라면……."

소진엽이 말끝을 가볍게 흐리자 팽운혜가 발끈한 표정이 되었다.

팔대세가에 속한 하북팽가!

천하에 유명한 군문이며 무가이다.

덕분에 같은 팽씨 성을 사용하며 쾌도를 특기로 삼는 강서성의 팽가쾌도보는 평상시 '팽'이라는 성을 앞에 내놓지 못했다. 방금 전 소진엽이 했던 것과 유사한 오해를 툭하면 당하는 까닭이었다.

당연히 팽운혜는 하북팽가와 관련된 말이나 오해를 사는 걸 무척이나 싫어했다. 그리고 진짜 금가장과 관련된 자들인지 확인해 볼 필요도 있다고 여겼다. 숭산에서 벌어진 일이 중한

데 눈앞의 의심스러운 고수들을 그냥 보낼 수는 없다는 판단을 내린 것이다.

스파앗!

도를 휘둘러 소진엽의 앞에 위협적인 도광을 만들어낸 팽운혜가 짐짓 차가운 목소리로 말했다.

"본래 아랫사람의 잘못은 주인이 책임을 지는 법! 보아하니 금 소공자 역시 고강한 무공의 소유자 같으니, 형구를 떼어내고 나와 무림의 규칙대로 싸우도록 해요!"

"……."

눈앞에서 어릿어릿 움직인 도광에 소진엽이 눈살을 살짝 찌푸릴 때였다. 여전히 그의 형틀에 앉아서 다리를 까닥거리고 있던 담대광이 퉁명스레 말했다.

[저년, 조치를 취해야겠구만.]

'조치라시면?'

[일보삼장세로 품속에 뛰어들어 입술로 주둥이를 콱 박아 버려!]

'그건 일을 더욱 복잡하게 만드는 거 아닙니까?'

[잘못되면 다 죽여 버리지 뭐. 어차피 인근에 사람도 별로 없겠다…….]

'하아, 제가 알아서 하겠습니다.'

내심 한숨과 함께 소리를 지른 소진엽이 담대광의 심통 맞은 시선 속에 다시 일보삼장세를 펼쳤다.

사실 그에겐 다른 선택 사항이 없기도 했다.

무림인을 상대로 실전에서 써먹을 수 있는 수법 중 가장 나은 게 바로 일보단천지로였기 때문이다.

스슥!

팽운혜 또한 취풍개와 별반 다를 것이 없었다.

문득 눈앞에서 소진엽의 모습이 사라지는 걸 보고 긴장한 순간 어느새 그는 코앞에 다가서 있었다.

‘무슨 신법이······.’

대경해 뒤로 신형을 빼내려던 팽운혜의 귓불로 소진엽이 불쑥 다가들었다. 일보삼장세의 연계 동작이 아직 끝나지 않은 것이었다.

“당신······ 혹시 나한테 반한 거야?”

“뭐?”

“그렇지 않으면 어째서 이리 계속 지분거리는 거야? 아무리 평범한 무가 출신이라 우리 금가장의 재력이 탐이 난다손 치더라도······.”

차창!

노기로 눈빛이 차갑게 가라앉은 팽운혜의 도가 사정없이 소진엽을 공격해 들어갔다.

모욕을 당했다는 생각에 진짜로 화가 났다. 상대방이 형구에 몸이 속박되어진 상태라는 점을 잠시 잊어버릴 정도로.

주르륵!

소진엽은 다시 일보단천지로의 신법을 펼치지 않았다. 대신 그는 팽운혜의 쾌도를 연달아 형틀로 받아내고는 그 충격으로 인해 연달아 몇 걸음이나 뒤로 물러섰다.

씨익!

더불어 입가에 흐릿하게 떠오른 미소.

"팽 소저, 이걸로 사과를 대신한 셈 칩시다."

"설마 그것 때문에……."

"쉬잇!"

소진엽이 손가락을 하나 들어 입에 대고 팽운혜에게 슬쩍 눈짓을 해 보였다. 어느새 살벌한 기운을 뿜어내기 시작한 철무정과 구양령에 대한 간접적인 경고였다.

팽운혜 역시 바보는 아니다.

소진엽이 연이어 자신의 체면을 세워줬는데 더 이상 떼를 쓸 수는 없다는 걸 알고 있었다.

"금 소공자의 사과, 받아들이도록 하지요."

"고맙소."

천천히 도를 거두는 팽운혜에게 소진엽이 방금 전의 능글맞은 모습을 싹 지운 채 정중하게 대답했다. 취풍개를 대할 때보다 조금 더 예의를 차린 모습이다. 하지만 신형을 돌려세우는 속내는 완전히 딴판이었다.

'이쯤 했으니, 이젠 확실히 떨어질 테지?'

담대광은 어림도 없다는 듯 고개를 살랑거리며 흔들어 보였다.

[무림맹과 개방의 떨거지들이다. 지금은 네놈의 속임수에 넘어간 것처럼 보이지만, 곧 주변을 이 잡듯 뒤져서 정보를 캐낼 거다.]

'쉽지 않을 겁니다.'

[어째서?]

'장 모사에게 미친곰 우덕을 붙잡아올 때 저에 대한 정보를 모조리 지워 버리도록 했습니다. 등봉현에서 저와 안면 있는 자들은 흑방의 왈패들과 우덕에게 입단속을 당했을 테니, 절대 제 정체를 토설하지 않을 겁니다.'

[또한 장소량이 숭양서원에 남아서 금도경을 감시하니까 그쪽도 염려할 바 없고 말이지?]

'그렇습니다.'

대답과 함께 철무정의 준마 쪽으로 걸음을 옮기는 소진엽을 향해 담대광이 슬쩍 미소를 지어 보였다. 무재나 근골은 여전히 성에 차지 않지만, 제법 생각이 치밀하여 일 처리가 분명한 건 마음에 들었다.

점점 멀어져가는 소진엽 일행을 물끄러미 바라보고 있는 팽운혜에게 취풍개가 다가들었다.

"쫓아가고 싶어진 표정이네만?"

"지금 숭산을 벗어날 순 없어요. 하지만……."

"조사는 해 봐야겠지. 진짜 금가장과 관련된 자들이라면 큰 문제 될 게 없겠지만, 아니라면 이번에 숭산에서 벌어진 일과 필시 관련 있을 테니까.”

“물론이에요. 그런데 취풍개 선배.”

“어째서 목소리를 갑자기 까는 건가?”

“그 금가장 소공자의 두 호위, 이기실 수 있겠어요?”

“당연히!”

눈을 부릅뜬 채 목청을 슬쩍 높인 취풍개가 곧 꼬리를 내렸다.

“십 년은 더 무공 수련을 한 후에 도전해 볼 참일세.”

‘역시 자신 없었군.’

내심 픽하고 미소를 지어 보인 팽운혜가 눈매를 살짝 가늘게 만들어 보였다.

평생 처음 본 구양령의 쾌검!

그 한기 서린 검이 닿았던 목덜미가 아직도 저릿거리고 있었다. 소진엽의 능글맞으면서도 깊은 심계가 무척이나 과격한 수련법과 함께 뇌리에 꽤나 깊이 각인되어 버렸다.

‘무림맹 순찰당에 속한 후 무공 연마에 너무 태만했다. 숭산에서의 일이 끝나면 잠시 가문으로 돌아가서 폐관 수련이라도 해야겠어. 뭐, 그전에 날 홀딱 반하게 만들 만큼 괜찮은 놈을 만나면 또 몰라도 말이야.’

나이 스물아홉.

가문에서 이미 내어놓은 노처녀이나 팽운혜는 아직 희망의 끈을 놓지 않고 있었다.

언젠가 나이답지 않은 능구렁이인 소진엽 같은 애송이가 아니라 멋진 백마를 타고 보검을 등에 걸친 잘생긴 청년 협객을 만나게 될 날이 올 것임을 믿어 의심치 않았다..

꼬르륵!

그때 그녀의 즐거운 상상을 무참히 깨며 취풍개가 소리쳤다.

"팽 순찰, 배가 고파서 거지들 죽겠네! 어서 요기하러 가세나!"

'그런데 이게 내 현실이라니……'

내심 한탄한 팽운혜가 짜증을 담아 말했다.

"가요! 가!"

"우헤헷, 물론 자네가 사는 걸 테지?"

"어째서 얘기가 그렇게 되는 거예요?"

"그야, 우리는 거지들이잖나?"

"으으!"

팽운혜가 치를 떨고는 휑하니 앞서 걸어나갔다. 더 이상 그녀의 뇌리에 소진엽 일행이나 백마를 탄 협객은 남아 있지 않았음은 물론이었다.

그리고 며칠 후.

그녀는 아주 바빠지게 되었다.

마천대전 이후 평화를 만끽하고 있던 중원 무림에 지독스러운 암운이 몰려들기 시작했기 때문이다.

＊　　　＊　　　＊

흑방.

항상 무법자와 부랑자들이 넘쳐나던 이곳은 근래 분위기가 완전히 바뀌었다.

장소량의 등장이 원인이다.

그는 느닷없이 이곳에 난입해서 흑방의 방주이자 큰 주먹인 검은 호랑이 왕호를 피 곤죽으로 만들고, 문지기이자 두 번째 주먹이던 미친곰 우덕을 제압했다.

당연히 그것만으로 끝일 리 없다.

우덕을 통해 몇 가지 일 처리를 마친 그는 이미 흑방의 주인이 되어 있었다.

얼마 전까지 왕호의 차지였던 호랑이 통가죽이 덮어씌워진 태사의를 떡하니 차지하고 우덕을 옆에 두고 흑방의 백여 명 왈패들을 모조리 집결시켰다.

소진엽 앞에서와는 완연히 달라진 거만한 표정.

위엄 있게 발을 꼰 채 고개를 몇 차례 까닥거려 보인 장소량은 시선을 고서점 극락경의 주인인 염백에게 던졌다. 고서점가의 살아 있는 역사라 불리는 그가 바로 등봉현 일대 하오문(下午門)의 수장이었기 때문이다.

"그동안 숭산 인근을 빨빨거리며 돌아다녔다고?"

"어, 어찌 저 같은 놈이 감히……."

"감히?"

장소량의 눈꼬리가 휘어 올라갔다. 염백의 말 속에 담긴 뜻을 바로 헤아려낸 거다.

"우덕, 저 새끼 밟아!"

"예이!"

복명과 함께 우덕이 염백에게 달려들어 그를 발로 마구 짓밟았다. 본래 극락경의 단골이라 안면이 있는 처지이나 자기 코가 석 자였다. 이미 장소량에게 뜨거운 맛을 확실하게 본 터라 그는 전혀 손속에 사정을 두지 않았다.

잠시뿐이었다.

우덕에게 짓밟히며 연방 비명을 질러대던 염백이 갑자기 교묘한 금나수를 펼쳐 그의 곰 같은 몸을 냅다 바닥에 꽂아 버렸다. 애초에 한 지역 하오문의 수장쯤 되는 자가 우덕 같은 왈패에게 당하고 있을 이유가 없는 것이다.

휘릭!

그리고 곧바로 신형을 밖으로 뽑아내던 염백의 입에서 비명에 가까운 신음이 터져 나왔다.

"흐억!"

"쥐새끼 같은 놈, 감히 내 앞에서 수작을 부려?"

어느새 태사의에서 신형을 날린 장소량이 염백의 뒷덜미를 낚아채 바닥에 내동댕이쳤다. 우덕에게 염백이 했던 짓을 고스란히 돌려준 셈이다.

물론 그것만으로 끝일 리 없다.

빙글!

억지로 신형을 회전시켜 활로를 찾으려던 염백의 등뼈를 장소량이 가차없이 발로 찍어냈다.

퍽!

이번엔 비명조차 없었다.

순간적으로 숨통이 막힌 염백이 바닥에 축 늘어졌다. 기절해 버린 거다.

장소량이 힘겹게 몸을 일으키던 우덕을 향해 항거할 수 없는 위엄을 담아 말했다.

"저 새끼 꽁꽁 묶어서 창고에다 가둬놔라. 깨어나면 다시 심문할 테니까."

"예이!"

우덕이 고통스러운 표정을 삼키고서 얼른 대답했다. 장소량이 뿜어내는 살기와 위엄에 완전히 압도된 것이다.

'이게 바로 나야! 나 무영귀서 장소량이라구!'

내심 부르짖은 장소량이 어깨를 으쓱해 보였다. 소진엽이 내린 명령과 별도로 확실한 자기 세력을 만들었으니, 슬슬 교주 담대광의 행방을 알아봐야 할 터였다.

소진엽이 말한 일 년이라는 기한!

태상마군 소리산과 패마 종리곽이라는 두 거마를 기다리게 하기엔 너무 긴 시간이었다. 반란을 일으킨 좌마령 북리사경이 이후 무슨 짓을 벌일지도 알 수 없었고 말이다.

*   *   *

십만대산.

평상시처럼 마뇌각에 파묻혀 검마 주진모와 함께 소일하고 있던 소리산의 노안에 가벼운 주름이 만들어졌다.

마뇌각의 아래층으로부터 쿵쿵 울려 퍼지고 있는 진동!

굳이 머리를 고단하게 할 필요 없이 방문자의 정체를 간파할 수 있겠다.

역시 비슷한 생각을 떠올린 주진모가 냉오한 기운이 담긴 눈살을 가볍게 찌푸려 보였다.

"으음, 근래 군마각에서 은인자중한다기에 조금 기대를 했더니, 여전히 무공광에 바보인 것인가? 어째 적진이나 다름없는 곳에 들어서며 자신의 심사조차 감출 생각을 못한단 말인가."

소리산의 의견은 달랐다.

"허허, 자신이 있다는 뜻이 아니겠는가? 진동의 크기를 보아하니, 근자에 새로운 성취가 있었던 것 같구만."

"새로운 성취를 얻었다 한들 태상마군님 앞에서는 그저 어린애의 재롱이 아니겠습니까?"

"재롱도 재롱 나름이겠지. 가끔 고약한 손자 녀석이 할아비의 수염을 잡아 뜯는 일도 있으니까 말일세."

"그런……."

주진모가 저도 모르게 입가에 미소를 매달았을 때였다.

쿠쿵!

방금 전보다 조금 더 커진 진동과 함께 방문이 열리더니, 장대한 몸집에 미칠 듯한 패기를 발산하며 패마 종리곽이 모습을 드러냈다.

"태상마군! 검마! 여기서 한가하게 차나 마시고 있었던 것이냐!"

주진모가 얼핏 살기를 담아 종리곽을 노려봤다. 자신뿐 아니라 소리산이 있는 자리에서 지나치게 방자한 태도에 언사라는 판단을 내린 것이다.

"패마, 태상마군님 앞에서 추태를 보일 참이더냐?"

"추태? 크하하하! 신교가 두 개로 쪼개진 판국에 그걸 말이라고 내뱉는 것이냐!"

"좌마령과 마도십가의 여섯이 중원에 만들었다는 진마성교(眞魔聖敎)를 말하는 것이냐?"

"좌마령은 무슨! 신교의 배반자이자 배교자에게 더 이상 존대를 할 이유는 없다!"

"그건 당연하다. 그러니 지금은 더더욱 태상마군님에게 중지를 모아야만 할 것이다."

"헛소리!"

접멸광폭류를 일으켜 더욱 강력한 패기를 뭉클거리며 뿜어 내기 시작한 종리곽의 앞을 주진모가 가로막아 섰다. 특기인 무형마벽검강기(無形魔壁劍罡氣)를 이미 팔 성 이상 일으킨 상태다.

"절대 헛소리가 아니다. 현재 신마성궁은 교주님과 우마령이 부재한 상태로 내분 상태나 다름없다. 그러니 이때에 신교의 최연장자이자 어르신이신 태상마군님께서 나서시지 않는다면 누가 이 혼란을 종식시킬 수 있겠느냐?"

"그걸 노렸던 것이냐?"

소리를 지른 건 주진모이나 종리곽의 시선은 침묵 속에 홀로 거하고 있던 소리산을 향하고 있었다. 그에게 자신의 질문에 대한 답을 내놓기를 강요하는 압박이었다.

'이런 무엄한!'

보다 못한 주진모가 무형마벽검강기를 더욱 강화시키려 할 때였다.

슥!

손을 가볍게 내뻗는 것만으로 주진모의 무형마벽검강기와 종리곽의 겁멸광폭류를 와해시킨 소리산의 눈에 특유의 어둠이 담겼다.

"어린 것들이 노부 앞에서 싸움을 하려는 것이더냐?"

"어, 어찌 감히!"

"흥!"

바로 고개를 숙이며 무형마벽검강기를 거둬들인 주진모와
달리 종리곽은 냉소와 함께 인상을 슬쩍 긁어 보였다. 여차하
면 소리산과도 한 차례 승부를 보겠다는 의지가 얼굴 가득 꿈
틀거린다.

'패마, 죽음을 자초하는구나! 감히 교주님의 사부이신 태상
마군님께 대항하려 하다니!'

주진모가 내심 혀를 찼다.

종리곽이 오늘 소리산의 권위를 인정치 않는다면 곧바로 신
마성궁에서 또 다른 내전이 발생할지도 몰랐다. 어쩌면 피를
피로 씻는 상태가 될는지도 모른다.

과한 생각이었다.

점차 자신의 겁멸광폭류가 소리산이 발출한 정체불명의 기
세에 잠식당하기 시작한 걸 눈치챈 종리곽이 얼른 태도를 바
꿨다. 패기를 거둬들이고 자신을 낮춘 것이다.

"태상마군, 내가 좀 과했소. 그러니 공력을 이만 푸시오."

"허허, 과연 무공광만은 아닌 게지."

언제 화를 냈냐는 듯 너그러운 미소와 함께 소리산이 정체
불명의 기세를 거둬들이자 주진모가 슬쩍 고개를 옆으로 돌렸
다. 아쉬웠기 때문이다.

'저놈이!'

그 찰나의 순간을 한눈에 간파한 종리곽이 살짝 살기를 발
한 후 바닥에 털썩 주저앉았다.

"태상마군, 이제부터 날 설득해 보시오! 그래야 지금 당장 신마성궁을 떠나서 진마성교와 북리사경 녀석을 박살 낼지 말지를 결정할 것 아니겠소?"

"허허, 그도 그렇겠군."

여전한 미소와 함께 천천히 고개를 끄덕여 보인 소리산이 입꼬리를 슬쩍 치켜 올렸다.

"숭산에서 북리사경과 중원 사마외도의 새로운 거물이라는 천사련주가 함께 수작을 부렸다지? 하지만 그들의 계획은 실패로 돌아간 것 같아."

종리곽의 눈꼬리가 하늘로 치켜 올라갔다.

"그걸 어찌 확신하시는 거요?"

"북리사경이 십만대산으로 돌아오지 않았지 않은가? 우마령 역시 여전히 행방불명 중이고 말이야."

"단지 그것만으로?"

"북리사경은 치밀한 자네. 그가 확신을 품었다면 어찌 신교로 돌아와서 대업을 이루려 하지 않았겠는가? 그리고 우마령은……."

잠시 말끝을 흐려 종리곽과 주진모의 애간장을 태운 소리산이 입가의 미소를 더욱 짙게 만들었다.

"……우마령은 교주님과 심령이 연결되어 있다네. 만약 그분의 생사에 문제가 있다면 당장 신마성궁에 모습을 드러냈을 걸세. 교주님께서 천마총에 들어가시던 날부터 시작된 차대 교주 후보자의 수련을 중단하고서라도.”

“차대 교주 후보자라면……”

“신교의 미래가 아니겠는가? 모든 일은 그렇게 흘러가게 마련인 법이라네.”

“……”

어느새 소리산의 말을 경청하는 자세가 되어 있던 종리곽이 주먹을 불끈 쥐었다.

모든 걸 다 알고 있다는 듯 웃고 있는 눈앞의 소리산이 정말 마음에 들지 않았다. 지금은 어쩔 수 없이 그와 함께해야 할 테지만 말이다.

‘그러니 교주, 어서 돌아오시오! 이대로라면 저 늙어 죽지도 않는 너구리한테 신교가 홀랑 먹혀 버릴지도 모르니까!’

내심 부르짖는 종리곽이었다.

7장
도(道)를 구하라 했으나
나는 패(霸)의 길을 걸을 것이다!

무당산.

칠십이 봉과 삼십육 암, 이십사 간으로 구성되어 있으며 천
주봉(天柱峰), 일명 자소봉이라 불리는 곳에 남존(南尊)이라 불
리는 무당파(武當派)가 있어 무림 중에 명성이 드높았다.

숭산을 무사히 벗어난 소진엽 일행은 하남성을 떠나 어느새
호북성(湖北省)의 균현(均縣)을 코앞에 두고 있었다.

절그럭! 절그럭!

평상시와 다름없이 일보단천지로의 수련에 몰입하고 있던
소진엽이 문득 고개를 들어 올렸다.

창천.

어느새 계절은 봄을 지나 여름의 문턱을 훌쩍 넘어가고 있었다. 갈수록 심해지는 불볕의 무더위와 점차 강도를 더해가고 있는 수련의 고통을 소진엽이 고스란히 짊어져야만 했음은 두말하면 잔소리일 터였다.

그래도 그동안 혈마신단을 거진 칠 할가량 용해한 소진엽의 육체는 나날이 강골로 변해가고 있었다. 철무정의 연골연신과 담대광의 일보단천지로를 충실히 수행해 이젠 제법 괜찮은 무력을 얻은 상태이기도 하다.

'그런데 도대체 무당산에는 왜 온 걸까? 설마 신마대제 어르신께서 과거 몰래 숨겨놨던 기연이라도 나한테 베풀어 주시려는 걸지도…….'

[기연이 얻고 싶으냐?]

'……아닙니다! 신마대제 어르신과 함께 있는 지금 이 순간만도 제게는 충분합니다!'

[그래? 그럼 무당산에는 가지 않아도 되겠군. 꽤 그럴듯한 걸 준비해놓고 있었는데 말이야.]

절그럭!

거진 십 일 만에 소진엽의 일보단천지로의 보법이 흐트러졌다. 그러자 당연하게도 곧바로 응징이 내려진다.

퍽!

언제나처럼 눈앞에서 불꽃이 번쩍이는 듯한 통증을 느낀 소진엽이 얼른 호흡과 보법을 일치시켰다. 그렇게 함으로써 흐트러졌던 일보단천지로를 다시 되살렸다.

[망할 놈! 그렇게 인이 박이도록 수련을 시켰건만 아직 일보단천지로조차 확실하게 제 것으로 만들지 못했다니! 내 평생에 네놈같이 멍청한 것은 보다 보다 처음 본다!]

'죄송합니다!'

[항상 대답은 잘해요.]

살짝 비아냥거려 보인 담대광이 말투를 싹 바꿨다.

[그러니 역시 무당산에는 가고 싶지 않은 게냐? 이대로 다시 숭양서원으로 돌아가서 뒈질 날짜나 받아 놓을까?]

'아닙니다! 절대 아닙니다!'

[흥, 그럼 이젠 그 형틀하고 족쇄 풀어 버려라!]

'정말 그래도 됩니까?'

[싫으면 관두든지…….]

'풉니다!'

두 달 만에 처음 있는 일이었다.

잘 때조차 절대 풀지 않았던 형틀과 족쇄에서 해방되라는 담대광의 명령에 소진엽이 쏜살같이 반응했다. 혹 그가 마음을 바꿀까 봐 대답과 동시에 재빨리 일보단천지로의 파(破)결을 일으켰다.

파창!

발경의 전사경과 비슷한 원리다.

　문득 발끝을 한 차례 비튼 소진엽의 몸 중심을 기점으로 한 차례 강력한 진각이 일어났고, 그 뒤 강력한 회전과 함께 믿기 어려운 괴력이 발휘되었다.

　히이이이힝!

　관도를 천천히 걷고 있던 준마가 놀라서 울음을 토하자 철무정이 얼른 고삐를 잡아당겨 진정시켰다. 시선은 어느새 강철로 된 형틀과 족쇄를 산산조각내 버린 소진엽에게 고정되어 있다.

　"소교주님……."

　"소 공자님이라 부르랬지!"

　"용서를!"

　얼른 고개를 숙여 보인 철무정에게 소진엽이 목과 손, 발목을 한 차례씩 풀어 보고는 씨익 웃어 보였다.

　후련한 감정!

　전신의 근육이 용틀임을 치는 게 방금 전까지 지극한 고통을 전해주던 불볕의 더위마저 상쾌하게 느껴질 정도다. 어느새 한서불침의 경지에까지 내공이 진전된 까닭이었다.

　"철 단주, 그동안 수고했어. 오늘부로 연골연신의 수련은 끝낼 작정이야."

　"경하드립니다! 사실 소 공자님께서는 이미 한 달 전에 연골연신을 완성하신 상태였습니다."

　"그랬었어?"

"예, 그렇습니다."

단호한 철무정의 대답에 소진엽의 눈매가 살짝 치켜 올라갔다. 연골연신이 완성된 상태에서도 줄곧 자유를 억압받고 있었던 것에 대한 울화가 치밀어 올랐다.

잠시뿐이었다.

[네 일보단천지로는 아직 삼 성의 성취도 이루지 못했다. 연골연신 정도를 완성시키려고 네놈한테 형틀과 족쇄를 여태까지 차게 한 줄 아느냐?]

'그럼 저는 다시 형틀과 족쇄를 차야 하는 겁니까?'

[그 정도로 되겠느냐? 무당산에 도착하면 여태까지의 수련이 얼마나 쉬웠는지를 곧 알게 될 것이니라.]

'……'

담대광의 대놓고 협박하기에 소진엽은 잠시 질린 표정이 되었다. 그가 여태까지 한 말 중 실현되지 않았던 게 단 하나도 없었음을 누구보다 잘 알고 있었기 때문이다.

균현에 잠시 들른 소진엽 일행은 정들었던 준마 두 필을 팔고, 몇 가지 물품을 구했다.

무당산 팔백 리라 했다.

비록 부근에 이르러 산 그림자가 주변에 가득하다 하나 여전히 갈 길은 멀었다. 최종 목적지인 자소봉에 도착하기까지 며칠간은 길에서 유숙을 해야 할 터였다.

그렇게 다시 수일을 더 걸어 무당산의 정봉인 자소봉을 얼마 두지 않았을 때였다. 문득 철무정과 구양령의 사이에 끼어서 걷고 있던 소진엽의 눈에 이채가 어렸다.

자소봉이 있는 방향에서 갑자기 모습을 드러낸 흐릿한 청영 하나.

혈마신단을 용해하며 얻은 일 갑자에 가까운 내력으로 시력이 급상승한 소진엽은 대번에 그게 한 명의 도사임을 간파해 냈다.

대략 이십 대 초반가량 되었을까?

푸른빛이 감도는 도복에 그럴듯한 도관을 쓰고, 한 손에는 태극문양이 새겨진 검을 들었다. 이곳이 무당파가 위치한 자소봉으로부터 얼마 떨어지지 않았다 해도 대충 내력을 짐작할 법한 모습이었다.

소진엽의 어깨 위에 무등을 타고 앉아 있던 담대광이 얼핏 입가에 사악한 미소를 지어 보였다.

[어린 나이에 제법 괜찮은 제운종(梯雲縱)이로군. 태극진검을 든 걸 보면 태극검수인 거 같고.]

'태극검수요?'

[무당파에서 평생 무공만 연마하는 진무각에서도 한 세대에 서른 명 이상을 내보내지 않는다는 진산제자를 뜻한다. 저 애송이 녀석 정도 무위라면 그중에서도 수위를 다투는 놈일 테고 말이다.]

'철 단주나 구양 소저와 비교하면 어떻습니까?'

[철 단주에게는 십초지적. 구양 계집애에겐 삼초지적이 되기 어려울 게다.]

'……'

소진엽이 더 이상 질문하지 않고 눈에 힘을 담았다.

구양령은 둘째 치고 철무정과는 연골연신의 수련으로 인해 지난 이 개월간 몇십 차례나 대결했기에 그의 막강함을 잘 알고 있었다. 자신과 몇 살 차이도 나지 않는 태극검수가 철무정의 십초지적이 된다는 말을 듣고 보니, 일시 호승심이 끓어오르지 않을 수 없었다.

그러는 사이 급격히 거리를 좁혀든 청년 도사가 소진엽 앞에 이르러 신법의 속도를 순간적으로 줄였다.

물론 소진엽 때문일 리 없다.

그에게 몇 걸음 떨어진 채 완벽한 방어 태세를 취하고 있는 두 사람의 검객, 철무정과 구양령이 자연스레 발하는 검기의 압박에 굴복한 까닭이다. 그냥 지나칠 수도 없었고 말이다.

휘리릭!

공중에서 한차례 멋진 회전을 보이며 바닥에 떨어져 내린 청년 도사가 소진엽에게 정중하게 포권해 보였다.

"본인은 무당파의 제자인 적운(赤雲)이라 합니다. 도우님들께서는 혹여 자소봉으로 향하는 중인지요?"

소진엽이 역시 포권을 한 채 대답했다.

　"무당파의 도장이셨군요. 소생은 숭산의 숭악서원에서 온 사람으로 해검지(解劍地)를 거칠 생각은 없습니다."

　"아, 그러셨군요."

　적운의 표정이 살짝 굳었다.

　해검지란 자소봉에 있는 무당파의 본궁인 자소궁으로 향할 때 반드시 거쳐야 하는 특별한 장소를 일컫는다. 전날 무림을 평정하고 평화를 가져다준 무당파의 업적을 기리기 위해 무림인들이 말에서 내리고, 칼이나 병장기를 떼어놓는 명예의 상징이기도 했다.

　당연히 적운은 두 명의 절정 검객을 대동한 소진엽의 행선지가 무당파일 거라 지레짐작하고 있었다. 그 외에 무림인이 무당산을 찾을 이유가 또 무에 있겠는가.

　'그런데 놀랍게도 숭양서원에서 왔다니! 금전에서 항상 본파를 감시하고 있는 동창의 환관들에게 용무가 있어 찾아온 게 분명할 테지?'

　당대의 무당파.

　전대의 눈부신 영광과 달리 매우 난처한 처지에 봉착해 있었다. 몇 대에 걸친 천하제일인의 등장으로 인해 정파 제일의 문파가 된 탓에 황제의 눈 밖에 나 버린 까닭이었다.

　그래서 현재 무당파는 황제가 파견한 동창의 고수들에게 계속 감시를 당하고 있는 처지였고, 적운은 그 점을 매우 못마땅하게 생각하고 있었다.

펄럭!

한 차례 소매를 흔드는 것으로 불편한 속내를 드러낸 적운이 가벼운 걸음으로 신형을 옆으로 물렸다. 동창과 관계가 있는 자들과 더 이상 말을 섞을 이유가 없다는 판단이었다.

"그럼 살펴들 가시기 바랍니다. 빈도는 이만 물러가 보겠소이다."

'이대로 그냥 보내긴 아쉬운데……'

살짝 고심하는 소진엽에게 담대광이 당연하다는 듯 명령을 내렸다.

[오랜만이라 길이 가물가물했는데 마침 잘됐다. 저놈을 앞세워서 금전에 가야겠으니, 적당히 수를 써 봐라.]

'비무라도 해볼까요?'

[네놈 따위가? 뭐, 자신 있으면 해보든가.]

성질을 살짝 긁으면서도 굳이 말리지 않는 담대광의 말에 소진엽이 주먹을 살짝 쥐었다.

혈마내단을 용해해 얻은 일 갑자의 내공과 일보단천지로의 수련으로 얻은 보신경의 능력은 결코 작지 않았다. 연골연신을 이루는 동안 내내 계속 진행한 철무정과의 비무에서도 근래 들어 그리 쉽사리 밀리지 않게 되었기도 하고 말이다.

'그렇다 해도 이건 실전이고, 상대는 무당파의 총아라는 태극검수다!'

내심 염두를 굴린 소진엽이 적운에게 불쑥 다가들었다.

무림에서의 규칙과 달리 정중한 비무 요청은 하지 않았다. 명문의 제자답게 정중하게 거절당하면 곤란한 데다, 그의 진정한 실력과 맞서 보고 싶었기 때문이다.

일보삼장세!

그다음은 단타(短打)다.

소진엽은 단숨에 적운의 품속으로 파고들어 그의 가슴에 발경에서 파생된 침투경을 먹이려 했다. 철무정과의 비무 시에 몇 번 재미를 봤던 수법을 처음부터 사용한 거다.

그러나 적운은 오만한 담대광의 눈에 든 인재였다.

무당파의 태극검수 중에서도 수위를 다투는 최고의 기재였다.

비록 느닷없는 기습을 당했다고는 하나 그는 전혀 당황하지 않았다. 오히려 눈꼬리를 휘어 올렸다.

'제법 괜찮은 신법에 권법이긴 하지만 변화가 너무 단조롭다!'

단숨에 소진엽의 단타 공격을 간파한 적운의 수장이 가벼운 나선 모양을 그려냈다.

면장(綿掌).

그와 함께 수장을 뒤집으며 부드러우면서도 끈적거리는 진기를 쏟아내니, 순식간에 코앞까지 다가든 소진엽의 신형이 화악 반대편으로 밀려났다.

그러자 담대광이 평상시 무리를 해설하듯 말했다.

[무당 면장에다 이화접목(移花接木)이다. 그러니 다음은 자오원앙각이 날아들 것이다.]

‘자오원앙각?’

단 한 차례 단타 공격 후 몸의 균형을 크게 잃어버렸던 소진엽이 담대광의 설명을 듣고 재빨리 하체로 힘을 가했다. 그럼으로써 면장 공력에 흔들린 몸의 균형을 바로 잡고, 적운의 자오원앙각을 막아내려 했다.

파팍!

과연 통했다.

소진엽이 몸의 균형을 잃어버린 모습을 보고 곧바로 발을 뻗어 넘어뜨리려던 적운의 입가에 살짝 경련이 일었다. 일 갑자 내공에다 연골연신으로 다져진 일보단천지로의 강(剛)결에 발이 튕겨져 나가고 만 까닭이었다.

‘큭!’

면장이나 이화접목과 자오원앙각은 다르다.

상대방의 힘을 흘려내거나 이용해 반격하는 게 아니라 강격이었다. 일보단천지로 강결의 강철 같은 방어력을 뚫을 수 있을 리 만무하다.

슥!

다리가 부러진 듯한 고통을 느낀 상태에서도 신음을 참아낸 적운이 풀쩍 신형을 공중으로 띄워 올렸다.

금리도천파(金鯉倒穿波).

그다음은 다시 자오원앙각이다.

이미 한 차례 고통을 당했음에도 그는 다시 우직하게 공격해 들어왔다. 오랫동안 숙련한 무당파의 무공을 믿고서 하체를 낮춘 소진엽의 머리통을 일각에 박살 내려 했다.

[일보삼장세! 그리고 회(回)결로 신형을 회전시키며 단타로 녀석의 허리를 때려라!]

'옙!'

담대광의 이 같은 지시에는 이미 익숙해져 있다. 철무정과의 대련 시 반복적으로 훈련을 받았기 때문이다.

스스슥!

순간 일보삼장세와 일보단천지로의 회결로 적운의 자오원앙각을 피한 소진엽의 단타가 그의 옆구리로 파고들었다.

금리도천파와 자오원앙각의 변화, 그 사이를 기가 막히게 파고들었다.

"커억!"

이번만큼은 적운도 참지 못했다.

항상 기본적으로 침투경을 담는 소진엽의 단타에 숨이 콱 막혀와서 절로 입이 벌어졌다.

슉!

그러나 그는 역시 태극검수였다. 찰나간에 공중에서 신형을 뒤틀어 제운종을 펼친 그의 면장이 소진엽의 신형을 휘감아 바닥에 강하게 메쳤다.

"우왁!"

순간적으로 바닥에 얼굴을 파묻은 소진엽이 곧바로 몸을 뒤집어 신형을 바로 잡았다. 땀과 흙으로 범벅이 되었음에도 눈빛만은 생생하게 살아 있다.

어느새 다시 면장의 자세를 취한 적운을 향해 소진엽이 버럭 소리 질렀다.

"검을 뽑으시오!"

"어림없는 소리!"

처음부터 예상했던 대답이다. 무당파의 태극검수가 어찌 적수공권의 상대에게 함부로 검을 빼들겠는가.

문득 입가를 소매로 훔친 소진엽이 씨익 웃어 보였다.

"적운 도장, 그럼 대신에 우릴 금전까지 안내해 주시오."

"어째서 빈도가 그리해야 하는 것이오?"

"그야……."

잠시 말끝을 흐린 소진엽이 입가에 매달린 미소를 더욱 짙게 한 후 양손을 활짝 펼쳐 보였다.

"우린 친구가 되었으니까."

"친구?"

"그렇소. 적운 도장과 나는 방금 전 주먹다짐으로 사내의 정리(情理)를 돈독하게 했소. 그러니 어찌 친구가 되었다고 하지 않을 수 있겠소?"

"……."

적운의 얼굴에 황당한 기색이 스쳐 갔다.

애초부터 동창과 관계된 자라 여겨 내심 못마땅해 하고 있었는데, 갑작스레 기습하듯 공격해놓고는 친구가 되었다니, 기가 막혔다. 평생 눈앞의 소진엽처럼 뻔뻔한 사람을 본 적이 없다는 생각마저 들었다.

그러자 소진엽이 살짝 목소리를 꼬았다.

"뭐, 그게 싫다면 지금 당장 해검지로 달려가서 무당파의 여러 덕이 높은 신선 도장님들을 만나 뵙고 하소연할 수밖에 없겠지요."

"무슨 하소연을 하겠다는 것이오?"

"적운 도장이 금전으로 가는 날 두들겨 팼지 않소?"

"그 무슨 말도 안 되는!"

"그러니 친구 합시다! 친구! 그게 적운 도장이나 나나 좋지 않겠소?"

"……"

빙글거리며 웃고 있는 소진엽을 보고 적운이 다시 입을 다물었다. 그의 노골적이고도 대놓고 하는 협박에 일시 어찌해야 할 바를 모르게 된 까닭이었다.

잠시 후.

결국 감언이설과 밀고 당기기에 굴복한 적운의 안내를 받으며 소진엽 일행은 금전으로 향했다.

자소봉의 정상에 위치한 금전.

본래는 무당파의 시조인 장삼봉 진인을 모시는 사당이 위치해 있었으나 지금은 황실에서 파견된 동창의 환관들이 머무는 장소가 되었다.

당연히 그곳으로 향하는 길은 무당파의 근원인 자소궁과는 크게 상이했다. 해검지를 통과할 필요가 없었고, 중간에 위치한 남암궁이나 오룡궁 역시 그냥 스쳐 갈 뿐이었다.

유유히 산봉을 스쳐 가는 구름을 바라보며 묵묵히 금전으로 걸음을 옮기던 적운의 안색이 살짝 변했다.

'저들은……'

변화는 소진엽 일행에게도 있었다.

언제나처럼 소진엽에게 정신을 집중하고 있던 철무정의 눈매가 가늘어졌고, 구양령은 언뜻 자신의 신형을 감춰 버렸다.

스으―

그녀가 다시 모습을 드러낸 건 소진엽의 배후였다. 비전의 풍마환영신을 이용해 그의 그림자 속에 자신을 교묘하게 숨긴 채 요요롭게 눈을 빛냈다.

'왜?'

난데없는 구양령의 행동 변화에 소진엽이 의문을 느꼈을 때였다. 문득 소진엽의 곁을 떠나 구양령의 어깨 위에 올라탄 담대광이 냉소와 함께 못마땅한 표정을 지어 보였다.

[흥! 근래 무당파가 조정에서 파견된 동창의 환관들 때문에 봉문이나 다름없는 상태라더니, 그 소문이 틀리지 않았던 것 같구나.]

'무당파가 환관들 때문에 봉문 상태라고요?'

소진엽으로선 금시초문의 일이다.

그가 아는 무림의 지식은 거의 부친과 낙양의 뒷골목에서 왈패들한테 전해 들은 게 전부였다. 그 후 담대광을 만나서 무공을 전수받게 되었으나 무림의 전반적인 정세까지 알 수는 없는 노릇이었다.

스슥! 스스슥!

그때 안색이 딱딱하게 굳은 적운을 포위하듯 몇 명의 인영이 떨어져 내렸다. 적어도 전날 등봉현 어귀에서 만났던 팽운혜나 십걸개보다 월등히 뛰어난 무위를 지닌 자들이 세 명이나 갑자기 모습을 드러낸 것이다.

적운이 살짝 굳은 얼굴로 포권했다.

"빈도는 무당파의 적운이라 합니다. 숭산 숭악서원에서 온 손님을 안내하러 온 것이니, 공공들께서는 길을 열어주시기 바랍니다."

"숭악서원이라 했느냐?"

"그렇습니다."

적운의 담담한 대답에 삼재진을 구축하고 있던 자들 중 천(天)의 위치를 점하고 있던 하얀 얼굴의 환관이 시선을 철무정에게 던졌다. 구양령이 소진엽의 그림자 속에 자신을 숨겼기에 그를 일행의 우두머리로 파악한 것이다.

"숭악서원이라면, 전 한림원 대학사를 지낸 유수원 대인이 보내서 온 자인 것이더냐?"

소진엽이 나섰다.

"공공께서 바로 보셨습니다. 저는 유수원 원주님의 명에 의해 금전에 온 것입니다."

"그건 어째서지?"

"원주님께서는 금전과 자소궁에 있는 도가 전적 몇 가지를 연구하고 싶다고 하셨습니다."

정중하게 말한 소진엽이 품속에서 유수원에게 받은 서신을 꺼내 백면의 환관에게 넘겼다.

팔락!

서신을 펼쳐서 안의 내용과 유수원의 수결까지를 꼼꼼하게 훑어본 백면의 환관이 미미하게 고개를 끄덕여 보였다. 소진엽이 한 말에 틀림이 없다는 판단을 내린 것이다.

"유수원 대인이 보내온 자가 맞는군. 내 첩형 대인께 안내할 테니, 자네는 따라오도록 하게나."

"그럼 제 일행들은 어떻게?"

"무당파의 저 소도사와 함께 무당산의 어디든 가라고 하게. 금전에는 자네만 갈 수 있으니까."

"알겠습니다."

소진엽이 어느새 검을 절반 이상 뽑아든 철무정에게 한 차례 시선을 던져 물러서게 만들고 적운에게 다가섰다.

덥석!

그의 양손을 갑자기 잡아든 소진엽이 이를 드러내 보이고서
말했다.

"적운 도장. 아니, 적운 형! 우리 다음에 만나면 또 한번 미
치도록 싸워봅시다!"

"또 해검지로 달려가겠다고 협박하려고?"

"하하, 그럴 일은 없을 것이오. 다음번에는 적운 형이 검을
쓰게 만들 작정이니까."

"그런 일은 없을 것이다!"

단호한 말과 달리 적운의 입가에는 훈풍과 같은 미소가 매
달려 있었다. 이런 식으로 들이대는 소진엽이 그리 밉지 않게
느껴진 까닭이었다.

'드디어 다 넘어왔다!'

소진엽이 내심 불끈 주먹을 쥐어 보이자 여전히 구양령에게
무등을 탄 채 동창의 환관들을 살피던 담대광이 피식 웃었다.

[그놈이 꽤나 마음에 든 모양이구나?]

'무당파의 태극검수잖습니까? 사귀어둬서 나쁠 건 없지 않
겠습니까?'

[그게 천마신교의 교주한테 할 소리냐?]

'금전에는 어째서 가야 하는 겁니까?'

불리해지자 딴소리를 늘어놓으며 화제를 바꾸는 소진엽을
향해 담대광이 특유의 사악한 미소를 지어 보였다.

[곧 알게 된다.]

'예…….'

소진엽은 불길한 예감과 함께 몸을 가볍게 떨었다.

* * *

밤.

낮에는 금전에서 업무를 보고 저녁이 되면 산 아래로 내려와 지내는 첩형 유치현이 살짝 눈살을 찌푸려 보였다.

눈앞에 잔뜩 널브러져 있는 서류들.

하나같이 그의 심사를 불편하게 만든다. 어느 하나 중앙 정계로부터 한직으로 밀려난 그를 다시 복직시켜줄 만한 것이 없었기 때문이다.

'이 빌어먹을 산속에서 생활한 지 벌써 삼 년이 지났다. 도대체 언제쯤이면 태극무검선제(太極無劍仙帝)가 살았다던 비동을 찾아낼 수 있단 말인가.'

—태극무검선제!

전대 무림의 천하제일인이자 황천을 어지럽힌 대죄인이다. 오십여 년 전 악정을 일삼던 당시의 황제를 폐위시키고 홀연히 중원에서 자취를 감춘 까닭이다.

당연히 그 뒤 황천을 장악한 황제들은 하나같이 태극무검선제와 그를 배출한 무당파에 대한 두려움을 품고 있었다. 수 대에 걸쳐 계속 그래 왔다.

우스운 건 그로 인해 중원은 꽤 오랫동안 평화를 구가할 수 있었었다는 거다. 황제들이 태극무검선제가 다시 돌아올 것을 두려워해 되도록 악정을 펴지 않았으니까.

당대의 황제는 달랐다.

황위에 오르자마자 그는 무당산에 동창 고수들을 파견해 무당파를 감시케 했고, 자취를 감춘 태극무검선제의 유진을 찾게 했다. 세월이 꽤나 오래 흘렀으니 그의 죽음을 기정사실화 하고, 혹여 있을지 모를 후계자의 탄생을 차단하기 위함이었다.

꾸깃!

거기까지 염두를 굴린 유치현이 짜증 어린 표정과 함께 보고서 하나를 손으로 구기고는 자리에서 일어섰다.

태극무검선제와 관련된 사항만 떠올려도 머리가 지끈거리고 화가 치밀어 올랐다. 요즘 들어선 그가 남긴 비동이라는 게 존재하는지조차 의심스러웠다.

'흥! 정 안 되면 무당파의 도사 놈들이라도 족칠 것이다. 있는 대로 털다 보면 반드시 뭔가 튀어나올 테니까.'

내심 잔혹하게 웃어 보인 유치현이 집무실을 벗어났다.

툭!

그때 구겨진 채 그의 손에 쥐어져 있던 보고서가 아무렇게나 바닥에 나뒹굴었다.

'이건 이환이 올린 보고서로군. 전 한림원 대학사 유수원의 명으로 금전의 도가 서적을 둘러보러 왔다던 그 넉살 좋던 서생 녀석에 대한.'

유수원은 선제의 총신이었다. 그래서 유치현 역시 그의 부탁을 쉽사리 거절하긴 곤란했다.

하지만 그래 봤자 이젠 은퇴해 서원이나 운영하는 자였다. 무장이나 지방의 토호 세력과 결탁할 위인도 되지 못하니, 크게 신경 쓸 필요는 없을 터였다.

꾸욱!

그 같은 생각과 함께 보고서를 발로 한 차례 짓밟은 유치현이 거칠게 집무실의 문을 닫았다.

집무실로 사용하고 있는 태화궁을 빠져나오던 유치현의 눈에 이채가 어렸다. 저 멀리서 그의 부관인 이환이 모습을 드러냈기 때문이다.

슉!

순간적으로 거리를 좁혀든 이환이 얼른 고개를 숙여 보였다.

"첩형 대인, 늦게까지 고생하셨습니다!"

"오늘 밤의 번은 자네인가?"

"그렇습니다."

"적당히 하게! 적당히! 무당파의 도사 놈들도 지금쯤은 다 잠들었을 터인즉."

"예."

이환이 고개를 숙여 보이며 눈을 가볍게 빛냈다. 상관인 유치현이 낮에 자신이 올린 보고서를 제대로 살피지 않았다는 생각이 든 까닭이다.

'오늘 낮에 온 서생 일행은 괴이한 점이 있었다. 어찌 평범한 서원에서 심부름을 온 자에게 그런 굉장한 검객이 호위로 따라붙을 수 있겠는가?'

고수가 고수를 알아본다고 했다.

유치현의 휘하 중 최고의 고수인 이환은 한눈에 소진엽을 호위하던 철무정의 강함을 간파해냈다.

일대일의 승부?

힘들다고 봤다. 그래서 적운이 나타났을 때 처음부터 삼재진을 펼쳐서 은근히 그를 견제했다. 혹시라도 적이라면 쉽사리 물리칠 수 없는 상대라는 판단이었다.

그렇다 해도 그는 유치현의 수하였다.

무당산으로 좌천된 후 항상 기분이 나쁘던 그의 심사를 건드릴 만한 일은 하지 않는 게 몸에 밴 버릇이었다.

얼른 머릿속 한 켠에 깃든 의문을 거둬들인 그가 유치현이 처소로 멀어져가는 광경을 끝까지 살피고는 신형을 돌려세웠다. 상관이 퇴근했으니 조금쯤은 마음을 편하게 가져도 될 터였다.

　　＊　　　＊　　　＊

　이환의 안내로 첩형 유치현을 만난 소진엽은 특유의 임기응변으로 금전에 머물 수 있게 되었다.

　이유는 뻔하다.

　담대광이 그걸 원했으니, 소진엽으로선 다른 방도가 없었다.

　도관에 딸린 서고 한 켠에 마련된 딱딱한 나무 침상에 드러누워 있던 소진엽의 곁으로 구양령이 다가들었다.

　스으—

　만만찮은 동창의 고수들을 몽땅 속여넘겼을 만큼 은밀한 풍마환영신에도 소진엽은 대번에 그녀의 접근을 눈치챘다.

　'이제 움직일 때가 된 겁니까?'

　구양령이 신형을 멈추자 금전에 도착했을 때부터 그녀의 무등을 타고 있던 담대광이 소진엽 앞에 풀쩍 뛰어내렸다.

　[어찌 구양 계집애의 접근을 알아챈 것이냐? 네놈의 현재 능력으로는 심장에 칼날이 날아든다 해도 알아챌 수 없을 터인데?]

　'냄새입니다.'

　[냄새?]

　'예, 구양 소저와는 꽤나 오랫동안 함께 지냈기에 그녀가 지닌 독특한 체향을 기억한 것이지요.'

　[흐흐, 하긴 알몸으로 뒤엉켜서 보낸 세월이 적지 않으니,

냄새쯤은 파악했을 수도 있겠지. 따라 오거라.]

　‘옙!’

　언제나와 같이 단도직입적인 담대광의 명령에 소진엽은 얼른 침상을 박차고 뛰어내렸다.

　‘여기는…….’

　담대광을 따라 금전 아래로 나 있는 소로를 한동안 걸어가던 소진엽의 눈에 당황감이 어렸다.

　그의 눈앞.

　황량한 하나의 단애가 자리 잡고 있었다.

　달빛이 교교한 밤이라고는 하나 구름 속에 파묻혀 끝을 알 수 없는 모습은 섬뜩한 공포감을 느끼게 한다. 자신이 알 수 없는 미지에 대한 인간 본연의 두려움이었다.

　담대광이 태연하게 말했다.

　[간단하다. 여기에서 풀쩍 뛰어내리기만 하면 돼.]

　‘자살을 요구하시는 겁니까?’

　퍽!

　오랜만에 소진엽의 머리에서 불꽃이 튀었다. 사뭇 도발적인 반응에 담대광이 바로 응징을 가한 것이다.

　그러나 그동안 고된 수련의 나날을 보낸 소진엽이었다.

　예전과 달리 고통을 꾸욱 참아낸 그가 평상시와 달리 담대광에게 굴복하지 않고 계속 도전적인 시선을 던졌다.

생사의 문제!

결단코 쉽사리 받아들일 수 없다.

'저는 지금 죽을 생각이 없습니다! 절대 그럴 수 없습니다!'

[누가 죽는데?]

'여기서 뛰어내리는데 어떻게 살 수 있습니까? 이런 끝이 어딘지도 모르는 곳에서 떨어져 내리고 살아남을 수 있는 사람이 있다고 생각되지 않습니다!'

살짝 울컥한 감정이 실린 소진엽의 항변에 담대광이 히죽 웃어 보였다. 소진엽의 이 같은 생에 대한 강렬한 집착은 나쁘지 않았다. 지금부터 시작될 끔찍한 나날을 견딜 수 있는 원동력이 될 테니까.

'그래도 나에 대한 반항은 용서할 수 없지!'

내심 사악하게 눈을 번뜩인 담대광이 구양령과 심령동조에 들어갔다. 소진엽에게 절대적인 충성을 바치게 되어 있는 그녀를 일시적이나마 제 뜻대로 움직이게 만들기 위함이었다.

스으―

그러자 순간적으로 풍마환영신을 펼친 구양령이 소진엽을 덮치더니, 곧바로 단애로 신형을 날렸다. 그의 요구사항 따윈 가볍게 무시당해 버린 것이다.

뭉클!

더불어 구양령의 가슴에 얼굴이 파묻혀 입까지 막힌 소진엽이 내심 절규를 터뜨렸다.

‘으아아아! 어째서 또 이렇게 되는 거냐아아아!’

스슥!

담대광의 심령 제어를 받아 소진엽과 함께 천장 단애로 신형을 날린 구양령은 신형을 몇 차례 뒤집은 후 고양이처럼 바닥에 착지했다.

단애의 아래로부터 몇 겹이나 형성된 구름층을 뚫은 뒤의 일!

만약 구양령이 평상시와 같은 상태였다면 결코 이곳에 도달하진 못했을 것이다. 아무리 초극의 무위를 지닌 자라 해도 이와 같이 눈으로 확인이 안 되는 장소로 몸을 던지기란 결코 쉽지 않기 때문이다.

“우읍! 읍!”

그때까지도 구양령의 품에 안겨 있던 소진엽이 숨 막히는 신음과 함께 그녀에게서 빠져나왔다.

물론 구양령이 풀어줘서다.

“여, 여긴…….”

몇 겹이나 되는 구름층 속에 감춰진 단애 중의 동굴이다.

비록 근자에 일 갑자나 되는 내공을 이룬 소진엽이라 해도 한동안 어둠 속에서 시야 확보에 어려움을 겪었다. 그냥 시커멓게 입을 벌린 동굴에 도착했다는 것만 어렴풋이 알 수 있었다.

담대광이 나섰다.

[품속에 화섭자가 있지 않느냐? 그걸 사용하거라.]

'예? 옙!'

천장 단애에서 뛰어내리고도 살아남았다.

더 이상 담대광에게 반항할 이유가 없어진 소진엽이 얼른 그의 명령대로 움직였다.

화악!

그렇게 환해진 동굴.

내심 잔뜩 기대감을 품고 있던 소진엽이 눈살을 가볍게 찡그렸다. 생각했던 것보다 훨씬 보잘것없고 평범한 동굴의 모습에 실망한 것이다.

'그냥 평범한 동굴인데…….'

그렇다. 화섭자로 인해 환해진 눈앞의 동굴은 지극히 평범했다. 입구에 그 흔한 기관이나 그럴듯한 이름조차 적혀 있지 않았다.

담대광에겐 달랐다.

'이곳에 다시 돌아올 줄이야! 오십여 년간 소식조차 없었으니, 이번에야말로 아버님도 정말 우화등선을 하신 게 아닌가 싶구나. 흥! 항상 나한테 도(道)를 구하라 했지만, 나는 결국 패(覇)의 길을 걸었다. 그리고 앞으로도 그럴 것이야!'

전대 천하제일인이자 황제 폐위자!

태극무검선제는 다름 아닌 담대광의 부친이었다.

잠시 어린 시절 무공의 기초를 닦았던 눈앞의 동굴을 바라보며 만감 어린 표정이 됐던 그가 평상시처럼 소진엽의 어깨에 무등을 탔다.

동굴에 들어서고 처음으로 빛이 보였다.

야명주(夜明珠)가 원인이다.

하나의 가격이 족히 황금 열 냥의 가치를 지닌다고 알려진 묘안석(猫眼石) 중 극상품이 지금 눈앞을 환하게 밝혀주고 있었다. 여태까지 걸어왔던 동굴과 달리 분명 사람의 손이 닿은 인공적인 공간 역시 함께였다.

일순 소진엽에게서 뛰어내린 담대광이 장방형 모양 석부의 이곳저곳을 살피고는 험악한 표정을 지어 보였다. 뭔가 지긋지긋한 과거의 기억이 떠오른 것 같다.

'주인이 떠난 지 오십여 년이 지났건만 이곳은 여전하구나. 둘째 어머님의 손길이 닿았으니 무리도 아니지. 그분이야말로 진짜 천재 중의 천재였으니까.'

오만이 하늘에 이른 사람이 담대광이다.

그런 그가 인정한 천재는 다름 아닌 전대 무림 맹주를 역임했던 봉황여제(鳳凰女帝)였다. 그녀의 문무(文武)에 대한 재능은 천하무쌍으로 담대광조차 내심 인정하고 있는 바였다.

더군다나 그에게 있어 봉황여제는 처음으로 문무의 기틀을 잡아준 스승 같은 존재였다. 천마신교에 투신한 후 줄곧 마공 이학을 가르쳐준 소리산과도 마음속에 차지한 크기와 격이 다르다고 할 수 있었다.

잠시뿐이었다.

곧 과거의 기억을 머릿속에서 덜어낸 담대광이 석실을 한 바퀴 돌아보고는 히죽 미소 지었다. 소진엽을 이곳으로 데려온 진짜 목적을 발견했기 때문이다.

'역시 고스란히 남겨져 있었구나. 단천뢰심강(斷天雷沁罡)과 태극무한신공(太極無限神功) 둘 다.'

무당파를 정도 제일의 문파로 올려놨던 양대 신공!

천하에서 그 정체를 알고 있는 자가 거의 없는 이 희세의 무공을 담대광은 소진엽에게 전수할 생각이었다. 그러기 위해 굳이 천마신교 입교 후 발길조차 주지 않았던 이곳 무당산의 봉황선부(鳳凰仙府)에 돌아왔다고 할 수 있었다.

'흐흐, 당대에 전대 천하제일인이었던 태극무검선제의 후계자가 탄생한다면 어찌 될까? 아마 꽤나 재밌는 일이 벌어질 것이다. 무림이건, 신교의 배신자들에게건 말이야.'

소진엽이 안다면 기함케 할 만한 내심과 함께 담대광이 천천히 신형을 돌려세웠다.

봉황선부에 봉황여제가 부친 태극무검선제를 대신해 숨겨놓은 양대 신공을 찾았다. 오로지 가족만 알 수 있는 방법이었기에 상당히 쉬웠다.

그러니 이젠 소진엽에게 약속했던 대로 천하무적의 무공을 전수할 차례였다. 여태까지 그가 경험했던 고난과 역경을 족히 백만 배쯤 뛰어넘는 끔찍한 지옥 속에 떨어뜨리는 것과 함께 말이다.

흠칫!

눈앞에서 음험하게 미소 짓고 있는 담대광의 모습에 소진엽이 저도 모르게 몸을 부르르 떨었다.

'도대체 무슨 생각을 하고 계시기에……'

그때 잔뜩 긴장한 채 담대광을 경계하고 있던 소진엽을 구양령이 뒤에서 제압했다.

뭉클!

여전히 등판으로 전달되어오는 부드러운 감촉.

물론 지금 중요한 건 그런 게 아니었다. 순식간에 코앞까지 도달한 담대광이 사악하게 이를 드러내 보이고 있었으니까.

[자! 곧바로 수련 시작이다!]

8장
삼 년(三年) 만의 출관

자소봉.

창공을 노니는 한 마리 비룡처럼 꿈틀대며 산봉을 흘러내리는 운해를 잠시 바라보던 적운이 입가에 작은 한숨을 매달았다.

진무각 태극검수의 총수.

수년간의 고된 연무 끝에 차대 진무각주로 내정된 그의 현 신분은 장로 바로 아래였다.

얼마 전에는 무당파의 자랑이자 육대검법의 으뜸인 태극혜검(太極慧劍)에도 입문했으니, 올해로 스물일곱이라는 나이가 무색할 만한 대성취라 할 수 있었다.

그러나 적운은 전혀 기쁘지 않았다.

오히려 무공의 성취를 더해갈수록 마음이 갑갑해져 왔다. 거진 칠 년이 넘도록 봉문 상태로 있는 사문 무당파에 대한 안타까움 때문이었다.

'하아! 근자에 무림은 십만대산의 마교로부터 독립했다는 진마성교와 천사련으로 인해 시끄럽다던데, 본파의 절학을 익힌 나는 그냥 세월만 보내고 있을 뿐이로구나!'

도학(道學).

꽤나 오랫동안 집중해 보려 했다. 무공으로 천하에 명성을 드높이지 못하니, 마음 수양이라도 하기 위함이었다.

하지만 헛수고였다. 별다른 성과가 없었다.

애초부터 타고난 무골이었다.

그 점을 크게 인정받아 무당파의 진산제자에 뽑혔고, 도가 경전을 외우기 전부터 검을 손에 쥐고 날이면 날마다 휘둘러 왔다.

진무각에 들어가서도 마찬가지다.

적운은 사형제들과 경쟁하며 줄곧 무공 수련에 매진해 왔다. 언젠가 한 자루 태극진검을 빼들고 무림을 질타할 날을 꿈꾸며 고된 수련의 나날을 버텨온 것이다.

아니다.

적운을 진짜로 지탱해 준 건 삼 년 전 평생 처음으로 통쾌함을 선사해줬던 싸움이었다. 이름조차 모르는 십여 세 소년과 느닷없이 벌였던 한판의 승부였다. 그 뒤 다시는 만나지 못하게 되어 아쉬움만 남겼지만.

'그러고 보니 오늘은 철 무사님이 약초를 채집하러 오시는 날이로구나. 그분을 만나 얘기라도 나누며 답답한 속을 달래야겠다.'

이름 모를 소년의 호위 무사로 무당산에 왔던 철무정.

무당파의 장로급조차 쉬이 이길 수 없을 듯한 강함을 지닌 그를 떠올린 적운이 가볍게 신형을 뽑아 올렸다. 삼 년 전보다 훨씬 원숙해진 제운종이 펼쳐졌음은 물론이었다.

삼 년이라는 시간.

한 자루의 버린 칼날이나 다름없던 철무정을 꽤 많이 변화시켰다.

우선 눈빛.

살육으로 점철되었던 시절과 비교할 수 없을 만큼 온화해졌다. 무당산 인근에 있는 장가촌에서 평범한 동네 사람들과 어울리는 동안 자연스레 그리되었다.

표정 역시 마찬가지다.

처음 장가촌에 도착했을 때 애 몇 명을 대성통곡하게 만들었던 살기가 현저히 줄어들었다.

여전히 사람으로 하여금 쉽사리 접근치 못하게 박력과 과묵함이 있으나 단지 그뿐이었다. 더 이상 도살자와 같은 살벌함은 눈에 띄지 않았다.

그러다 보니, 근자엔 장가촌의 과부나 노처녀 몇이 철무정
에게 슬슬 추파까지 던지고 있었다.

시골 마을에 건장하고 힘 좋은 타지 사내가 들어와 삼 년간
의 타박과 배타를 묵묵히 견뎌낸 탓에 평가가 사뭇 좋아진 까
닭이었다.

터벅! 터벅!

철무정은 어깨에 갖가지 약초가 한 아름 담긴 바구니를 등
에 짊어진 채 묵묵히 걸음을 옮겼다.

누가 보더라도 건장하고 평범한 약초꾼으로밖엔 보이지 않
는 모습이다.

그게 착각임은 금세 밝혀졌다.

꿈틀.

문득 철무정이 눈살을 찌푸려 보였다. 평상시 숨겨놨던 차
가운 칼날의 일면이 살짝 모습을 드러냈음은 물론이다.

'또 찾아온 것인가? 정말 질리지도 않고 찾아오는군.'

내심의 중얼거림과 함께 철무정이 얼른 발걸음을 돌렸다.
소진엽의 무공 완성을 기다리며 무당산에서 지낸 삼 년간 그
를 꽤나 귀찮게 한 적운을 어떻게든 피하기 위함이었다.

그러나 적운은 그리 만만한 상대가 아니었다.

스스슥!

철무정이 발걸음을 돌리는 것까지 계산해뒀던 듯 그는 유운
신법을 펼쳐 삽시간에 거리를 좁혀들었다. 얼굴이 환한 게 마

치 철무정을 나이를 초월한 지기쯤으로 여기고 있는 듯하다.

'그런 해맑은 표정이 싫은 것이다!'

철무정이 살짝 진저리나는 표정을 지어 보이고는 신형을 멈춰 세웠다.

이렇게 된 이상 적운을 떨쳐내는 건 불가능하다. 그냥 어떻게든 빨리 원하는 걸 얻게 하고 떠나게 하는 편이 나았다.

"뭘 원하는 거지?"

적운이 정중하게 포권한 후 말했다.

"검은 어찌하셨습니까?"

"약초꾼에게 검은 필요 없다."

"하하, 그럼 등에 짊어지시고 있는 광목 천으로 둘둘 말린 물건은 무엇입니까?"

"알고 있으면서 굳이 묻는 이유는 뭐지?"

여전히 무뚝뚝한 대답과 함께 철무정이 적운에게 살짝 살기를 쏘아 보냈다.

섬뜩한 기운!

일반적인 내가기공이나 기파와는 다르다.

오로지 무수히 많은 전장을 거치며 무수히 많은 살상을 일삼은 철무정 같은 검귀만이 자연스레 체득할 수 있는 기운이었다. 일반인이라면 오한 정도만 느끼고 지나갈 테지만, 무공을 연마한 무림인이라면 사정이 달라진다.

흠칫!

적운의 얼굴에서 여유 있는 기색이 사라졌다. 일시 천 개쯤 되는 검이 자신을 난도질하는 듯한 착각에 빠진 까닭이었다.

그러나 그 역시 당대 무당파의 기린아였다.

흔들.

한 차례 발끝을 이동하며 어깨를 퉁겨내는 것만으로 철무정의 살기를 뿌리친 그가 손가락으로 태극진검의 검파를 가볍게 퉁겼다.

투웅!

깊고도 묵직한 소리.

그와 함께 발검한 적운의 태극진검의 검날이 가벼운 동심원을 그려냈다.

'만검(滿劍)?'

마도에서는 절대 볼 수 없는 검학.

느림으로 빠름을 제압하는 검초의 변화에 철무정이 저도 모르게 더욱 강한 살기를 드러냈다. 고작 삼 년 만에 자신을 위협할 만한 수준의 검학을 익힌 적운에게 강한 경계심이 인 까닭이었다.

그러나 그는 여전히 묵검을 꺼내 들지 않았다.

스슥!

그는 순간적으로 독문의 보신경인 묵영추월보(墨影秋月步) 중 만추월색(晚秋月色)으로 대번에 동심원의 검기를 회피했다. 벗어났다.

또한 일순 일어난 흐릿한 검은 그림자!

그 사이를 뚫고 불쑥 진체를 드러낸 철무정의 수도가 적운의 목을 노렸다.

살기가 깃든 공격이다.

단 일격만으로 충분히 그의 숨통을 끊어낼 자신이 있었다.

'하지만 이자는 소교주님이 친구라 부른 자다. 아직은 무당파의 눈 밖에 나도 곤란하고.'

내심 빠르게 판단을 내린 철무정이 수도에 담긴 살기를 거둬들였다.

툭!

목덜미로 떨어진 가벼운 일격에 적운이 흠칫 놀란 표정으로 신형을 돌려세웠다. 어느새 그의 전신을 태극혜검의 검기가 에워싸 일시 장관을 만들어낸다.

하지만 철무정은 이미 그와 대여섯 걸음이나 떨어져 있었다.

마치 방금 전 그의 목덜미를 건드렸던 게 자신과는 전혀 관련 없다는 듯 얼굴에는 무심한 기색만이 완연하다.

'철 무사님, 과연 대단하구나!'

적운이 얼굴 가득 존경의 기운을 담은 채 검을 거둬들였다. 이미 태극혜검이 깨졌으니, 더 이상 그에게 비무를 강요할 수는 없다는 판단이었다.

"대단한 보신경이었습니다!"

"알아봤나?"

"형태만 조금……."

'기재 놈! 다시 펼쳤을 때는 더욱 힘들어지겠군.'

내심 눈살을 찌푸린 철무정이 어깨에 걸친 약초 바구니를 한 차례 들척인 후 신형을 돌려세웠다. 적운과 함께 하면 할수록 자신의 정체를 숨기기가 어렵다는 판단이었다.

슥!

반면 적운은 아직 철무정과 헤어질 마음이 없었다. 그의 이 같은 과묵함과 강인함이 좋았다. 봉문 상태의 무당파의 도사들에게선 볼 수 없는 모습이었기 때문이다.

"그런데 어떻게 제 원원도도(元元道道)를 그리 쉽사리 빠져나가신 겁니까? 공간을 그런 식으로 단숨에 뚫고 지나가는 보신경은 사부님께도 들어 본 적이 없었습니다."

'마도의 보신경을 가르침 받은 적은 없을 테지. 전날 마천대전 때도 무당파는 황궁의 눈치를 보느라 참전하지 못했으니까.'

어느새 자신의 곁에 찰싹 달라붙은 적운에게 징그럽다는 표정을 던진 철무정이 무심하게 말했다.

"자네의 검학은 갈수록 일취월장하는군. 하지만 완전히 자신의 것으로 만들지 않은 검법은 함부로 펼치는 게 아닐세."

"자신보다 고수 앞에서는 말입니까?"

"나는 자네의 사부가 아닐세. 그 이상은 혼자서 생각해 보도록.”

그 말을 끝으로 철무정은 발끝에 조금 더 속도를 가했다.

문일지십(聞一知十)이라던가?

곁에 있는 적운이 딱 그러했다. 몇 마디 대화만으로 스스로 깨달음을 얻고는 하는데, 종종 사람을 기함하게 만들었다.

적운이 그런 철무정을 다소 아쉽다는 듯 바라보다 눈살을 찌푸려 보였다.

자소봉의 중턱!

평생 본 적이 없는 숫자의 군마가 몰려오고 있었다. 이대로라면 해검지를 그대로 관통할 듯싶었다.

'어째서 저런 군마가 갑자기 몰려든 것일까?'

문득 적운의 시선이 금전 쪽을 향했다. 항상 그곳에서 무당파를 감시하고 있는 동창 태감들에게 의심의 추가 기울어진 까닭이었다.

어찌 됐든 지금은 비상시국이었다.

자신이 발견한 사항을 자소궁에 알려야겠다는 생각에 적운이 유운신법 중 하나의 요결인 운종탄영(雲從彈影)을 펼쳐냈다. 그가 아는 최고로 빠른 신법이었다.

철무정 역시 자소봉으로 진격해 들어오고 있는 군마를 발견했다.

그의 관점 역시 적운과 비슷했다.

‘드디어 동창 녀석들이 움직였구나. 하긴 요 근래 무당산 일대를 들쑤시고 다니는 녀석들이 이상할 정도로 조용해서 곧 뭔가 사달을 낼 것 같긴 했었지.’

삼 년이다.

그 정도의 세월을 한 지역에서 보내다 보면 싫더라도 일대의 소문을 파악하게 된다.

하물며 철무정은 금전에 오른 후 곧바로 봉황선부에 든 소진엽의 소식을 구양령을 통해 파악하고 있었다. 그동안 무당산을 떠나지 않고 정착까지 한 건 소진엽이 수련에만 집중할 수 있도록 먹여 살리기 위함이었다.

당연히 그는 정보 수집 역시 게을리하지 않았다.

비록 무당산을 한 걸음도 떠나지 않았으나 그는 근래 천마신교에서 떨어져나와 독립한 진마성교나 천사련, 무림맹의 관계를 손바닥처럼 알았다.

향후 소진엽이 무공을 완성하면 가장 먼저 물어볼 것이 천하정세일 거라 여긴 까닭이었다.

무당파와 동창 간의 깊은 알력은 덤이었다.

게다가 워낙 금전에 자리 잡은 동창 태감들의 포악이 심했다. 가끔씩은 정체를 숨기고 있어야 할 철무정조차 나서서 응징하고 싶은 욕망을 심하게 느낄 정도였다.

그런데 요 며칠은 이상할 정도로 조용했다.

마치 사람이 바뀐 것처럼 동창 태감들은 얌전히 있었다.

무당파와는 그리 얽히고 싶지 않은 탓에 그냥 두고 봤으나 철무정은 대충 짐작하고 있었다. 곧 동창이 어떤 식으로든 무당파에 안 좋은 쪽으로 움직이리라는 것을.

'이렇게 북숭남존 중 하나가 사라지는 것인가……'

북숭 소림, 남존 무당이었다.

그중 하나인 무당파가 황실의 대병에 의해 소멸한다고 생각하니 철무정도 그리 마음이 좋지 못했다. 그의 꿈 중 하나가 전날 마천대전에서 이루지 못한 정파 무림 정복의 선봉장이었기 때문이다.

그런 생각을 하며 걸음을 옮기던 철무정의 눈이 갑자기 창공의 매처럼 날카로워졌다.

스슥—

적운이 태극혜검을 펼쳤을 때와는 비교조차 되지 않는다.

그는 순간적으로 거진 두 배가 넘는 속도로 묵영추월보를 펼쳐냈다. 일시 그의 분신이 수 장에 걸쳐 검은 그림자를 만들어냈을 정도.

잠시뿐이었다.

곧 철무정이 신형을 멈춰 세웠고, 그의 앞에는 낮에는 결코 모습을 드러내지 않던 구양령이 서 있었다. 여전히 유령과도 같은 움직임과 모습이다.

펄럭!

구양령이 면사를 가볍게 흔들더니, 철무정에게 서신을 건네줬다. 소진엽이 봉황선부에 든 이후 철무정과의 연락은 항상 이런 식이었다.

"드디어!"

서신을 펼쳐 재빨리 안의 내용을 확인하던 철무정이 저도 모르게 탄성을 터뜨렸다.

첫 줄에 쓰여 있는 소진엽의 연공 종료 얘기에 크게 흥분하고만 까닭이다.

처음의 예상을 이 년이나 뛰어넘는 연공 기간이었다. 그 사이 문득문득 무당산에서 뼈를 묻는 게 아닌지 걱정을 하던 터라 내심 격동이 일지 않을 수 없었다.

그러나 그는 곧 침중한 표정이 되었다.

'곧바로 무당파로 갈 테니, 검마후와 함께 일단 대기하고 있으라니, 도대체 무얼 하시려고…….'

방금 전 해검지로 향하는 병마를 본 터였다.

교주 담대광의 최측근으로 그와 관계된 가족사를 대충 알고 있는 철무정이기에 걱정이 앞서지 않을 수 없었다.

자칫 태극무검선제와 연관되어 소교주 소진엽이 황실이나 관부와 출도 전부터 심각한 충돌을 일으킬지도 몰랐기 때문이다.

그는 소진엽의 명령을 일단 거부하기로 했다.

교주의 경호 담당인 패왕혈검단주로서 이미 중죄를 지었다. 다시 주인으로 삼게 된 소교주 소진엽의 위기를 그냥 보고만 있을 순 없었다.

스슥!

그때 철무정의 앞을 구양령이 가로막아 섰다. 마치 그의 내심을 읽기라도 한 것 같이.

'역시 소교주님은 방심할 수 없는 분이시구나!'

철무정이 내심 한숨을 내쉬며 등에 짊어지고 있던 광목천으로 둘둘 말아놨던 묵검을 끄집어냈다.

상대는 고독검마후 구양령이다.

전날 부상을 당했을 때 일패도지한 후 삼 년을 하루처럼 그녀만을 목표로 연무해 왔다. 이제 두 번째 대결의 기회를 잡은 만큼 결코 이대로 물러설 생각은 없었다.

*　　*　　*

"후아아암!"

삼 년 만에 봉황석부가 있던 동굴을 빠져나오던 소진엽이 늘어지는 하품과 함께 양팔을 내활개쳤다.

그의 전신.

얼굴은 그럭저럭 괜찮아 보이나 삼 년간 넝마나 다름없어진 청의 밖으로 드러난 피부는 장난이 아니다. 무수히 많은 상처가 지렁이처럼 꿈틀거리고 있었다. 마치 화상이라도 당한 것 같은 모습이다.

변한 건 그뿐만이 아니다.

훌쩍 커 버린 키와 몸집은 누가 보더라도 삼 년 전 금전에서 행방불명된 소진엽을 떠올리지 못하게 한다. 한창 성장할 나이였으니 어쩌면 당연한 변화일 것이다.

그때 늘어지게 하품을 끝낸 소진엽의 어깨에 담대광이 찰싹 달라붙었다. 기이한 점은 삼 년 전과 달리 몸집이 십 분지 일 정도로 작아졌다는 거다.

[이 망할 녀석아, 일 년이면 떡을 칠 연공을 삼 년이나 걸려 놓고 하품이 나오냐? 하품이!]

'마지막 관문을 뚫느라고 간밤에 잠을 설쳤는데 어쩝니까? 그런데 어째서 동창의 첩형 영감은 무당파를 잡아먹지 못해 안달인 겁니까?'

[흥! 그거야 당연히 현 황제한테 잘 보이고 싶어서가 아니겠느냐?]

'황제가 무당파를 없애서 좋을 게 별로 없을 것 같은데요?'

[태극무검선제에 대한 공포로부터 벗어날 수 있겠지. 하늘로부터 받았다는 천자의 권력을 공고히 하는 것과 함께 말이다.]

'하긴…… 황제 자리가 좋긴 하죠.'

피식 웃으며 뒤통수를 벅벅 긁어 보인 소진엽이 어깨를 한 차례 추슬러 보이고는 구름을 뚫고 천장 단애 위로 치솟아 올랐다. 삼 년 전 비명 속에 추락했을 때와는 아예 비교조차 할 수 없는 신위를 드러낸 것이다.

　잠시 후.
　마치 유람이라도 하듯 금전에 오른 소진엽은 곧바로 예전에 확인해 뒀던 도관 쪽으로 향하다 눈에 이채를 담았다. 첩형 유치현이 업무를 보는 낮엔 삼엄한 경계가 펼쳐져 있던 과거와 달리 꽤나 한산해진 모습이 원인이다.
　'벌써 무당파로 출발한 건가? 오! 모두 다는 아니었나 보군.'
　소진엽의 눈에 띈 재수 없는 자.
　전날 그를 금전에 데려왔던 유치현의 오른팔, 이환이었다.
　스스슥!
　소진엽은 한눈에 이환을 알아보고는 일보단천지로의 일보삼장세를 펼쳐 단숨에 그와의 간격을 좁혔다.
　물론 그냥일 리 없다.
　그는 처음 담대광을 봤을 때 당했던 일보천변 역시 확실하게 펼쳤다. 일단 이환에게 얼굴을 확인당해선 곤란하다는 판단이었다.
　이환은 일류의 고수다. 무공만으로 보자면 상관인 유치현보다 낫다는 평가를 받고 있었다.
　하지만 그런 그도 소진엽의 그림자조차 파악지 못했다.
　문득 눈앞에서 그림자가 번뜩했다고 느낀 순간 완맥을 제압당하고 말았다. 소진엽의 일보삼장세가 과거와 달리 십 장 이상의 거리도 단숨에 좁혀들게 된 까닭이었다.

그러나 이환은 노련했다.

완맥을 제압당한 것과 함께 그는 신형을 연체동물처럼 뒤로 크게 제쳤다.

쉬악!

더불어 날아든 섬뜩한 칼날의 공격!

이환의 발끝에 장치되어 있던 두 촌가량의 칼날이 소진엽의 목젖을 노렸다. 제압한 자의 얼굴도 보지 않고 치명적인 반격을 가한 것이다.

툭!

헛수고였다.

이환이 날린 회심의 일격은 소진엽의 손가락에 가볍게 퉁겨졌다. 애초에 그런 공격이 있을 줄 미리 예상이라도 한 것처럼 허무하게 그리되었다.

'무공만 높은 게 아니로구나!'

이환은 어느새 더욱 조여진 완맥으로부터 밀려든 노도와 같은 공력에 이를 악물었다. 더 이상 소진엽에게 저항할 길이 없기에 어금니 속에 숨겨놨던 독단을 깨물어 자결할 작정이었다.

그러나 이 역시 소진엽은 간파하고 있었다.

쑤욱!

칼날을 퉁겨낸 식지를 이환의 입속에 넣어서 독단을 제거한 소진엽이 킁킁거리며 냄새를 맡고는 고개를 가로저었다. 냄새가 혈마신단을 먹을 때처럼 영 별로였다.

담대광이 재밌다는 듯 슬쩍 끼어들었다.

[혈마신단이 먹기는 좀 더 나았을 것이다.]

'그럴 리가!'

단호하게 소리친 소진엽이 이환의 마혈과 아혈을 제압하고는 그를 바닥에 내동댕이쳤다. 완전히 반항의 의지를 꺾어놨으니 이젠 본격적으로 심문할 차례였다.

담대광이 또 끼어들었다.

[저 녀석한테 뭔가 알아낼 생각은 말아라.]

'자결까지 할 심산이었으니 고문 같은 거엔 굴복하지 않을 거라 생각하시는 겁니까?'

[뭐, 그렇지. 게다가 동창이란 조직은 꽤나 지독하다. 아마 뇌호혈 쪽에 금제 같은 것도 가해놨을 거다.]

'구양 소저한테 한 것 같은 거요?'

[흐흐, 어찌 천마신교의 마왕침(魔王針)에 비교할 수 있겠느냐? 천하에 구양 계집애 정도 되는 초절정급 고수의 심령을 제어할 수 있는 수법은 그리 많지 않느니라.]

'마왕침이라……'

소진엽이 비로소 알아낸 구양령의 금제법을 심중에 새긴 후 입가에 흐릿한 미소를 만들어냈다. 좋은 생각이 떠올랐기 때문이다.

‘신마대제 어르신 덕분에 좋은 생각이 났습니다.’

[좋은 생각?]

‘고문 따윈 할 필요 없습니다. 속이면 되니까요.’

[어떻게?]

‘신마대제 어르신의 마왕침법으로 녀석을 꼭두각시로 만들어서 이번 일의 주모자를 치는 겁니다.’

[첩형 유치현을?]

‘그자만 수하의 손에 제거된다면 무당파는 대충 이번에 벌어질 사단은 비켜갈 수 있을 겁니다. 뭐, 다음에는 또 다른 유치현이 파견되어 올 테지만요.’

[그 정도면 충분하다.]

차가운 대답과 함께 담대광이 눈을 빛냈다. 부친 태극무검선제의 사문이었던 무당파에 대한 의리는 이 정도면 충분하단 판단이었다.

뚜둑!

목의 근육을 한 차례 풀어 보인 소진엽이 손바닥을 비볐다. 담대광을 만나기 전 봉을 만날 때면 항상 짓고는 하던 사교적인 미소 역시 잊지 않는다.

‘그럼 이번에는 확실하게 전수해주십시오. 마왕침법! 구양소저를 제압한 후 구결을 불러주셨지만 묘하게도 머릿속에서 재생이 되지 않아서 잊어버렸거든요.’

[흥! 구양 계집애의 이지를 되찾아 줄 생각이라면 아서라. 그동안 네놈이 상대한 구양 계집애의 무력은 진짜 실력의 절반도 되지 않으니까.]

'알고 있습니다. 몇 번이나 말해 주셨으니까요.'

[알면 되었다.]

퉁명스러운 말과 함께 담대광이 소진엽의 어깨에서 팔짝 뛰어내려 이환의 머리로 기어 올라갔다. 직접 혈 자리를 가리키며 소진엽에게 마왕침법을 알려주려 한 것이다.

*　　*　　*

자소궁.

무당파를 이루는 일전 오궁 중 중추라 할 수 있는 이곳에는 지금 비장감이 감돌고 있었다.

거진 오십여 년간 이어진 반 봉문 상태.

특히 근 육 년에 걸쳐 금전과 태화궁을 점거한 채 무당파를 핍박했던 동창 첩형 유치현의 등장은 무당파에겐 암운, 그 자체였다. 사사건건 무당파의 내정을 간섭하는 그의 횡포에 몇 명이나 되는 제자들이 격분해 파문당하거나 문파를 떠나기까지 한 까닭이었다.

그래도 무당파는 계속 버텼다.

강경한 현 황제의 폭압에 저항하지 않고 은인자중하며 문파의 힘을 기르는 데 노력할 따름이었다.

하지만 이젠 그것도 한계였다.

방금 전 해검지 쪽으로 수천의 병마를 이끌고 호북성 방면 도지휘사가 왔다는 소식이 접수되더니, 곧 태화궁 쪽에서 한 통의 서신이 전달되어 왔다. 첩형 유치현이 말도 안 되는 최후 통보를 해 온 것이다.

진무대전.

유치현이 보낸 최후 통보의 내용을 묵묵히 눈으로 살피던 백발의 노도사가 입가에 가벼운 한숨을 매달았다.

당대 무당 장문, 신풍진인(神風眞人)!

무당파가 오십여 년간 무림의 일에 참견치 못한 탓에 무명 에 가까운 이름이긴 하나 이미 무공은 신화경에 도달해 있었 다. 무림에서 말하는 초절정보다 우위라 할 수 있었다.

그의 곁에 각기 참담한 표정으로 도열해 있는 팔장로와 신 자 항렬의 노도들 역시 마찬가지다.

그들 중 가장 막내인 신산자(神算子)조차 절정급의 화경에 도달한 지 오래였다. 오십여 년간의 봉문 중 할 수 있는 게 무 공 수련밖엔 없었기 때문이다.

문득 무당파의 진무각주이자 지낭이라 불리는 신산자가 신 풍진인에게 침중한 표정으로 말했다.

"장문 사형, 제가 협상해 보도록 하겠습니다."

"허허, 사제, 이건 최종 통보라네. 그 뱀 같은 자가 협상 같은 걸 해주겠는가?"

"제 목숨을 걸어 볼까 합니다."

"사제!"

언뜻 얼굴에 노기를 담은 신풍진인에게 신산자가 안색을 엄숙하게 물들였다. 이미 단단히 마음을 먹었음이 분명하다.

"장문 사형, 그자가 원하는 태극경 속에는 본파의 모든 것이라 할 수 있는 귀원일여(歸元一如)의 연기법과 태극혜검을 비롯한 육대검경이 모조리 수록되어 있습니다. 어찌 그걸 넘기고 본파가 무림 중에 남아 있을 수 있겠습니까?"

"……."

"또한 그자는 장문 사형과 우리 팔장로의 무공 전폐와 북경행까지 요구했습니다. 이야말로 무당파의 맥을 일거에 끊어내겠다는 뜻이 아니겠습니까?"

"무량수불!"

"무량수불!"

두 사람의 대화를 듣고 있던 나머지 장로와 노도들이 도호와 함께 암담한 표정을 지어 보였다. 아직 유치현이 보낸 최종 통보의 내용을 모르고 있다가 날벼락을 맞은 까닭이었다.

그럴 수밖에 없다.

이 최종 통보는 신산자의 손을 거쳐 신풍진인에게 전달되었다. 중간에 다른 누구도 안의 내용을 살펴볼 엄두를 낼 수 있을 리 만무했다.

신산자가 좌중을 둘러본 후 말을 이었다.

"사형들께서는 염려하지 마십시오. 이 막내 사제가 이미 방책을 마련해 놓았습니다."

팔장로 중 가장 성격이 소심하다 알려진 신학자(神鶴子)가 조심스러운 표정으로 물었다.

"사제, 방책이란 무얼 말하는 건가?"

"이미 장문 사형께 말씀드렸습니다만……."

"사제, 그만하게나! 그 방책은 결코 허락할 수 없다고 이미 내가 말했네!"

어느 때보다 강해진 신풍진인의 일갈에 신학자가 움찔 놀란 표정으로 고개를 집어넣었다. 다른 장로들 역시 궁금해서 미칠 것 같은 심사를 억지로 참는 빛이 역력했으나 일제히 입을 다물었다.

신산자는 달랐다.

그는 여전한 표정으로 말하길 멈추지 않았다.

"……제가 진무각의 서른 명 태극검수들과 함께 동창 첩형 유치현과 그의 휘하 태감들을 모조리 죽이겠습니다!"

"사제!"

"그리고 도지휘사의 병마가 해검지를 더럽히기 전에 그들의 앞에서 자결하여 무당파의 명예를 보존코자 합니다! 그러니 열조들과 문파의 존속을 위해서 부디 제 간청을 들어주십시오!"

"무량수불!"

"무량수불!"

신산자에게 질문을 던졌던 신학자를 비롯한 장로와 노도들이 일제히 참담한 표정으로 도호를 외웠다.

어째서 신산자와 신풍진인이 의견대립을 하게 되었는지 알게 된 까닭이었다.

그때 진무대전 안으로 미리 신산자에게 언급을 받았던 서른 명의 태극검수들이 우르르 몰려들었다.

하나같이 머리에 맨 붉은 띠.

무당파 제자들이 죽음을 불사하고 뜻을 관철할 때 사용하는 피로 적신 영웅건이다.

그들은 신산자와 뜻을 함께한다는 걸 장문인인 신풍진인에게 확실히 드러낸 것이다.

신풍진인의 눈에 문득 눈물이 고였다.

'차라리 내가 죽으리라! 어찌 문파의 미래라 할 수 있는 동량들을 한꺼번에 사지로 보낼 수 있을까?'

그 같은 생각과 함께 그가 태사의에서 벌떡 신형을 일으켰을 때였다.

쉬악!

마치 그때를 노리고라도 있었던 듯 화살이 날아와 진무대전의 고색창연한 기둥에 박혔다.

'족히 백 장 밖에서 쏘아진 화살?'

신화경에 도달한 고수답게 신풍진인은 대번에 화살이 날아 온 방향과 거리를 간파해냈다.

다른 장로들 역시 놀고만 있진 않는다.

스으!

제운종을 이용해 신형을 공중으로 띄워 올린 신산자가 단숨에 화살을 뽑고, 허리에 매달려 있던 서신을 빼들었다. 그리고 이어 안의 내용을 빠르게 읽어내려 가던 그의 안색이 가볍게 변했다.

'으음, 이게 사실이란 말인가?'

무당파의 진무각주이자 대내외 정보를 총괄하는 위치의 신산자.

하지만 그는 서신의 내용을 쉽사리 판단 내릴 수 없다고 여겼다. 무당파에서 오로지 장문인밖엔 모르는 사항과 관련된 일이 적혀져 있었기 때문이다.

스르륵!

그때 그의 손에 들려져 있던 서신이 신풍진인의 손으로 빨려들 듯 날아갔다. 허공섭물이 펼쳐진 것이다.

그리고 잠시 이어진 침묵.

유치현에게 받은 최종 통보를 읽을 때처럼 묵묵히 서신 안의 내용을 살피던 신풍진인의 입가에 흐릿한 미소가 담겼다. 신산자의 마음속 한구석에 자리 잡고 있던 의혹 중 하나가 풀리는 순간이었다.

*　　*　　*

'나는 어쩌면 천재일지도…….'

소진엽은 금전을 지키던 동창 위사들을 모조리 박살 낸 후 얻은 각궁을 퉁기며 어깨를 으쓱거렸다.

제대로 된 궁술.

배운 적이 없다. 평생 처음으로 활을 쏴 봤다.

그러나 애초에 걱정한 것과 달리 그가 쏜 화살은 정확하게 자소궁의 중앙에 있는 신무대전으로 날아갔다. 내심 실수할까 봐 조바심냈던 마음이 싹 날아갔음은 물론이었다.

퍽!

그때 그의 머리 위로 뛰어오른 담대광이 여전히 매운 주먹을 날려 뒤통수를 후려쳤다.

[인석아, 뭘 우쭐대고 있냐? 저렇게 커다란 목표물을 맞히지 못하면 그게 사람이냐? 짐승이지!]

'또 뭘 그런 말씀은…….'

소진엽이 입을 쑥 내밀어 보이자 담대광이 다시 인상을 한 차례 써 보이고는 차가운 표정을 지어 보였다.

[이걸로 무당파의 일이 끝났다고 생각하지 말아라. 오히려 지금부터 시작일 수도 있으니까.]

'시작이라고요?'

[그래, 네놈의 차도살인(借刀殺人)의 계책으로 첩형 유치현을 죽이고, 동창의 태감 녀석들이 서로 상잔을 벌이게 되었지만, 아직 내부의 적이 남아 있느니라.]

'내부의 적이 남았다고요? 무당파에 동창과 내통한 자가 있다는 뜻입니까?'

[당연하지! 그것도 꽤 고위층일 거다. 그런 놈이 없이 함부로 무당파 같은 거대 문파를 털 생각을 할 리 없으니까.]

'흐음.'

소진엽이 손가락을 턱에 댄 채 천천히 고개를 끄덕여 보였다. 담대광의 의견이 옳다는 생각이 들었기 때문이다.

그때 문득 뇌리를 스친 생각 하나.

'이런, 빨리 철 단주에게 가 봐야 할 것 같습니다!'

[그건 또 왜?]

'철 단주는 지나치게 충성스럽습니다. 필시 제 명령을 어기고 무당파로 달려가려고 할 겁니다.'

[그래서 구양 계집애를 보냈잖느냐?]

'그게 문제입니다. 필시 지금쯤 둘이서 죽도록 싸우고 있을 테니까요.'

[호오?]

담대광이 흥미롭다는 표정을 지어 보였다. 정신 금제가 된 상태라 제 실력을 발휘치 못하는 구양령과 삼 년간 무공이 증

진했을 철무정 간의 대결 결과에 흥미가 동한 듯하다.
　'못 말리는 싸움광 같으니라구!'
　내심 소진엽이 고개를 가로젓고 일보단천지로 중 일보추뢰(一步追雷)를 펼쳐냈다. 지난 삼 년간 담대광 못지않게 심령동조를 이룬 구양령의 뒤를 쫓기 시작한 것이다.

9장
억지로 태극검주(太極劍主)가 되다!

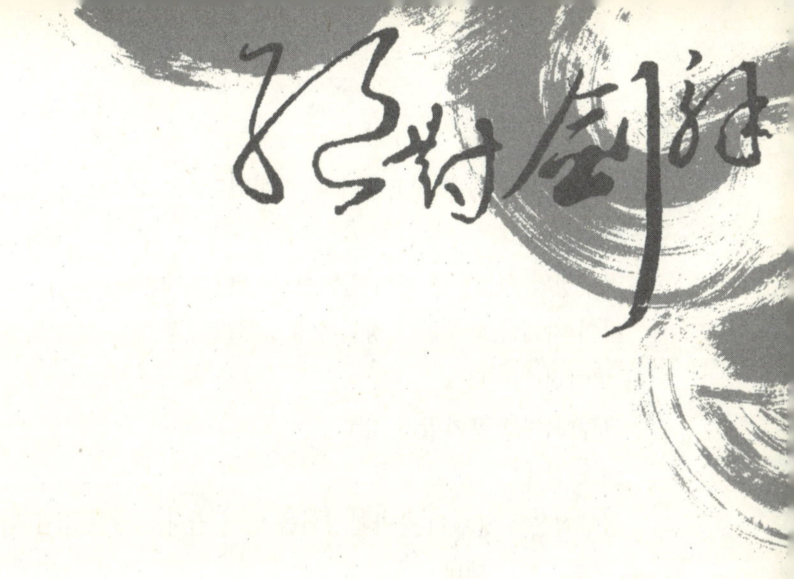

스아악!

귀밑을 스치고 지나간 섬뜩한 한기에 철무정이 가볍게 진저리쳤다.

고독검마후 구양령.

전날 첫 번째 대결 때의 강함은 없다. 성명절학인 한령마검으로 공격하기 전 풍마환영신을 먼저 펼치지 않았기 때문이다.

'그런데 이 강함은 도대체 무엇이냐?'

철무정은 연속적으로 날아드는 구양령의 한령마검을 힘겹게 묵검으로 막아내며 내심 호흡이 가빠지는 걸 느꼈다. 한 차례 검격을 받아낼 때마다 몇 걸음씩 밀려나다 보니, 어느새 그의 발밑에는 기다란 밭고랑이 패여 버렸다.

뿐만 아니다.

철무정의 오른손은 이미 절반가량 마비 상태였다.

거의 기계나 다름없이 정확하게 날아드는 검격을 계속 맞받다 벌어진 일이다.

그렇다 해도 포기할 순 없다.

스스슥!

철무정은 구양령이 풍마환영신을 먼저 펼치지 않는 점을 십분 이용하기로 했다.

쾌속의 검격 사이.

오른손의 감각을 절반이나 날아가게 만들며 알아낸 찰나의 틈을 뚫고 묵영추월보를 펼쳤다. 자신의 신형을 순간적으로 분신시키며 구양령의 배후로 파고든 것이다.

게다가 묵검 역시 달리 잡혔다.

좌수.

그것도 평상시와 달리 상단이 아니라 하단에서 평찌르기의 식으로 구양령의 가느다란 허리를 찔러 갔다.

묵천사일(墨天射日)의 변형식!

이 한 번의 검격에 철무정은 자신의 모든 걸 걸었다. 지난 삼 년간 상상 속에서 무수히 많이 격돌했던 구양령을 이대로 끝장낼 작정이었다.

카캉!

그러나 구양령은 철무정이 생각했던 것보다 더욱 강했다.
이지를 잃은 상태임에도 그녀는 검객의 본능만으로 철무정의
느닷없는 묵천사일을 막아냈다.

게다가 그뿐만이 아니었다.

스르릉!

느닷없이 그녀가 풍마환영신을 펼쳐냈다. 철무정의 강함을
느끼자마자 더욱 강한 반격에 나선 것이다.

스파앗!

그와 함께 날아든 한령마검.

철무정은 첫 번째 대결 때와 전혀 변함없는 궤적을 그리며
날아드는 검격을 간발의 차로 피한 후 더운 입김을 내뱉었다.
몇 차례나 무리를 한 탓에 기혈의 흐름이 탁해졌다. 간신히 내
상만 면할 수 있었다.

'여전하군. 내가 기세를 누그러뜨리니 더 이상 공격해 오지
않아.'

자존심이 상한다. 상대는 완전히 여력을 가지고 상대하고
있다는 뜻이니까.

그때 다시 묵검을 오른손으로 쥐려던 철무정의 안색이 가볍
게 변했다.

슥!

그와 동시였다. 문득 철무정의 눈앞에서 자취를 감춘 구양
령이 단숨에 수 장을 이동해 넝마를 걸친 상처투성이 사내 앞

에 부복했다.

"소교주님!"

"공자님이라 부르라고 했지?"

"진엽 공자님!"

철무정이 빠른 걸음으로 소진엽에게 다가가 구양령과 같이 발치에 부복했다.

'지난 삼 년간, 소교주님에게는 지옥 같은 나날이었던 것일 테지……'

한눈에 알 수 있었다.

소진엽이 지난 삼 년간 어떤 정도의 수련을 거쳤는지를. 그 자신도 기억조차 나지 않는 어린 시절 천마신교의 수련동에 갇혀서 끔찍한 수련과 생존의 나날을 보낸 바 있었기 때문이다.

소진엽이 입가에 쓴웃음을 담았다.

"역시 철 단주답게 구양 소저와 싸우고 있었군. 승패는 어떻게 되었지?"

"여전히 제 실력은 검마후를 따르지 못합니다."

"그래도 부상 하나 당하지 않았잖아? 본래 철 단주와 구양 소저는 무공의 수준차가 상당한데도 말이야. 그동안 꽤 많이 노력했었군."

"진엽 공자님께서 치하하실 만큼은 안 됩니다."

"그럼 나중에 치하할 만큼이 될 때 얘기해줘. 그때는 아주 듬뿍 칭찬을 해줄 테니까."

“…….”

철무정이 조금 당황한 표정으로 고개를 숙여 보였다.

원숙해졌다고 해야 하려나?

삼 년 만에 다시 만난 소진엽은 사람의 마음을 흔드는 말까지 할 수 있게 되었다.

소진엽이 화제를 바꿨다.

“무당파의 일이 대충 정리될 때까지 나는 무당산을 떠나지 않을 생각이야. 기거하는 곳은 어디지?”

“누추합니다.”

“괜찮아. 적당히 씻을 물하고 배를 채울 음식만 있으면 되니까.”

소진엽이 슬쩍 웃어 보이고는 시선을 해검지 쪽으로 던졌다. 지금쯤 난장판이 된 그곳으로 무당파의 도사들이 잔뜩 몰려가서 수습을 하느라 진땀깨나 빼고 있으리라.

*　　*　　*

팽팽한 긴장감이 감도는 해검지.

신산자의 명에 의해 진무각의 태극검수 모두를 이끌고 진무대전에 달려갔던 적운은 여전히 그의 뒤를 따르고 있었다. 느닷없이 벌어진 동창 태감들끼리의 학살극으로 갑자기 상황이 크게 달라진 까닭이었다.

　거만한 얼굴의 도지휘사와 적당히 타협을 보고 있는 신산자를 물끄러미 바라본 적운이 입가에 가벼운 한숨을 매달았다. 잔뜩 고양되었던 마음이 차갑게 식어 버린 탓이다.

　'후우! 내 마음을 나도 모르겠구나. 동창의 태감들이 서로 상잔을 벌인 덕에 최악의 상황은 벗어났다고 할 수 있는데, 어째서 이리 마음이 답답한 것인지⋯⋯.'

　혈기가 끓어오르는 한창때였다.

　진무각주이자 사부인 신산자의 명령을 받고 달아올랐던 기분이 그리 빨리 식을 리 만무했다.

　또한 적운은 이번을 아주 좋은 기회라 여겼다. 신산자와 함께 동창의 태감들을 몽땅 쓸어 버리고 파문을 당하면, 항상 꿈꾸던 강호에 나갈 수 있을 거라 생각한 것이다.

　하지만 갑자기 사정이 완전히 달라졌다.

　모든 일의 원흉인 동창 첩형 유치현은 죽었고, 그의 심복인 이환을 비롯한 삼대 위사 역시 마찬가지였다.

　아직 눈앞에 수천의 병마를 이끌고 온 도지휘사가 있으나 그다지 문제 될 게 없었다. 동창의 비호도 없이 무당파 같은 명문정파를 칠 수 있을 만한 깜냥은 없는 자라고 신산자가 말했으니까.

　과연 약간의 언쟁 끝에 도지휘사가 휘하의 병마를 뒤로 물리기 시작했다. 무당파에서 가장 처세에 능한 신산자가 또다시 커다란 공을 세우는 순간이었다.

‘그럼 이걸로 끝나는 건가? 무당파는, 나는 또다시 봉문을 한 채로 숨죽이며 살아가야만 하는 것인가?’

적운의 눈이 가볍게 흔들렸다. 태극진검을 쥐고 있던 손 역시 마찬가지다.

부르르!

문득 피곤한 표정으로 돌아오던 신산자가 적운의 그런 모습을 봤다. 다른 사형제들과 달리 단 한 명만 둔 수제자. 그의 들끓는 속내를 파악지 못했을 리 만무하다.

“검을 집어넣거라.”

“사부님……."

“아직 네 검을 사용할 때가 되지 않았을 뿐이다. 그리고 다시 검을 빼들 날은 그리 멀지 않았을 것이다. 그러니 너는 마음속의 격정을 아직 드러내선 안 된다.”

“예.”

적운이 작은 대답과 함께 고개를 숙여 보였다.

*　　*　　*

밤.

철무정의 거처에서 홀로 빠져나온 소진엽이 자소봉 쪽으로 걸음을 옮기다가 신형을 멈춰 세웠다.

달무리 진 야천.

가을이 가까워진 탓에 무수히 많은 날벌레 소리에 정신이 다 산란할 지경이다.

'조심해서 빠져나온다고 했는데…….'

내심의 쓴웃음과 함께 소진엽이 신형을 돌려세웠을 때였다.

팔랑!

언제나와 같이 구양령이 면사를 흩날리며 그림처럼 수 장 밖에 모습을 드러냈다. 다른 방을 사용했음에도 소진엽이 빠져나온 순간 풍마환영신을 이용해 뒤를 밟아온 것이다.

흔들.

소진엽이 일보삼장세를 이용해 단숨에 구양령과의 간격을 좁혔다.

그러나 미동조차 없는 그녀.

구양령의 마혈 바로 앞에서 식지를 멈춘 소진엽의 눈동자가 가벼운 흔들림을 보였다.

한빙과 같이 맑은 눈동자.

어찌 보면 천진무구하기까지 하다.

'나는 언제까지 구양 소저를 실혼인으로 놔둬야만 하는 것인가…….'

[아서라 했었다.]

줄곧 소진엽의 제법 넓어진 어깨에 드러누워 잠을 자던 담대광이 불쑥 끼어들었다. 여전히 눈을 감고 있으나 태도만은 연공을 독려할 때처럼 단호하다.

'저는 그다지······.'

[방금 전에 내게 배운 마왕침법으로 구양 계집애를 정상으로 돌려놓고 싶어서 몸살이 날 지경이었지 않느냐?]

'아닙니다.'

[인석이 어디서 거짓말을!]

다소 높아진 목소리와 함께 담대광이 풀쩍 뛰어올라 소진엽의 머리통을 강하게 내려쳤다. 평소보다 족히 두 배쯤 강한 응징이다.

그러자 소진엽이 머리를 쓰다듬으며 인상을 썼다.

'머리 나빠집니다! 그만 좀 때리십쇼!'

[머리가 나빠져? 네놈한테 나빠질 머리란 게 있긴 하더냐? 결국 탈태환골도 실패해서 그런 흉측한 몰골이 되어 놓고서.]

'남자는 본래 외모가 아니라 가슴입니다! 전수해주신 태극쌍극진기(太極雙極眞氣)를 이미 오성이나 수습했는데, 탈태환골 정도 못한 게 문제 될 건 없지 않습니까?'

[문제 돼!]

'예?'

거의 떼를 쓰는 수준인 담대광의 태도에 소진엽이 의아한 표정이 되었다. 이런 식의 말은 봉황선부를 나오기 전까진 들어 본 적이 없었기 때문이다.

그러나 곧 담대광이 화제를 바꿨다.

[구양 계집애는 마도에서 보기 드물게 초절정경에 오른 고

수다. 신화경 바로 아래 단계니까 기본적으로 수화불침에 폐혈이 된다. 네 녀석이 태극쌍극진기 중 하나를 사용하지 않는다면 마혈을 점혈해 봐야 소용이 없을 게다.]

'저도 이런 산중에 구양 소저를 홀로 놔둘 생각은 없었습니다.'

[흥, 그놈의 구양 계집애 챙기기는! 그 계집애는 네놈과 나이 차이가 스물이나 난다. 완전히 쭈글탱이라구!]

'딱 좋은 차이네요.'

[뭐야!]

어깨 위에서 폴짝거리며 노발대발해대는 담대광에게 살짝 웃어 보인 소진엽이 구양령의 귓불에 명령을 내렸다.

"내가 돌아올 때까지 철 단주를 지키고 있도록!"

"……"

구양령이 고개를 숙여 보인 후 신형을 날려 사라졌다. 명령에 곧바로 반응을 보인 것이다.

담대광이 눈매를 가늘게 만들어 보였다.

'이 녀석, 그 사이 구양 계집애를 다루는 법을 확실하게 파악했구나. 정말 무재는 떨어지지만 근성도 있고 심계도 아주 괜찮단 말이야.'

처음 만났을 때와는 완전히 달라진 평가.

문득 담대광은 소진엽이 아까워졌다. 그에게 부친 태극무검 선제의 무공을 전수해 전인으로 만든 걸 나중에 좀 후회할지도 모르겠다는 생각 역시 들었다.

잠시뿐이었다.

곧 다시 소진엽의 어깨에 원래대로 드러누운 담대광이 심드 렁하게 말했다.

[귀찮은 혹을 떼어냈으니 어여 가자. 무당파의 장문 말코가 널 기다리다가 우화등선이라도 하면 곤란하지 않겠느냐?]

'그러게 말입니다.'

태연하게 변죽을 맞춘 소진엽이 발끝에 힘을 담고 야천 위 로 신형을 띄워 올렸다.

잠시 후.

봉황선부에 남겨진 자소궁의 내부 지도의 도움을 확실하게 받 아 손쉽게 진무대전에 도착한 소진엽의 눈에 이채가 어렸다.

진무대전으로 올라가는 계단 한 켠.

깊은 밤중임에도 한 명의 청년 도사가 홀로 서성거리고 있 었다. 적운이었다.

'적운 형, 삼 년간 기도가 더욱 좋아졌는걸?'

담대광 역시 적운을 알아봤다.

[저 녀석은 원래 기재였다. 네 녀석과는 비교가 안 될 정도 의 무재라고 할 수 있지. 괜찮은 사문에서 제대로 된 사부를 만나서 훌륭한 무공을 익혔으니 저만한 성취를 얻는 것도 당 연하지 않겠느냐?]

‘그러게 말입니다.’

[열 받은 척이라도 해라!]

‘열 받았습니다. 하지만 지금은 적운 형에게 열 받는 것보다 급한 일이 있습니다.’

그 말을 끝으로 소진엽이 보신경을 일보추뢰에서 일보무변(一步無變)으로 바꿔서 단숨에 적운의 곁을 지나쳤다.

거의 종이 한 장가량의 차이.

평상시의 적운이라면 미풍이 불었다 해도 알아차릴 수 있을 터였으나 소진엽을 간파해내진 못했다. 절정급의 고수의 오감조차 속일 수 있는 은밀함이 일보무변의 특징이었기 때문이다.

그렇게 적운을 뒤로하고 진무대전에 도착한 소진엽이 가볍게 신형을 공중으로 띄워 올렸다.

최종 목적지는 진무대전이 아니었다. 그 뒤편에 조그맣게 달려 있는 장문인실인 원무관이었다.

스으—

소진엽이 원무관의 문앞에 떨어져 내렸을 때였다. 마치 기다렸다는 듯 문의 안쪽에서 창로한 목소리가 흘러나왔다.

“태극검주께서 늦으셨소이다.”

‘태극검주?’

의아한 기색이 된 소진엽에게 담대광이 설명하듯 말했다.

[너는 태극무검선제의 전인이다. 태극검주라고 칭하는 것도 무리는 아니지 않겠느냐?]

'꽤 멋진 칭호인데요?'

[혹하지 마라. 본래 이런 식으로 듣기 좋은 별호 비슷한 거 지어주고, 목숨을 내놓으라고 말하는 게 정파 놈들이니까.]

'그건 곤란하죠!'

목숨과 관계된 일에는 항상 민감해지는 소진엽이었다.

담대광의 말을 마음속에 새긴 그가 얼른 문을 열고 원무관 안으로 들어갔다.

그러자 순간 몰려든 부드럽지만 강력한 기세!

'태극무한신공의 기본이 되는 귀원일여와 흡사하지만 너무 우직해 다채로움이 떨어진다. 하지만 내가 익힌 태극쌍극진기를 월등히 뛰어넘는 위력인데다 살기가 깃들지 않았으니, 강하게 맞받지 않는 편이 낫겠지?'

빠른 판단력과 임기응변의 능력!

소진엽이 지난 삼 년간의 연공 중 담대광의 무수한 갈굼과 굴림 속에서 죽지 않고 살아남은 유일한 무기라 할 수 있었다.

흔들.

일보단천지로의 운신법으로 가볍게 어깨를 흔들어 보인 소진엽이 곧바로 제자리에서 신형을 팽이처럼 회전시켰다.

빙그르르!

당연히 그것만으로 끝일 리 없다.

그는 자신에게 몰려든 노도와 같은 기세를 와선 모양으로 흘려내며 점진적으로 원무관의 중심으로 다가들었다. 무당파 무공의 최상승 심법 중 하나인 '이일대로(以逸待勞: 편히 쉬면서 지친 적을 맞으며) 이정제동(以靜制動: 움직이지 않음으로 움직임을 제압한다)'의 묘를 확실하게 살린 것이다.

그러자 신풍진인의 입에서 가벼운 찬탄이 터져 나왔다.

"허어! 어찌 이 젊은 나이에……."

이일대로와 이정제동.

무당파의 모든 무학의 근간이나 당대에 그 깊은 이치를 파악한 이는 거의 없었다. 대부분의 제자들이 몇 대 전부터 천하를 위진시킨 태극경 상의 강기공이나 육대검법에 빠져 버린 까닭이었다.

하지만 신풍진인의 대에 이르러선 입장이 조금 달라졌다.

오십여 년이나 계속된 반 봉문 상태로 인해 무당파는 마천대전의 선봉 자리를 소림사에 빼앗겼고, 최근까지 실전을 경험할 만한 일이 없었다. 살상력을 극대화한 강기공이나 육대검법에 크게 매진해야 할 이유의 상당 부분을 상실했다고 할 수 있었다.

덕분에 신풍진인은 십수 년 전부터 태극경 상의 무공 외에 무당파의 근본이라 할 수 있는 도학을 깊이 체득(體得)하고 있었다. 어차피 남과 다툴 일이 없으니 실전이 아닌 무학 이치상의 궁극을 도학 속에서 찾아내려 한 것이다.

해서 그는 느닷없이 튀어나온 소진엽이라는 존재에 복잡한 감정을 품고 있었다. 태극무검선제의 전인이라 자처하는 그의 도움으로 무당파의 위기가 지나갔으나 더욱 큰 골칫거리의 등장일 수도 있다는 판단이었다.

'하지만 이리 젊은 나이에 근본을 잊지 않은 모습이라니! 내가 아무래도 잘못 생각했던 건지도 모르겠구나……'

내심 고개를 끄덕여 보인 신풍진인이 얼른 기세를 거둬들였다. 더 이상 소진엽을 시험할 필요가 없을뿐더러 오히려 배움을 얻어야 할지도 모른다고 생각했다.

후욱!

그러자 소진엽이 원무관 내부를 가득 메우고 있던 압도적인 기세가 사라진 걸 알고 신형을 고정시켰다. 여전히 처음 방 안으로 들어섰을 때와 변함없는 눈빛이다.

그 모습을 확인한 신풍진인이 지체 없이 팔괘 모양의 단위에서 일어서더니, 깊게 허리를 숙여 보였다. 이곳이 무당파이고 그가 장문지존임을 감안한다면 경천동지할 만한 일이 벌어진 셈이다.

"무당파의 장문을 맡은 신풍이 삼가 태극검주를 뵈오이다!"

"장문인께서는 과례가 지나치십니다. 그리고 저는 아직 태극검주란 것을 하겠다고 허락하지 않았습니다."

"태극검주가 되지 않으시겠다면 빈도는 이 자리에 엎드려 절을 해야만 합니다. 태극무검선제 사조의 제자 되시는 분이시니, 빈도에겐 사숙이 됩니다. 그리할까요?"

"어……"

담대광과 무수히 많은 나날을 보낸 소진엽이다.

여태까지 온갖 강짜와 횡포를 무수히 경험해 봤기에 어떤 일을 만나도 태연할 수 있다고 여겼다. 세상에 담대광을 뛰어넘을 만큼 지독한 사람은 없을 테니까.

아니었다.

완전히 착각이었다.

소진엽은 담백하면서도 무구한 눈을 빛내며 자신을 바라보고 있는 신풍진인에게 강한 두려움을 느꼈다. 눈앞의 머리 허옇고 수염도 허연 무당파 장문인의 사숙 노릇만큼은 진짜 하고 싶지 않았기 때문이다.

그때 담대광이 재밌다는 듯 말했다.

[받아들여라! 무당파 장문인의 사숙이 천마신교 교주의 제자란 걸 알게 되면 아주 재밌는 일이 벌어질 것 같으니 말이야.]

'농담하지 마십시오!'

[농담 아닌데?]

'무당파는 오십 년간 반 봉문 상태입니다. 제가 무당파의 사승 관계를 인정해 버리면, 자연스럽게 이곳을 떠나지 못하게 되지 않겠습니까?'

[그도 그렇군.]

담대광이 드물게 곧바로 수긍하자 소진엽이 내심 염두를 굴린 후 신풍진인에게 말했다.

“제가 태극검주의 직위를 받아들이면 어찌 되는 겁니까?”

신풍진인이 빙그레 미소 지었다. 처음부터 소진엽이 이런 선택을 하길 기다렸음이 분명하다.

“태극검주란 직위는 빈도가 임의로 만들어낸 것이외다. 하지만 아주 좋은 것이지요.”

“이를테면?”

“이를테면 무당파의 위와 아랫사람들을 필요할 때 마음대로 부릴 수 있고, 규율은 피할 수 있소이다.”

“장문인과 팔대장로는 거기에 포함되지 않겠지요?”

“그렇소이다. 하지만 본파의 삼십삼계 규율을 어긴 자가 있다면 태극검주께서 즉결로 처단할 수도 있소이다.”

“물론 장문인께 사전에 말씀드려야 할 테고요?”

“그래 주면 고맙겠지요.”

대답과 함께 부드럽게 미소 짓는 신풍진인을 향해 소진엽이 천천히 고개를 끄덕이며 눈을 빛냈다. 상대방이 원하는 걸 하나 내줬으니, 이젠 자신의 차례였다. 본격적인 거래란 항상 이런 식으로 진행되기 마련이니까.

*   *   *

다음날.

새벽같이 팔장로를 비롯한 신자 배의 노도들은 삼삼오오 진무대전으로 집결했다. 느닷없이 발해진 장문령에 의해 소집된 것이다.

당연히 이번에도 진무대전의 경계는 태극검수들이 맡았다.

그들은 진무각주이자 팔장로의 막내인 신산자에게 몇 가지 명령을 받은 후 엄숙하게 진무대전 앞에 도열했다. 하루 전 멸문의 위기를 맞았던 터라 하나같이 눈빛에는 정광이 감돌고 태도 역시 엄정했다.

문득 듬직한 사형제들을 눈으로 살핀 적운이 슬쩍 시선을 진무대전으로 던졌다.

'도지휘사의 병마도 이미 균현 밖으로 물러났는데, 무슨 큰 일이 있어 다시 장문령이 떨어진 건지 모르겠구나. 하긴 그래 봤자 본파의 봉문이 풀릴 일은 없을 테지만…….'

여전하다.

적운의 달궈졌던 피는 아직도 식지 못하고 있었다. 손끝의 떨림과 마찬가지로.

한편, 진무대전에 모인 팔장로가 중심이 된 노도들은 하나 같이 의아한 기색들이 얼굴에 가득했다. 신풍진인 옆에 나란히 서 있는 소진엽의 모습에 모두 어안이 벙벙해진 것이다.

'허어, 어찌 장문 사형께서 진무대전에 저런 어린 친구를 들이셨는고?'

'호흡이 고요하고 눈빛에 흔들림이 없는 걸 보면 나이에 비해 상당한 무공을 익힌 것 같긴 한데…….'

‘장문 사형, 설마 저 어린 친구 때문에 장문령을 발하신 것인가?’

가지각색의 생각들이 노도들의 머릿속을 스쳐 갔다.

그도 그럴 것이 오십여 년간 이어진 반 봉문 동안 발해진 장문령이라야 고작 세 번뿐이었다.

첫 번째가 삼십여 년 전의 마천대전 때였고, 두 번째가 바로 어제였다. 그리고 하루 만에 세 번째 령이 떨어졌으니, 노도들의 머릿속이 복잡해지는 것도 무리는 아니었다.

당연히 이럴 때 모든 노도들의 시선이 향하는 건 팔장로의 막내이자 진무각주인 신산자였다.

‘막내 사제, 말 좀 해 봐!’

‘이런 일엔 진무각주가 나서야지! 아니면 누가 나서겠어?’

사형제들의 무언의 압박을 강하게 받으며 신산자가 천천히 중앙으로 걸어 나왔다. 언제나처럼 입가에는 속내를 알기 어려운 담담한 미소가 매달려 있으나 발걸음에는 힘이 담겨 있다.

“장문 사형께 한마디 아뢰어도 되겠습니까?”

신풍진인이 미미하게 고개를 끄덕여 보였다. 그가 이렇게 나서리라는 건 이미 알고 있었다.

“진무각주는 잠시 기다리시게.”

“예.”

신풍진인이 직위로 호칭하자 신산자가 얼른 옆으로 물러섰다. 그러자 신풍진인이 장로들을 비롯한 사형제들을 한 차례 살피고는 모두에게 소진엽을 소개했다.

"여러 제장로와 사제들은 들으시오! 오늘 내가 장문령으로 여러분들을 모이게 한 건 본파에 한 명의 태극검주가 탄생했음을 선포하기 위함이외다!"

'태극검주?'

'설마 저 젊은 친구한테 그런 직위를? 아니 그보다 태극검주란 게 뭐지?'

신풍진인의 느닷없는 선포의 파급력은 대단했다.

팔장로와 수십 명의 노도들이 하나같이 뜨악한 표정으로 신풍진인과 소진엽을 바라봤다. 무당파의 적지 않은 역사상 처음 있는 직위가 생긴 까닭이었다.

신풍진인이 말을 이었다.

"태극검주가 갖는 권위는 본 장문인과 동일하외다! 또한 무당파의 내외를 모두 부릴 수 있으나 본파의 삼십삼계로부터는 자유롭소이다! 어떤 계율에도 구애됨이 없다는 뜻이오!"

"장문 사형, 불가합니다!"

"그렇습니다! 어찌 그런 말도 안 되는!"

신풍진인의 느닷없는 선포에 제동을 걸고 나선 건 신학자와 신송자(神松子)였다. 본래 성격이 꼬장꼬장한 신송자가 나선 건 일견 이해가 가나 신학자는 의외였다. 그의 소심함은 정평이 나 있었기 때문이다.

그러나 신풍진인은 완강했다. 한 차례 고개를 가로젓는 것으로 두 장로의 입을 다물게 한 그가 선포를 마무리 지었다.

"이곳에 모인 분들 모두가 알고 있을 것이외다. 본파의 지보인 태극경의 핵심인 귀원일여의 연기법이 완전치 못하다는 것을. 그리고 그 이유 역시 말이오. 하지만 이젠 걱정하지 않아도 되게 되었소이다. 태극검주의 도움으로 귀원일여의 연기법이 다시 완전해졌으니까."

'그, 그건 설마……'

'맙소사! 태극무검선제 조사님의 후인이 나타난 것인가!'

귀원일여의 연기법의 후심결.

그것은 무당파의 마지막 영광의 시대와 함께 사라졌다. 태극무검선제와 함께 말이다.

당연히 현재 진무대전에 모인 사람들 중 그 같은 사실을 모르는 자는 없었다. 모두 태극경 상의 무공 한두 개 정도는 수십 년에 걸쳐 체득한 바 있으니까.

그렇게 진무대전 안이 조용해졌을 때였다.

신풍진인과 이심전심으로 시선을 나눈 소진엽이 천천히 앞으로 나섰다. 당대 무당파를 대표하는 노도들의 따가운 시선이 한꺼번에 쏟아졌으나 태연히 받아넘겼다. 그들 모두를 합쳐도 어깨에 늘어져 있는 담대광만 못했기 때문이다.

툭툭!

소진엽의 목덜미를 발로 걷어차며 담대광이 말했다.

[신산자란 놈하고 신학자, 신송자란 말코가 제법이다. 나머

지는 신경 쓸 필요 없고.]

'그들 중 누가 무당파를 팔아먹은 배신자라 생각하십니까?'

[그건 네놈이 알아내야지! 나는 본래 다 때려죽이는 게 특기지, 머리 굴리는 건 취미 없다.]

'사람을 이렇게 고생시키면서……'

소진엽이 슬쩍 인상을 쓰다가 다시 담대광의 발에 뺨을 얻어맞고 천천히 포권해 보였다. 겸손하면서도 당당하게 태극검주로서의 첫선을 보인 것이다.

"장문인께서 말씀하신 대로 태극검주를 맡게 된 소진엽이라 합니다."

한 켠에 물러서 있던 신산자가 비로소 나섰다.

"진무각주를 맡고 있는 신산자라 하외다. 혹시 전날 신무대전으로 날아든 화살의 주인이신지 궁금하오만?"

"맞습니다. 제가 부족한 솜씨를 부렸습니다."

"그러셨구려."

신산자가 소진엽에게 가볍게 고개를 숙여 보였다. 그가 바로 동창의 태감들을 상잔케 하여 무당파의 위난을 벗어나게 해준 장본인임을 눈치챘음이 분명하다.

그러자 잔뜩 신산자에게 기대 어린 눈빛을 던지고 있던 노도들의 얼굴에 일제히 실망의 기색이 어렸다. 모두 신산자처럼 눈치가 빠르진 않았기 때문이다.

소진엽은 개의치 않았다. 지금부터 눈앞의 노도들 중에서 배반자를 색출해야만 했다. 굳이 그들과 화기애애한 관계가 될 필요는 느끼지 않았다.

"그래서 말인데 여기 모인 노도장들에게 한 가지 양해를 구해야 할 일이 있습니다."

"……."

단숨에 신산자에게서 노도들의 시선을 끌어온 소진엽이 품속에서 한 뭉치의 종이 뭉치를 끄집어냈다. 그가 신풍진인과 밤이슬까지 맞아가며 간신히 손에 넣은 물건이었다.

"이 종이들은 이곳에 모인 노도장들의 침소에서 가져온 것들입니다. 문방사우 중에 가장 위에 남겨져 있던 종이를 집어 온 것이지요."

신송자가 손에 들린 불진을 가볍게 털며 눈살을 찌푸려 보였다.

"어째서 우리들의 침소를 턴 것인가?"

"필요했으니까요. 그리고 이제 설명할 테니, 잠시만 경청해 주십시오."

"끄응."

여전히 마뜩잖은 표정을 지으면서도 신송자가 입을 다물었다. 신풍진인에게 얻은 절대 권력을 쉽게도 휘두른다는 생각이 들었다.

팔랑! 팔랑!

소진엽이 수중의 종이 뭉치들을 한 장 한 장 넘기며 말을 이었다.

"이 종이들을 수거한 이유는 전날 동창의 태감에게서 한통의 밀서를 입수했기 때문입니다. 여기 제 손에 들려 있는 것과 동일한 재질의 종이였지요."

이번에는 신산자가 나섰다. 표정이 어느 때보다 심각하게 굳어 있었다.

"태극검주, 발언에 신중하셔야만 할 것이오!"

"진무각주께서는 염려 놓으십시오. 충분할 정도로 신중하니까요. 게다가 제게는 확실한 증거도 있습니다."

"필체만 가지고는 곤란하오. 얼마든지 다른 사람의 것을 도용할 수 있으니까."

"물론입니다. 그래서 저는 이렇게 각 도장들의 처소에서 종이를 수거해 온 것입니다. 제게 특수한 약품이 있는데, 이런 식으로 종이에 뿌리면 위에 썼던 글씨를 그대로 드러내게 만들거든요."

"……."

신산자가 가볍게 입을 벌렸다.

말을 끝내자마자 소진엽이 손에 들고 있던 종이 중 하나에 하얀 가루를 뿌렸고, 곧 신기하게도 몇 줄의 글귀가 모습을 드러냈기 때문이다.

그러자 바로 급변이 일어났다. 신무대전에 모여 있던 노도들 중 한 명이 번개같이 신형을 밖으로 뽑아 올린 것이다.

절정에 이른 제운종!

드넓은 신무대전을 노도는 순식간에 빠져나갔다. 아니 그러려고 했다.

쉬악!

일순 역시 동일한 제운종으로 신형을 띄워 올린 신산자의 손에서 검광이 번뜩였고, 가장 가까이 서 있던 신송자의 불진 역시 공간을 갈랐다. 단숨에 수백 개나 되는 말총으로 천라지망을 만들어 냈다.

마치 미리 준비했던 것 같이 절묘한 합공!

"크아아아악!"

참혹한 비명과 함께 신학자가 대전 바닥에 떨어져 내렸다. 이미 한쪽 팔이 잘리고 양발이 피투성이가 되어 무력의 태반을 잃어버린 채였다.

스윽!

소진엽이 움직인 건 바로 그때였다.

순간적으로 두 장로를 제치고 앞으로 나선 그가 손가락을 튕겨 신학자의 아혈과 마혈을 동시에 점혈했다. 자살을 미연에 방비하기 위함이었다.

'과연 무당파라고 봐야 하는 걸까? 아니면 생각했던 것보다 무당파에 깃든 암운이 더욱 짙은 것일까?'

고심은 잠시뿐이었다.

곧 표정을 일신한 소진엽이 참담한 표정이 된 신풍진인에게 슬쩍 눈짓해 보였다. 태극검주로서의 일 처리가 끝났으니, 더러운 뒷수습은 알아서 하라고 공을 넘겨 버린 것이다.

툭툭!

그때까지도 잠을 자고 있던 담대광이 소진엽의 목덜미를 발끝으로 차며 말했다.

[그 약품 어디서 구한 거냐?]

'주방에서요.'

[주방?]

'이거 그냥 식초로 미리 몇 글자 써둔 겁니다. 백지상태로 보이지만 열을 가하면 글자가 나타나죠. 그래서 아까 넘길 때 내력을 조금 가한 겁니다.'

[너구리 같은 놈! 제대로 낚았구나.]

'뭐, 그렇죠.'

소진엽이 야유 섞인 칭찬을 던진 담대광을 보며 어깨를 한 차례 으쓱해 보였다. 마음속에 남아 있는 찜찜함 때문에 아직은 있는 그대로 칭찬을 받아들이기 곤란했다.

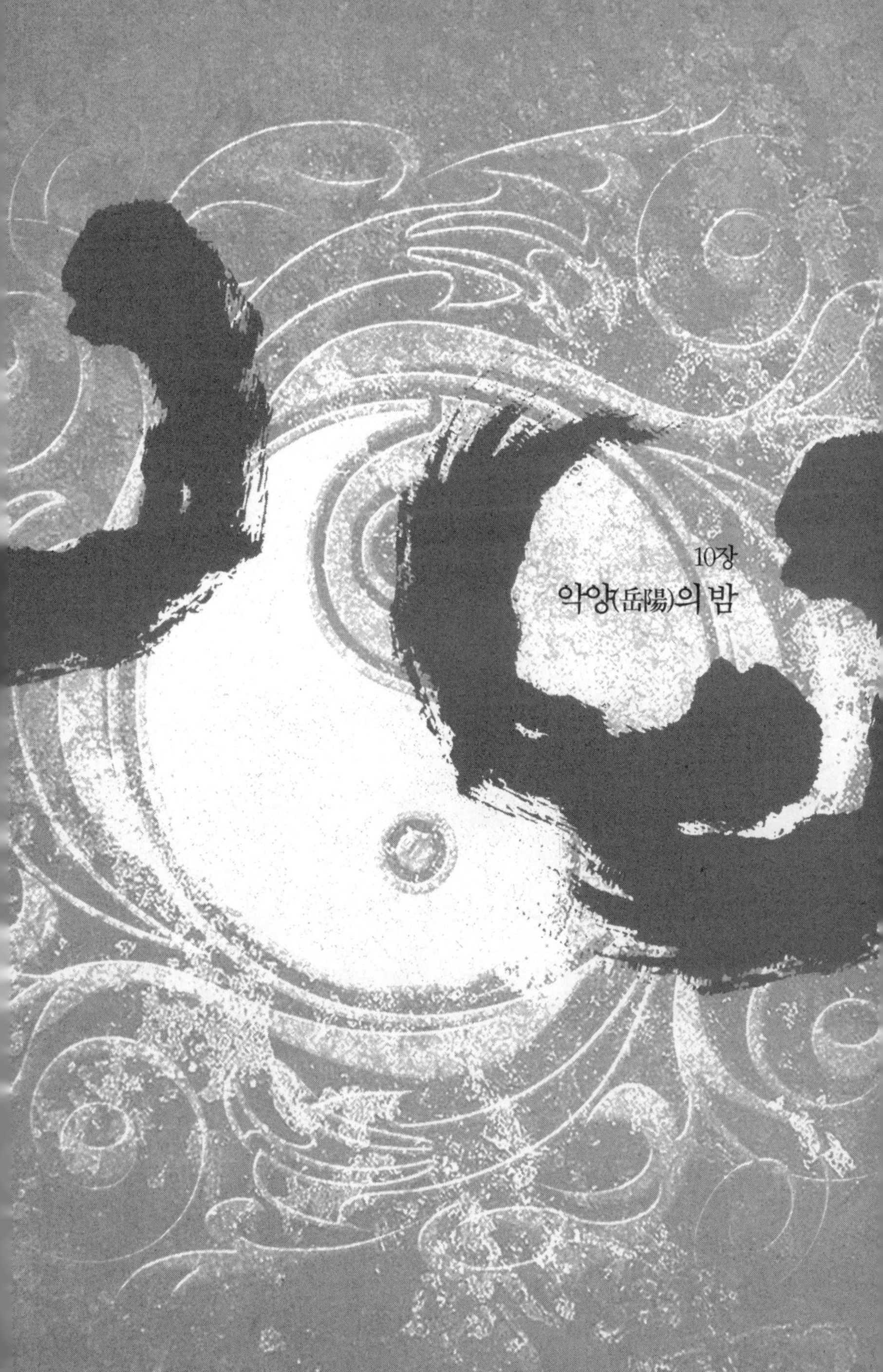

10장
악양(岳陽)의 밤

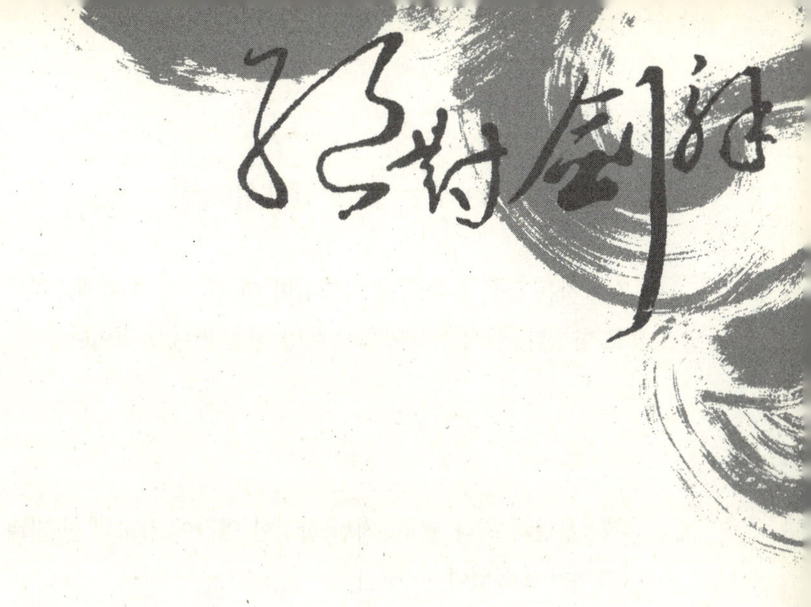

소진엽의 예상은 보기 좋게 빗나갔다.

그가 자리를 피한 지 얼마 지나지 않아 신학자는 신풍진인에게 동창 첩형 유치현과의 모든 거래 내용을 모조리 털어놨다.

평상시 소심하던 성격을 십분 발휘하여 묻지 않은 부분까지 아주 소상하게 설명하고 사죄했다.

물론 그렇다고 해서 그냥 넘어갈 만한 일은 아니다.

당장 심사청에 신풍진인과 나머지 칠 장로가 모였고, 엄정한 재판 끝에 신학자의 벌이 결정되었다.

─중간에 감형이 없는 태극동 폐관 일백 년!

신학자는 눈물을 뚝뚝 떨어뜨리며 태극동, 일명 폐관수련동으로 향했다. 다시는 돌아오지 못할 길을 떠나간 것이다.

*   *   *

[흥! 무당파도 다 됐군. 저런 한심한 인간이 장로의 한 자리를 꿰어차고 있었다니…….]
'이제 만족하셨습니까?'
[만족?]
'예, 신풍진인이 절 태극검주로 만드는 일까지 묵인하셨잖습니까? 동창 녀석들을 처리한 건 별도로 하더라도요.'
[무당파에는 빚이 있어서 갚았을 뿐이다.]
'그럼 그 빚은 이제 다 갚은 겁니까?'
[갚았으면?]
'낙양에 잠시 다녀오고 싶습니다.'
[천하무적의 무공을 익혔으니 금의환향하고 싶어진 게냐?]
'세상에는 천하무적의 무공이 있는 게 아니라 천하무적의 무인이 존재하는 거라고 말씀하셨잖습니까?'
[그랬지. 바로 나.]
자신을 가리키며 한껏 거만한 표정을 지어 보이는 담대광을

향해 소진엽이 가볍게 고개를 저어 보였다.

'장 모사와 약속했던 것보다 이 년이 더 지났습니다. 어머님과 누이동생이 걱정이니, 안부라도 확인하고 싶습니다.'

[장소랑을 믿지 못하는 것이냐?]

'신마대제 어르신의 인덕을 믿지 못하는 겁니다.'

[뭐라고!]

발끈 화를 내며 벌떡 신형을 일으켜 세운 담대광에게 소진엽이 다시 고개를 저어 보였다. 표정에는 긴장한 구석이 전혀 보이지 않는다.

'화나지 않으셨잖습니까?'

[티 나냐?]

'예.'

고개를 끄덕여 보인 소진엽이 진지하게 질문했다.

'역시 이젠 십만대산으로 가야 하는 겁니까?'

[걱정 되냐?]

'한 손으로 열 손을 감당하지 못하는 법이잖습니까?'

[내 인덕도 믿지 못하겠고?]

'뭐, 그야……'

말끝을 흐리면서도 절대 부인하지 않는 소진엽을 밉살맞게 쳐다본 담대광이 팔짱을 낀 채 말했다.

[너는 호남성(湖南省)으로 가야 한다.]

'호남성이요?'

[그래, 호남성의 모용세가에 가서 한 사람의 행방을 탐문하는 게 지금부터 네가 할 일이다.]

'낙양부터 먼저 들리면 안 되겠습니까?'

[철 단주를 보내라.]

'그래도 됩니까?'

[아직도 그놈보다 약하다고 생각하느냐?]

'……'

소진엽이 대답 대신 입가에 슬쩍 미소를 만들어냈다. 무당산으로 향하는 내내 벌였던 철무정과의 비무가 떠올랐기 때문이다.

잠시 후.

무당파를 떠나기 전에 신풍진인을 만나기 위해 자소궁으로 향하던 소진엽의 눈에 이채가 어렸다.

소로의 저편에서 자신을 향해 똑바로 걸어오고 있는 한 사람.

굳이 안력을 돋우지 않고도 알 수 있다. 무당산으로 향하던 중 만나서 억지로 친구 삼았던 적운이었으니까.

'그나저나 이거 어쩐다. 다음에 만날 때는 반드시 검을 사용하게 만들겠다고 약속했었는데……'

현재 소진엽의 신분은 태극검주다.

평범한 진무각의 태극검수인 적운과 쉽사리 비검할 수 있을

리 만무했다.

그러나 적운은 그리 생각하지 않았다.

소진엽을 보자마자 그는 한 차례 예도 없이 곧바로 태극진검을 뽑았다.

사악!

당연히 그것만으로 끝일 리 없다.

그의 발끝이 가벼운 도움닫기를 한 순간, 소진엽은 날카로운 검기에 자신의 상반신 전체가 노출되었음을 느꼈다.

적운의 주특기인 양의검!

그중에서도 정수라 할 수 있는 양의건곤의 참법이다. 전날 철무정에게 받은 가르침을 그는 소진엽을 상대로 확실하게 발휘한 것이다.

하지만 상대가 나빴다.

소진엽은 봉황선부에서 지난 삼 년간 태극쌍극진기만을 연마한 게 아니었다.

온갖 종류의 무당 무공과 봉황여제의 주특기인 각원선사의 무공, 모용세가의 검공까지 빠짐없이 익혔다. 아직 제대로 완성한 건 없으나 구결과 흐름을 몸으로 깊숙이 체득해 근원 자체를 파악한 상태였다.

그 결과 전날 신화경의 무공을 이룬 신풍진인조차 탄복하게 했으니, 어찌 적운이 상대가 될 수 있겠는가!

스으―

양의검의 건곤참법이 변화하기를 기다려 살짝 발끝을 비튼 소진엽의 손가락이 가벼운 탄지를 만들어냈다.

따앙!

그러자 검신합일 상태이던 적운의 신형이 크게 흔들렸다. 단숨에 몸의 반신이 마비되어 버린 것이다.

"크악!"

그런 상황에서도 적운은 뒤로 물러서지 않았다. 한 차례 대 갈과 함께 검을 좌수로 돌리고는 면장과 자오원앙각을 동시에 소진엽에게 퍼부었다.

시간 벌기용 공격!

애석하게도 소진엽은 이 역시 파악하고 있었다.

흔들.

무당 무공의 기본 중 하나인 청경을 이용해 적운의 면장과 자 오원앙각을 모조리 피해낸 그의 신형이 일순 가속을 일으켰다.

일보삼장세!

그다음은 일보파산경(一步破山勁)이었다.

쾅!

강력한 폭발음과 함께 적운이 검을 든 채 뒤로 나뒹굴었다. 평생 단 한 번도 경험해 보지 못한 엄청난 파괴력을 온몸으로 받은 채였다.

"정신은 드셨소?"

“…….”

자신의 눈앞에 쭈그려 앉아 있는 소진엽을 잠시 올려다보던 적운의 두 눈에 맑은 물기가 담겼다.

나이 여덟에 무당파에 입문해 햇수로 십팔 년을 보냈다.

다행히 무공에 대한 재질을 인정받아 어린 나이에 일대제자가 되었고, 진무각에 들어 당당한 태극검수의 수장이 되었다. 그동안 단 한 번도 동년배에게 패배를 당한 적이 없었음은 물론이었다.

당연히 그는 오만해져 있었다.

도학보다 검을 좋아하고 무공에 뜻을 두었으니, 반드시 무당파의 봉문을 풀고 웅풍강호하리라 생각해 왔다.

‘그 모든 게 내 헛된 미망이었구나. 고작해야 약관밖엔 안 되어 보이는 눈앞의 청년에게조차 상대가 되지 못하는 한심한 실력을 가지고 정말 헛된 미망을 품어 왔던 것이야.’

그는 태극검주가 된 소진엽을 인정할 수 없었다. 사부 신산자에게 전후 사정을 전해 들었을 때는 피가 거꾸로 치솟아 오르는 기분이었다.

그럴 수밖에 없다.

느닷없이 나타난 소진엽은 적운이 그토록 바라던 모든 걸 가졌다고 할 수 있었다.

무당파를 위난에서 구해냈고, 불완전하던 귀원일여의 연기법 후심결을 전해줬으며, 모든 무당제자의 위에 군림하면서도 계율을 지키지 않아도 되었다.

즉, 그는 여전히 반 봉문 상태인 무당파를 마음대로 빠져나갈 수 있었다. 원하는 대로 웅풍강호를 할 수 있는 것이다.

절대 용서할 수 없는 기분!

항상 사부 신산자가 걱정하던 격정에 다시 빠져든 적운은 무작정 자소궁을 빠져나와 소진엽을 찾아왔다. 그에게 과연 그럴 만한 자격이 있는지 반드시 확인해 보고 싶었다.

그리고 지금 결과는 자명해졌다.

적운은 소진엽과 자신 간의 극명한 차이를 깨달았고, 가슴을 태울 듯하던 격정 역시 완전히 사그라졌다. 승복을 했다기보다는 모든 걸 포기한 상태가 된 것이다.

그런 적운을 향해 소진엽이 픽 웃었다.

"적운 형, 불 같은 성격은 정말 하나도 변하지 않았소."

'적운 형?'

평생 적운에게 그 같은 호칭을 한 사람은 단 한 명밖엔 없었다.

허탈 상태에 빠져 있던 적운이 다시 소진엽을 바라봤다.

"설마……."

소진엽이 고개를 끄덕여 보였다.

"그 설마요. 그렇지 않아도 전날 적운 형과 했던 약속을 어찌해야 하나 고심하고 있었는데, 잘됐소. 오늘의 일은 형과의 약속을 지킨 걸로 칩시다."

"그건 그럴 수가 없습니다! 나는 태극검주를 기습한 기사멸 조의 대죄인이니……."

"아아, 난 그런 거 모르오. 그냥 나는 방금 전 적운 형하고 삼 년 전의 약속대로 한 차례 비무를 했을 뿐이니, 더 이상 딴 소리하지 마시오."

그 말을 끝으로 소진엽이 손을 내저으며 적운의 곁을 떠나 갔다. 혹시라도 그가 계속 기사멸조를 운운할까 봐 얼른 자리 를 피한 것이다.

담대광은 달랐다.

그는 잠시 적운을 살피고는 눈빛을 차갑게 물들였다.

'괴이한 놈이로군. 예전에도 무당파의 말코답지 않은 싸움 꾼 기질이 있었긴 하지만 지금은 마도에 속한 녀석이라 해도 과언이 아닐 만큼 정신 상태가 불안해졌으니…….'

소진엽과는 정반대의 경우랄까?

마도 출신이면서도 기경마맥이 막혔고, 그러면서도 태극무 검선제의 태극쌍극진기와는 또 궁합이 아주 잘 맞는 소진엽을 떠올리며 담대광이 발라당 누웠다. 적운 같은 잔챙이에게 신 경을 쓰는 것이 귀찮아진 까닭이었다.

원무관.

신풍진인과 다시 독대를 한 소진엽은 그의 침묵에 역시 동 일한 방법으로 대응했다.

묵묵부답(默默不答).

당금 무당파를 대표한다고 할 수 있는 노도와 청년은 서로를 지그시 노려본 채 침묵을 지켰다. 마치 상대방이 먼저 입을 여는 걸로 내기를 한 것 같은 형국.

문득 신풍진인이 입가에 가벼운 한숨을 매달았다.

"무량수불! 태극검주, 진정 이대로 떠나시려는 것이오?"

"무당파에 잠재되어 있던 암운을 모두 제거했습니다. 이제 떠나는 게 마땅하지 않겠습니까?"

"그건 태극무검선제 사조의 뜻인 것이외까?"

"물론입니다."

소진엽은 입술에 침도 바르지 않고 태극무검선제를 팔아먹었다. 애초부터 그럴 작정을 하고 있었기 때문이다.

신풍진인의 표정이 살짝 어두워졌다.

"태극검주가 그리 말하니, 빈도가 더 이상 붙잡을 수가 없게 되었소이다."

"죄송합니다. 하지만 저는 역시 무당파에 머물지 않는 편이 좋을 거라 생각합니다."

"황상의 의중이 부담스러운 것이외까?"

"무림에 밀려들고 있는 암운을 걱정하는 겁니다."

"암운이라면……."

"근자에 마교가 두 세력으로 나뉘었고, 천사련이란 사도의 세력 또한 득세를 하고 있다고 들었습니다. 무당파에 금제가 내려져 있으니, 저라도 나서야 하지 않겠습니까?"

"그 역시……."

"그렇습니다."

소진엽이 다시 단호하게 대답하자 신풍진인이 미미하게 고개를 끄덕여 보였다. 문득 눈앞의 신룡 같은 청년을 무당파에 계속 붙잡아둘 수 없음을 깨달은 것이다.

그래도 미련이 남았음이다.

신풍진인이 품속에서 태극문양이 새겨진 동경을 꺼내 소진엽에게 내밀었다.

"이건 그냥 평범한 동경이네만, 앞으로 태극검주를 상징하는 신물이 될 것이외다."

"무당파 밖에서 사용할 일이 있겠습니까?"

"북숭 소림, 남존 무당이란 말이 그냥 있는 건 아니외다. 천하의 어떤 곳을 가더라도 무당파의 속가제자가 있으니 필시 요긴하게 사용할 수 있을 것이오."

"그럼 감사하게 사용하겠습니다."

소진엽이 냉큼 동경을 받아서 품에 갈무리했다. 본래 이런 거 좋아한다. 공짜인 데다 향후 꽤나 요긴하게 사용할 만한 물건이라는 생각이 들었다.

신풍진인이 흐뭇하게 고개를 끄덕여 보였다.

"그래서 말인데, 앞으로 무당파의 속가는 태극검주가 맡아주셔야만 하겠소이다."

“예?”

“무당파의 속가 장문을 맡아 달라는 것이외다.”

소진엽이 황당한 기색을 지어 보이자 담대광이 재밌다는 듯 웃어 보였다.

[정말 무당파의 늙은 말코는 보통이 아니로구나.]

‘무슨 의도인 겁니까?’

[이대로는 무당파의 반 봉문 상태가 언제 풀릴지 모르니까 앞으로 속가제자들의 뒤를 네놈이 봐달라는 뜻이 아니겠느냐? 그 동경 비슷한 물건은 그걸 위한 떡밥이고.]

‘하아!’

소진엽이 내심 한숨을 내쉬었다.

담대광 때부터 그랬는데, 정말 무림의 늙은이들은 속이 시커멓다. 언제나 후배나 젊은이들을 이용해 먹을 생각밖에 없는 듯하다.

[그리 나쁜 것만은 아니다. 저 늙은 말코의 말대로 중원 무림에서 무당파 속가의 세력은 소림사와 어깨를 견줄 만하니까 말이다.]

‘그럼 받아들일까요?’

[알아서 해라. 어차피 내 무당파와의 인연은 여기까지니까 이젠 신경 쓰고 싶지 않다.]

‘……’

소진엽은 심드렁한 표정의 담대광을 한 차례 바라보고는 신풍진인에게 천천히 고개를 끄덕여 보였다. 그리고 말한다.

"장문인의 뜻만 고맙게 받아들이도록 하겠습니다."

"허면?"

"태극검주의 직위로 적당하다고 봅니다. 무당파의 속가 장문이란 허명까지 받아들일 필요는 없을 겁니다."

'젊은 나이에 대단한 수양이 아닌가!'

신풍진인이 새삼 소진엽을 바라본 후 천천히 고개를 끄덕여 보였다.

이미 그는 무당파의 태극검주였다.

굳이 다시 속가 장문이라는 직위로 무게를 얹지 않더라도 언젠가 다시 무당파로 돌아올 터였다.

*   *   *

적운은 소진엽이 떠난 후에도 한참이나 누워 있었다.

소진엽의 일보파산경!

비록 강기는커녕 내공조차 담지 않은 일격이었으나 자연스레 발경의 정화가 깃들어 있었다.

이미 일류 경지의 내공을 이룬 적운이라 해도 운기조식 없이는 몸을 가눌 수 없었다.

'그러고 보면 태극검주는 처음부터 꽤나 많은 비밀이 있었다. 철 무사님 같은 절정의 검객을 호위로 두고 있었을뿐더러,

금전에 가자마자 행방불명이 되었던 것도 그렇고……'

적운의 눈이 갑자기 빛을 발했다. 소진엽과 처음으로 만났던 때를 떠올리다 문득 아주 중요한 사실을 깨닫게 되었다.

"크악!"

한가롭게 운기조식이나 하고 있을 때가 아니었다.

한 차례 비명에 가까운 기합과 함께 자리를 박차고 신형을 일으켜 세운 적운이 검과 검갑을 지팡이 삼아 절룩거리며 걷기 시작했다.

지금 당장 사부 신산자를 만나야만 했다.

진무각.

신산자는 눈앞에 잔뜩 쌓여 있는 서류들을 바라보며 입가에 나직한 한숨을 매달았다.

지난 며칠간 무당파는 엄청난 소동에 휩싸였다. 반 봉문에 든 지난 오십 년간의 평온함이 무색할 지경이었다.

당연히 뒷수습이라는 작업이 필요해진다. 팔장로 중 한 명이었던 신학자의 처리를 비롯한 몇 가지 중대사를 잘 봉합해야만 했기 때문이다.

하지만 무당파의 노도들은 하나같이 정신이 딴 데 팔려 있었다.

그들은 태극검주 소진엽이 내놓은 귀원일여의 연기법 후심결을 한번 구경이라도 하기 위해 신풍진인 주변만 맴돌았다.

절대 다른 일엔 신경조차 쓰지 않으려 했다.

덕분에 신산자만 고달파졌다.

그는 주요 업무 중 하나인 태극검수들의 연무 계획조차 뒷전으로 미룬 채 서류 더미와 악전고투를 벌였다. 어떻게 해서든 무당파와 황궁의 사이가 더욱 벌어지지 않게 하기 위해서였다.

적운이 진무각에 모습을 드러낸 건 바로 그때였다.

덜컥!

평상시와 달리 조심성 없이 문을 열고 집무실로 들어선 적운에게 신산자가 묘한 시선을 던졌다. 그가 상당한 내상을 입은 상태임을 대번에 눈치챈 까닭이었다.

"무슨 일이더냐?"

적운이 내상의 고통을 참고서 얼른 고했다.

"사부님, 태극검주와 관계된 아주 중요한 사항을 알아냈습니다."

"말해 보거라."

"태극검주는 삼 년 전 금전을 찾은 소년이었습니다. 그의 곁에는 두 명의 빼어난 호위 무사가 있었는데……."

"……."

적운의 설명은 한참 동안 계속되었다. 갑자기 자신이 깨달은 사항이 무척 중요하기에 가감 없이 사부 신산자에게 전하고 싶었다.

과연 신산자는 그의 설명이 끝나고도 잠시 침묵에 잠겨 있
다가 갑자기 질문을 던졌다.

"설마 태극검주에게 도전했던 건 아닐 테지?"

"죄송합니다."

"못난 놈!"

짤막한 한마디와 함께 신산자가 서랍 속에서 요상약인 진명
단 한 알을 꺼내서 적운에게 내줬다. 그의 내상을 그냥 내버려
두면 후일 후유증이 남을 수도 있다는 판단이었다.

'동창의 태감들이 수년간 계속 무당산을 헤매고 돌아다닌
건 태극무검선제 사조님의 유진이 남겨진 비동을 찾기 위함이
었다. 그런데 그곳이 사실은 금전 인근에 있었다면, 정말 모순
이라 아니할 수 없겠구나.'

아직 확정된 것은 아니다.

하지만 반드시 확인은 해 봐야 할 사항이었다.

*　　*　　*

닷새 만에 돌아온 소진엽을 바라보는 철무정의 얼굴에는 살
짝 원망이 묻어나왔다.

그럴 수밖에 없다.

그는 지난 닷새간 집에서 한 발자국도 밖으로 나갈 수 없었
다. 소진엽의 명에 의해 그를 감시하게 된 구양령에 의해 완전

히 발이 묶여 버리고 만 것이다.

그래도 한 가지 다행이라면 두 사람 모두 무사하단 거였다.

철무정은 더 이상 구양령에게 덤벼들지 않았다. 이기기도 어렵지만 이지를 잃어버린 그녀를 꺾는다 해도 결코 명예롭지 못하다 여긴 까닭이다.

그 같은 사정을 한눈에 파악한 소진엽이 철무정에게 슬쩍 미안한 기색을 띤 채 말했다.

"철 단주는 오늘 중으로 짐을 꾸려서 낙양에 가줘야만 하겠어."

"장 모사와 관계된 일입니까?"

"그는 상관하지 않아도 돼. 겁이 많은 자이니, 사부님이나 내 소식이 끊인 상태에서 신교로 돌아가진 못했을 테니까."

"그럼?"

"낙양에는 내 모친과 여동생이 있어. 철 단주가 그들의 안위를 파악하고 와줬으면 해."

"곧바로 출발하겠습니다."

"고마워."

소진엽이 진심이 담긴 말과 함께 품속에서 서신 한 통과 묵직한 전낭을 꺼내서 철무정에게 건넸다. 모친에게 쓴 안부 편지와 신풍진인에게서 받아낸 은자의 절반인 오백 냥이었다.

철무정에겐 가족이 없다.

혈혈단신으로 천마신교에 들어왔다.

하지만 그에게도 친혈육이나 다름없는 수하들이 있었다. 문득 패왕혈검단을 떠올린 그가 묵묵히 편지와 전낭을 받아서 품에 갈무리했다.

다음 날.

새벽같이 소진엽은 길을 나섰다.

전날 간소하게 짐을 꾸려 낙양으로 떠난 철무정과는 반대 방향, 호남성의 모용세가가 목적지였다.

점차 먼동이 터오고 있는 무당산.

구양령과 함께 묵묵히 걸음을 옮기는 소진엽의 어깨에 누워 있던 담대광의 눈가에 드물게도 가벼운 애수가 어렸다. 무당산이야말로 그가 유년 시절을 보낸 고향 같은 곳이었기 때문이다.

'흥! 곤륜의 광활함에 비하면 이 얼마나 소박하고 조그마한 봉우리들이더냐? 하지만 이제 다시 보니, 칼날 같은 바위산과 달리 생명력이 흘러넘치는 모습도 그리 나쁘진 않구나!'

부친 태극무검선제가 종종 하던 말을 뇌까리며 담대광이 발랑 몸을 돌려 뉘었다. 점차 멀어져가고 있는 무당산의 모습을 더 이상 보고 싶지 않았다.

그러다 그가 문득 생각난 듯 소진엽을 발끝으로 툭툭 건드리며 말했다.

[그러고 보니 봉황선부를 나올 때 기관진식들은 모두 어찌

했느냐?]

 '부쉈습니다.'

 [부숴?]

 '어차피 더 이상 올 일이 없는 곳이라 하셨잖습니까? 혹시
동창의 태감들이나 다른 자들에게 위치가 파악될 수도 있어서
흔적을 모조리 지워 버렸습니다.'

 [흐흐, 하긴 네놈이 줄곧 야광주하고 자소단을 눈독 들이고
있었긴 했지. 잘했다.]

 '그런데 가끔씩 어딜 그리 가시는 겁니까? 요 삼 년간은 주
변 정세를 파악할 필요도 없었을 텐데……'

 [알려고 하지 마라. 다친다.]

 '다치는 겁니까?'

 [그래. 어차피 나중에 알게 되겠지만.]

 '……'

 담대광이 의미심장한 말과 함께 고개를 외로 꼬아 보이자
소진엽은 더 이상 질문하지 않았다. 그가 가끔씩 사라질 때마
다 무한에 가까운 자유를 느끼고는 했기 때문이다.

*　*　*

 한 달 후.

 소진엽 일행은 호남성의 고도인 악양을 눈앞에 두고 있었

다. 그 부근에 위치한 동정호(洞庭湖)에 오백 년 역사가 당당한 팔대세가의 일좌, 모용세가가 자리 잡고 있어서였다.

악호객점(岳湖客店).

유구한 역사를 자랑하는 악양루에서 그리 멀지 않은 탓에 객점 앞은 항상 문전성시를 이루고 있었다.

저녁 무렵, 그 안으로 들어선 소진엽과 구양령에게 눈치 빨라 보이는 점소이 한 명이 냉큼 달려왔다.

"어서 옵셔어!"

"간단한 식사를 준비해 주고, 상방으로 하나 부탁하지."

"저기 상방은 이미 다 차서……."

짤랑!

소진엽이 철전 세 개를 점소이의 손에 쥐여줬다. 무당파에서 제법 크게 한몫을 잡은 탓에 주머니 사정은 아직 여유가 있었다.

그러나 점소이의 얼굴에는 가벼운 실망감이 스쳐 갔다.

이곳은 천하에 이름 높은 삼대 누각 중 하나인 악양루가 근접 거리에 있는 객점이었다. 고작해야 소면 한 그릇을 사 먹을 정도의 돈밖엔 안 되는 철전 세 개로 점소이의 마음을 휘어잡기엔 부족했다.

'쳇! 옆에 이런 근사한 미인까지 대동하고서 손이 작군. 조금 더 쓰지…….'

내심 혀를 찬 점소이가 속내를 숨기고 말했다.

"상방은 없지만, 중방은 하나 남은 게 있습니다. 그래도 창이 악양루 쪽으로 나 있어서 경치는 끝내줍니다."

"부탁하도록 하지."

소진엽이 천천히 고개를 끄덕이다 눈에 가벼운 이채를 담았다. 이럴 때 항상 끼어들어 잔소리를 늘어놓고는 하던 담대광의 기척이 사라졌기 때문이다.

'드디어 그날이 온 것인가?'

봉황선부에서의 삼 년간.

줄곧 담대광의 닦달 속에 수련을 해 온 소진엽은 얼마 지나지 않아 그가 일 년 중 몇 번가량 자리를 비운다는 걸 알았다.

기간은 대중없었다.

길 때는 이삼 일간 모습을 보이지 않을 때도 있었고, 짧을 때는 반나절가량 만에 돌아왔다. 그리고 그때마다 매우 기진맥진해서 한동안 얌전해지고는 했다.

특이한 건 이때는 잠깐 동안 소진엽의 곁을 떠나는 것과 달리 내공을 빨아들이지 않는다는 것이었다. 소진엽의 힘을 빌지 않고도 갈 수 있는 장소가 있다는 뜻이었다.

잠시 염두를 굴린 소진엽이 슬쩍 구양령을 바라보며 눈을 빛냈다.

봉황선부를 빠져나온 후 줄곧 이날을 기다렸다. 구양령의 뇌호혈에 꽂혀 있는 마왕침을 제거하고 그녀의 잃어버린 이지를 되찾아주기 위해서 말이다.

'그런데 그날이 생각보다 빨리 왔군. 자칫 잘못하면 명년 오늘이 내 제삿날이 될지도 모르겠어…….'

소진엽의 걱정은 결코 과하지 않다.

—고독검마후 구양령!

당당한 천마신교 십팔마군의 일좌이자 교주 담대광에게 반역한 세력의 수장인 좌마령 북리사경의 오른팔이었다. 고귀하고 오만하며 강력한 거마였다.

그런 그녀가 지난 삼 년여 간 지존심어와 마왕침법에 당해 소진엽의 꼭두각시 노릇을 해왔다. 내력 중 상당 부분을 천양극음차녀대법을 통해 강제로 빼앗긴 것까지 생각하지 않더라도 복수심에 불타지 않을 까닭이 없었다.

게다가 구양령은 강했다.

지난 삼 년간 지옥이나 다름없는 고된 수련을 감당해낸 소진엽조차 그녀의 전력을 받아내기 시작한 건 그리 오래되지 않았다.

하물며 그동안 그녀는 이지를 잃어버린 상태였다. 본신의 능력을 십분 발휘하게 된다면 얼마나 더 강해질지 짐작조차 할 수 없었다.

그 같은 생각과 함께 소진엽이 점소이를 다시 불러서 말했다.

“식사는 나중에 하도록 하지.”

“그럼…… 먼저 방으로 뫼실까요?”

“그러지.”

소진엽이 고개를 끄덕여 보이자 점소이의 얼굴에 야릇한 표정이 스쳐 갔다.

‘급했구나!’

객점의 다른 사내들 역시 비슷한 생각을 하고 있었다. 다만 그들은 대놓고 질투로 이글거리는 눈빛을 던져왔다. 그만큼 구양령의 모습은 빼어났다.

‘부럽다! 저런 미녀와 방으로 들어가다니!’

‘죽일 놈! 이 이른 시간에 벌써 여자와 방으로 직행하다니!’

소진엽은 개의치 않았다. 오히려 그는 살짝 으스대는 모습을 보인 후 점소이에게 다시 철전 세 개를 쥐여줬다.

“내가 방에서 나올 때까지 조용하게 해줘.”

“물론입죠!”

점소이가 다시 야릇한 표정을 지어 보이고는 얼른 소진엽과 구양령을 방으로 안내했다.

잠시 후.

소진엽은 방문과 창문을 닫고, 구양령을 침상 위에 눕힌 다음 잠시 생각에 잠겼다.

언제나와 다름없이 면사로 가려진 구양령의 얼굴.

그동안 몇 번이나 보고 싶었으나 참았다. 그녀의 현란하고 섬세한 나신까지 봤고 어루만지기까지 했으나 얼굴만큼은 함부로 건들고 싶지 않았다.

이유?

그런 건 깊이 생각해 본 적이 없다.

그냥 구양령의 마지막 성역을 그녀의 허락 없이 침범하고 싶지 않았다. 단지 그뿐이었다.

"후우!"

가볍게 호흡을 가다듬고 담대광의 유무를 다시 한 번 확인한 소진엽이 천천히 태극쌍극진기를 식지 끝에 모았다.

흐릿하게 모인 강기!

태극쌍극진기 중 단천뢰심강의 패도를 침처럼 예리하고 가늘게 뽑아낸 소진엽이 구양령의 전신 타혈에 들어갔다. 일단 그녀의 기경마맥을 봉맥해 놓고서야 마왕침법의 해혈이 원활하게 진행되는 까닭이었다.

그렇게 한 식경가량이 흘러갔을까?

구체화된 푸른색 강기막을 두른 채 구양령의 전신 타혈을 끝낸 소진엽의 손가락이 천천히 그녀의 뇌호혈로 향했다. 드디어 마왕침법의 마지막 해혈에 들어간 것이다.

핏!

그리고 뇌호혈에 박혀 있던 은침이 제거된 것과 동시였다.

깜박!

구양령의 한빙처럼 차갑지만 항상 흐릿한 안개에 가려져 있던 눈이 총기를 되찾더니, 소진엽을 똑바로 바라봤다.

"구양 소저……."

"……."

구양령은 대답하지 않았다. 아니다. 그녀는 확실하게 대답했다.

스파앗!

자신의 분신이자 모든 것인 한령마검으로 말이다.

『절대검해』 2권에서 계속

『천사지인』, 『향공열전』의 작가 조진행!
새로운 신화를 완성한다!
FANTASY STORY & ADVENTURE
조진행 판타지 장편소설
후아유
차원의 힘과 미스터리 서클의 비밀을 여는
초감각 판타지!
인생의 막다른 곳에 흐르는 아케론, 비통의 강.
카론에게 의뢰하면 슬픔은 없다.
dream books
드림북스

십지신마록(十地神魔錄) 3부

파멸왕

우각 신무협 장편소설

ORIENTAL FANTASY & ADVENTURE

십지신마록 3부작, 그 대단원을 장식할 마지막 이야기!
『환영무인』『십전제』의 작가 우각 신무협 장편소설.

소적에게 멸망만을 남기는
세상의 파괴자가 현신한다!

"나는 십이사조를 멸할 자, 멸제다!"
그의 표효가 천하를 울린다.

dream books
드림북스

무명시생
건아성 신무협 장편소설
ORIENTAL FANTASY STORY ADVENTURE
『은거기인』의 작가 건아성 신무협 장편소설
그동안 무림에 등장한 서생은 많았다.
하지만 붓 하나 들고 세상에 맞선 이는 처음이다!
글 속에 천하를 담으려는 윤명원,
유림을 넘어 무림을 탐하다!
dream books
드림북스

Swallow Knights Tales
김철곤 글 · 김성규 그림
판타지 장편소설
FANTASY STORY
『드래곤 레이디』,『SKT』의 작가 김철곤.
초인기 FPS게임 'A.V.A'의 아트디렉터 김성규.
최고의 두 스타일리스트가
혼신을 담아 그려간 판타지 대작!
전작을 뛰어넘는 웃음, 예측을 불허하는 반전!
뒤틀린 세계와 싸우는 그들의
마지막 이야기가 시작된다!
dream books
드림북스